红尘黑焰

长篇禁毒主题小说　　HONG CHEN HEI YAN

熊夫木 著

北方联合出版传媒（集团）股份有限公司
万卷出版公司

图书在版编目(CIP)数据

红尘黑焰 / 熊夫木著. -- 沈阳：万卷出版公司，2019.10

ISBN 978-7-5470-5208-2

Ⅰ.①红… Ⅱ.①熊… Ⅲ.①长篇小说-中国-当代 Ⅳ.①I247.5

中国版本图书馆 CIP 数据核字（2019）第 220234 号

- -

出版发行：北方联合出版传媒(集团)股份有限公司
　　　　　万卷出版公司
　　　　　（地址：沈阳市和平区十一纬路 25 号　邮编：110003）
印　刷　者：长沙市精宏印务有限公司
经　销　者：全国新华书店
开 本 尺 寸：170mm×240mm
字　　　数：208 千字
印　　　张：13
出版时间：2019 年 10 月第 1 版
印刷时间：2019 年 10 月第 1 次印刷
责任编辑：张冬梅
责任校对：高　辉
策　　划：张立云
装帧设计：潇湘悦读文化研究会
Ｉ Ｓ Ｂ Ｎ：978-7-5470-5208-2
定　　价：49.00 元
联系电话：024-23284090
传　　真：024-23284448

Contents **目录**

珍丨爱丨生丨命　　拒丨绝丨毒丨品

第一章
混沌时光

珍爱生命 拒绝毒品
CHERISHNG LIFE AND REFUSING DRUGS

1

我姓犸,排行海字辈,兔年出生,故名犸海兔,世居武陵山腹地安定县禹王坪镇枫树岗村。因面部皮肤黝黑,被人叫成犸黑头。海兔也好,黑头也罢,听读音倒没多大区别,你想怎么叫就随你叫吧。

一九九七年春天,我刚满十八岁。我乘坐南下的列车,经过二十多个小时的颠簸到达滨海市。

去滨海市之前,我在老家安定城里鬼混。我们的老大——人称"龙哥"的蔡云龙,纠集一帮狐朋狗友打架斗殴、鸡鸣狗盗、欺行霸市,把个偏僻小城搞得乌烟瘴气。龙哥的小跟班中有麻超、安财、胡红心等一干得力干将。我和龙哥系儿时好友,关系自然不俗。这个黑社会犯罪团伙,经当地警方多次围剿,抓的抓关的关,也有一部分人逃的逃散的散,七零八落。据我了解,这个团伙的老大蔡云龙逃到滨海市,东躲西藏地过着动荡漂泊的生活。骨干分子安财、胡红心被抓,麻超有副县长老爹罩着,关了几天很快捞出来。女流之辈皇诗珊出外暂避风头。我呢,虽说不是该团伙中的骨干成员,在公安局也没留下案底,但面对声势浩大的"扫黄打黑"运动还是有点心虚。当然,促使我离开安定城的主要原因:我满了十八岁,个头敦实,四肢孔武有力,我有了紧迫感,只有改变当下的生活，才是我唯一的出路。

去滨海市的目的很单纯，只想找一份工作，凭辛苦劳动来养活自己。我有一个远房亲戚在那边打工，他带着我在大片厂房间往来穿梭。我在寻找工作的过程中，遇到了一件麻烦事……

由于没有出远门的经验，我出发前没有办理身份证——这边的招聘主管无一例外地告诉我：满了十八岁必须办理身份证的——这一疏忽给我带来了严重后果。我在一间间工厂前屡屡碰壁，对方只要一听说我没有身份证，立马下了逐客令。唉，我不就没办身份证吗？难道因为这个理由竟连一份苦力活儿也找不到？我那远房亲戚说："黑头，你想得太简单，要知道，没有身份证，就办不了暂住证，没有暂住证，你在这个城市就没有合法居留权！你想找工作，门儿都没有！"

我有点儿垂头丧气，也有点不甘心，走在尘土飞扬的厂区，沿着一间间工厂转悠。

走投无路之际，我向我那个远房亲戚打听蔡云龙。我觉得，他们都是一个村子里的乡党，并且同处一个城市，应该知道一鳞片爪的消息。他说："哦，你说他啊，就是那个叫龙哥的小伙子，这里谁不认识他？每隔一段时间，他会到这里来一趟，跟几个走得近的老乡喝喝酒玩玩牌，好像没做什么正事。"

凡认得蔡云龙的人，一般都叫他"龙哥"。

"哪天见了他，说我在你这儿。"

"好的。不过，听说这人口碑不好，我劝你不要跟他走得太近。"

"我带的钱快花光了，我想回去，想找他借点路费。"

"是这样，见了他，我一定如实转告。"我这远房亲戚，你只要不跟他提借钱的事，其他的都好说。

一连几天没找到工作，身上连一份盒饭钱也拿不出了。我那远房亲戚说我成天在他那儿蹭饭，都有些厌烦我了。我走在滨海市街头，手举一张写有"打零工"的纸牌，寄希望找到一家雇主。就在我踌躇街头时，一辆巡防车在我身边停下，几个联防队员走了下来，说要查验我的身份证和暂住证。身份证？又是身份证！我一听头都大了。我退缩着转身欲跑。他们七手八脚地抓住我的胳膊，不容分说地抛上巡防车绝尘离去。

我说，我不是什么罪犯，我是来找工作的。

其中有个身穿联防队制服的矮个子说："没身份证，谁知道你是干什么的？别废话，送进收容站再说！"

妈呀，收容站是什么地方？

约半个小时车程，巡防车在碣石收容站门口停下。这是一处由几栋厂房改建的小院，房屋的墙体被涂成灰色，四周的高墙昭示着这里的森严壁垒。我警觉不安地问：这是什么地方？那个黑瘦矮个儿告诉我，这里是收容站，专门收容没有身份证和没办暂住证的社会闲杂人员。我说，我没有身份证不错，但我有名有姓，我名叫犸黑头，是安定县禹王坪镇枫树岗村的人，你们可去查的。其中一个人对我说着拗口拗舌的普通话，我知道你有名有姓，但没有身份证，谁知道你是个什么人？你报给我们的名字是真名还是假名？你是守法公民还是干了坏事的人？那人一下子把我问蒙了。他们正告我不要作无谓狡辩了，狡辩对我没任何好处。我果真没敢吱声，像被押解的罪犯，进了一座灰色小楼的第一层收容室。我说我不是坏人，为什么要关在这监狱一样的地方。有个联防队员就在门外说，你在这儿瞎嚷嚷没什么用，等我们把你的情况调查清楚再说。

2

我住的这间收容室二三十平方米，二十来个人密密麻麻地挤了一屋，要么倚墙站着，要么躺在脏乱的地铺上，一个个神情麻木。住进去后和身边几个人聊起为何被送到收容站，他们众口一词：被抓？"三无"呗！我问什么叫"三无"，全收容室的人一齐轰然而笑，直说我这个年轻人怎么这般幼稚，连"三无"都不知道。有个好心人就说：外来人员无身份证、无暂住证、无用工证明就叫"三无"。我说没身份证明并不是什么罪，为什么要把我们当犯人关着？紧挨我的那个戴眼镜的后生就说：进了收容站也不是说你有多坏，你只是属于"三无"对象而收容你。这满屋子的人大多是来探亲访友、寻找工作机会的，哪有几个坏人?实话告诉你,你没身份证、暂住证、务工证明不打紧,你只要缴纳千把块或者数百元的罚款就能出去。听懂了吗,小子,交了钱你立马就是自由身。好好睡过今晚,到了明天,收容站的人准会告诉你这些。

说话的这个室友,收容室里的人管他叫"眼镜",联防队的人叫他汪豪。

第二天一大早,我被联防队员叫进讯问室,接受队长例行公事式的"审查笔录"。问的无非是籍贯、年龄、有无工作单位、家庭住址,以及来滨海市的目的等诸如此类的废话,然后叫我掏口袋,然后解下皮带和钥匙扣,一并放在办公桌上。队长开口说,客观地讲,你没有身份证,也算不上什么罪,但不能否认,像你们这种人的大量出现,会给当地治安带来新问题。我说,你别说问题,你到底要怎么办?他神情诡异地笑了,说:"你这年轻人真直爽,若想离开收容站,总有办法可以解决的,交个千儿八百元的罚款就行。但是,请你注意,我说的是今天,每延迟一天,按一百元逐日增加。"我说我没钱。队长面带不悦,说,没钱先在这儿待着。在讯问室折腾半个钟头后,我带着一本有关收容管理方面的学习手册回到收容室。

收容室的地铺布满霉点和污迹,我眼前的陌生面孔冷漠呆滞。只有邻床的"眼镜"和我谈得来,我俩熟悉后,各自说起进收容站的经过。

"眼镜"说:进来收容站前,他在滨海市一家广告公司做业务员,上班不到一个月,没领到分文工资不说,还被沿街查"三无"的联防队员逮个正着!唉,一个漂泊异乡的人,行走在城市的街头,怎就成为被收容的对象?

"眼镜"重重叹了一口气。

"我……只为寻找一个谋生的饭碗。"我有点儿泄气地说。

"我来收容站快一个月了,在当地没找到能保释我的人,交不出数额庞大的办证费和食宿费,所以,就得一直关着。吃饭、睡觉都要收费的,如果哪个亲友拿钱把你赎出去,会有管理人员把这些费用一笔笔算清楚。要想与收容站对立,你只能招致更大的麻烦。"

一种毫无预兆的紧张袭遍全身。进来之前,我听说过关于收容站的种种传闻,但身临其境的体验远比传闻复杂得多。"眼镜"的话点醒了我,我只有尽快联系上那个在滨海打工的远房亲戚,让他赶紧筹钱搭救我。

在治安员的监视下，我拨打那位远房亲戚所住宿舍的电话，接电话的刚好是他。一听到他那冷冷的声音我就知道没戏。我强忍不快把话说完。我说被抓进了收容站，急需用钱把我赎出去。对方沉默数秒钟，说他那点钱已汇给家里，实在帮不上我。我说你一定得想办法救我，花的钱我出来后想办法还你，你的大恩大德我永世不忘。对方缄默不语，过了一会儿才说："蔡云龙就在隔壁宿舍赌牌，要不我给你叫叫他……"我一听到"蔡云龙"的名字，就像找到一根救命稻草。我说，你个狗杂种，赶快叫龙哥听电话。

"好，我这就去……"

我直恨得牙痒痒，什么狗屁亲戚？我希望我这是最后一次听到你的声音。

但蔡云龙将要接听电话的好消息冲淡了我对这位远房亲戚的恨意，这一通电话还是没白打。蔡云龙若是知道我关在收容站，绝对不会置之不理的——无论他在乡党心中的形象如何不堪，我对他的这点信任还是有的。

在我等蔡云龙接电话的间隙，我扫了一眼不甚宽敞的场院，对面那一道道钢筋条焊接的铁门，蛰伏着一颗颗焦躁不安的灵魂。我向那些注视我的人微笑着，眉宇间有股得意的韵味。他们好像没什么反应，阴冷的目光像一簇簇看不见的利箭射向我。当听筒里传出蔡云龙那熟悉的乡音，我发疯似的喊道：

"龙哥，我是黑头，快来救我，我被关在碣石收容站。"

蔡云龙接到我的求助电话，安慰我不要着急。他和我约定：明早八点，会准时赶到收容站交钱赎人。我一再强调：

"明早，你一定要来啊！"

"一定。"

一夜没睡好觉。收容室里弥漫恶臭，室友们做梦时神经质的喊叫或者哭泣不绝于耳。邻床的"眼镜"躺在地铺上长吁短叹。

"小子，你开心啦，明早就能出去了。看来，我汪豪只能在这里等死了。"

"你单位同事和父母家人呢？他们没想办法救你？"

"我找过供职的单位，总经理姓林，他说，你上班不到一个月，也没拉到多少业务，你把我这儿当成救济院啦？"

"眼镜"说你把那一单提成给我，我就能出来了。

总经理说："你那点提成还不够伙食费，哪儿来的钱赎人？"

"眼镜"一听真是气不打一处来。他说，我汪豪不会一辈子待在收容站的，只要有机会出去，第一件事就是找林总讨回血汗钱。

"眼镜"还说，他在万般无奈之下打电话给父母，两位老人在话筒里哭了半天，然后说，就算老两口在黄土高坡干上一年也凑不齐赎我的钱。他家地处西北荒漠，地瘠民贫，生活难以为继，要想筹钱赎他真比登天还难。

我能体谅汪豪的心境，对他说："'眼镜'，别灰心，要是我能出去，会想办法救你的……要不，我跟我的朋友说说，看他能不能筹钱赎你，等你出去赚钱了再还给他。"

"眼镜"似乎觉得我说的是客套话。也是，一个萍水相逢的人，泥菩萨过河自身难保，纵然我有意救他，而蔡云龙是否愿意则是另外一回事。不过，凭我对他的了解，只要他手头有钱，说不准真会出头帮帮这个可怜虫呢。隔了许久，"眼镜"说：谁要把他赎出去，就是叫他上刀山下火海也心甘情愿呢。

一夜无眠。

早上起床后，我把脸贴在铁门上朝对面的传达室张望。八点刚到，从收容站传达室走出一个熟悉的身影，那人头戴一顶遮阳帽，外穿风衣，贴身穿着红色T恤，两只大眼炯炯有神，那飞扬的神采，乍一看像是在哪部外国电影中见过的骑士。我倍觉兴奋地冲他叫着："龙哥！龙哥！"他边应声边跟那个矮个儿联防队员协商着什么。两人走过场院就到了第三收容室门口。打开铁门，我冲出收容室，兴奋莫名地说："龙哥，你真像一场及时雨啊，来得正是时候！"蔡云龙握住我的手，说："黑头，为你做事是应该的，你受委屈啦。"

我和蔡云龙跟着那个黑瘦矮小的男子上了二楼办公室，那人穿着一身肥大的制服，显得空荡荡的很不协调。他坐在一张宽大的办公桌后面，这使他的体型显得更加瘦小。他摆出领导的派头，跟蔡云龙就交纳多少罚金讨价还价。

"两千。"他取出账本，按了按计算器的键盘，然后喊出报价。

"才住几天就要两千？不行，一千！"蔡云龙显然精于此道跟他砍价。

那黑瘦小个儿默不出声，似乎是吃了什么异物哽在喉头没吱声。接着，他好像想起什么，顺手扯了一张信签纸，一边说一边就着办公桌准备打收条。蔡云龙不乐意了，说："收容站是个正规单位，我交了罚款，你就得开具正式收据，打白条咋行？"

"在这种地方，是你说了算还是我说了算？"这人板着脸说。

"事业单位收款应有正式收据，你要打白条，我可以拒绝付款，还可以向上级投诉你。"蔡云龙义正辞严，说得有理有据。

那人似被对方插了软肋，鼹着脸说：

"给你优惠点儿总可以吧。"

蔡云龙明白那人想私吞，愈加得理不饶人，一口咬定六百元，说不再加码。

那黑瘦小个子就从满是粉刺的脸上挤出几颗白牙，说：

"你也太狠了吧？一口价八百。再跟我讨价还价，就叫犸黑头待在收容站别出去了。"

这回该蔡云龙软下来了，得了好处却显出勉强接受的口气：

"好，八百就八百！"

"这回，你该满意了吧，该不会找我开正式收据了吧？"

蔡云龙就说：

"这钱落到你的腰包，今天八百，明天八百，天天如此，占大便宜的还不是你吗？"

"谁说落到我的腰包？这钱都要经过收容站统一核算的。"

眼见我的事情已经办妥，我想趁此机会把"眼镜"的事儿说一说。那名矮个子伏在办公桌上打白条，我把蔡云龙拉到一旁，说："我有一个难友，名叫汪豪，想让你帮一把。"

我把"眼镜"的情况简明扼要地说了，我说那人是个很讲哥们儿义气的西北汉子，现在身处绝境，需要有人伸出援手，他若出去了，一定会报答你龙哥的。

蔡云龙说：

"我哪有那么多的钱，他在收容站待了个把月，没个几千块钱哪能赎人？"

"龙哥,你不妨这样想……是的,汪豪在收容站欠了不少伙食费,他家里出不起这笔钱赎人。眼下,收容站想从他身上揩油怕是难呢,说不准补上千把块钱就能把他推出去了。你这是在做好事,试试看吧,龙哥。"

他还在犹豫,而我不死心。我说:

"我那难友说过,谁要有心把他赎出去,就是叫他上刀山下火海也愿意呢。你救了他,他会记你的情,你得到的报答何止这点钱哪。"我了解蔡云龙——我明白走江湖的人爱听这话。

果然,蔡云龙豁然开朗似的应承道:

"可以试试,不过,我还余下一千多元钱,超出这个数我就无能为力了。"

那个联防队员,把写好的白条看了一遍后递过来。蔡云龙就势握住对方的手,说:"老兄,我还想请你帮个忙,我这朋友想赎出汪豪……我身上只剩下一千元钱,成不成,你给个话。至于收条,你打不打都无所谓。"

为证实身上的确没有余钱,蔡云龙把一千块钱拍在桌上,然后脱下风衣,掏空口袋只剩下几张小面额的纸币,分明是说,除了这点零钞,身上已空无一物。那矮小子见了,装出无可奈何的样子,说:

"一千? 我得跟队长说说。"

他屁颠屁颠地跑到隔壁办公室,没到一分钟又返回来,说:

"队长同意了,一千就一千。"那人拿起桌上的一叠钱,蘸着口水数了数,然后,连先前打的那张白条一同放进了自己的口袋。

没想到赎"眼镜"出收容站的事竟这样促成了。我站在第三收容室门口,欣喜若狂地朝汪豪喊道:

"眼镜,自由了……"

汪豪似乎不太相信我的话。我对等在大门口的蔡云龙一指,确定无疑地告诉他:"是真的,正是救我出去的那位朋友帮你的。"

汪豪将信将疑,直到那个矮个子联防队员拉开铁栓,叫了他一声,他才相信眼前的一切全是真的。汪豪朝收容站大门口的那位年轻男子看去,南方的风势卷起他的风衣,现出他那柔软而结实的上半身。

3

我在那间乱糟糟的收容室待了五天、汪豪待了将近一个月后，终于被蔡云龙领出了这个鬼地方。

进入滨海市，蔡云龙说要请我们上饭馆好好吃一顿。我和汪豪饥肠辘辘的，他的提议正合我俩心意。可我知道，他身上只剩下的一点零钞不够吃一顿的，我刚说出口，他却变戏法似的从我衣兜里取出三百元钱。原来，为了应对那个矮个子联防队员，他留了点心眼，把三张百元大钞挪移到我的口袋里了。一行三人有说有笑地进了一家川菜馆，点了满桌好菜。蔡云龙说，你俩好久没开荤了，今天吃好喝好，来，庆祝一下。三人碰过杯一饮而尽。想想也是，我真的很久没有这样畅快地吃过喝过了。

蔡云龙说起他离开安定老家的前因后果：

"黑头，你知道，来之前，我在安定城替人逼债打伤了人，在县公安局留下案底。去年下半年，在全国性的'扫黄打黑'专项行动中，我成了警方抓捕的对象。为躲避追捕，我上了南行列车。老家的公安知道我人在滨海市，第一时间赶过来抓捕我，我跟警察玩起猫鼠游戏，他们抓不着我，瞎忙乎半个月就回去了。我在滨海市及周边城市辗转往来，我频繁流动着，担心在一个地方待久了会引起警方的注意。"

这个蔡云龙可真够神的。

不管怎么说，我和汪豪通过他的解救才换回自由身。就凭这点，我俩都有足够的理由信任他。

汪豪说："龙哥，冲着你的为人，你叫我干啥就干啥，肝脑涂地在所不辞。"

汪豪这种姿态，果然不出我所料。这个从西北大漠走出来的年轻人，实际年龄比我大不了两岁，但黝黑的皮肤看上去有些显老。他说话直率，嗓音洪亮，满腔豪气随着一口酒气喷吐而出。

"眼下，我像一条丧家犬那样活着，手头的一点积蓄也花光了，难道我们几个要坐在这里等死？"蔡云龙在使用哀兵之计。

虽说我不想再涉足江湖，但蔡云龙的话还是引起我的共鸣。回想在滨海市的这段日子，我活得人不像人，鬼不像鬼，如有发财的机会自然不能放过。

"龙哥，没想过回安定城？"

"回安定城？一时半会儿回不去啦，安财、胡红心被关了，我的案子也摆在那儿，只有麻超有他老子罩着还没事儿。不过，麻超正在说服他那副县长老爹，帮我摆平那桩案子，或许用不了多久，我在老家犯的那点事儿就会平息了。"

我和汪豪都觉得，在滨海市，遇到蔡云龙是我俩的幸运。他这么仗义的人，是不会在我们穷途末路之时弃之不顾的。趁着酒兴，我们三个说了不少妄言疯语。我和汪豪哪里知道，蔡云龙正处心积虑地将我俩一步步拉下水……

4

第二天，汪豪要我和蔡云龙帮他去讨债。他说在广告公司干了将近一个月，拉了两单业务，不但没领到一分钱工资，连业务提成也没给，不把这笔钱讨回来，岂不是白白忙活那么久？

他的提议立刻得到蔡云龙的响应。他说：

"'眼镜'，讨账，你算找对人啦！在老家，我和黑头正是替人讨账的。"

我也觉得这是一个好主意。如果能帮汪豪讨回血汗钱，就能缓解眼前的困局，何乐而不为？

汪豪曾经供职的广告公司在市文体中心那一带。我们三个走进体育场附近的一栋写字楼，乘电梯来到广告公司老总的办公室。

老总姓林，本地人，三四十岁的年纪，身上的着装一律进口货。他油头粉面，给人一种财大气粗的感觉。他那粗短的脖子上戴着一条粗大的项链，手腕上串着一条纯金手链，左右手的中指和无名指均戴着大小不一的戒指。他看见汪豪背后站着我和蔡云龙，就知道我们是干什么来了。按着我们预先安排，我走在后面，进门后随手关上门，防备其他人进来干扰我们的行动。他俩去找林总理论，那人腾地站起来，冷眼瞪着汪豪，十分气恼地吼叫道：

"汪豪，你算什么东西，敢来跟我叫板？"

"林总，我不是跟你叫板，是来讨要我应得的那份报酬。"

"你干了一个月，不错，但你为公司创下多少业绩？没业绩，你的工资又从何而来？"

"不管怎么说，我还是拉了两单业务的，印招贴画的一单，户外路牌一单。我拿提成也该有两三千吧？"

"你拉的两单生意还不够你每天吃的喝的，你以为我这里是吃白饭的地方？去去，别来骚扰我，你不走，我可要打报警电话了。"

"进公司时，你说员工包吃包住的。"

"我不管……想拿钱，没门！"

蔡云龙不声不响走过去，一把扯断电话接头，点着林总的鼻梁骂道：

"别人跟你卖命干活，你还想昧了他的血汗钱，你不是要报警吗，走啊，我们正好去派出所评评理，看看是你黑心，还是我们骚扰了你？"

"你……"

林总似乎发觉自己理不直气不壮，便一屁股坐在一只宽大的藤椅上，不停翻白眼儿。汪豪见他装糊涂，毫不客气地坐上林总的办公桌，一板一眼地说：

"林总，我来讨要我应得的那份提成，你不给，我只能每天陪你上班了。"

蔡云龙以不阴不阳的口气说："林总，要说上班得算上我一个，今天，应该算是我上班的第一天，是不是该有一天的工资呢？"

林总怔怔望着蔡云龙：这人该是怎样的一个人哪？凸出的眼珠，从瞳孔深处透出一股凌厉、冷硬的光亮，这奇怪的眼神他还是第一次见到。他全身止不住抽搐，隐隐漾起一股惧怕之意。他乜斜着眼睛在我们三人身上扫来扫去，屋内的局面在僵持一阵后，林总的气势开始软下来。

"三位别动粗……汪豪，欠你的，该给的一定给。好吧，我满足你的要求。按业务量拿提成。"

说着，林总用手机拨通电话叫来一位妙龄女郎，汪豪认得这女的，她是林总的情妇兼任公司财务。林总跟她交代几句，汪豪和她一起去了财务室核实业务量。蔡云龙说：

"林总，这就对了，你早答应结账，又何至于闹得不愉快呢？"

林总无意接茬，低头审阅着办公桌上的一叠图纸。我和蔡云龙走出门外，汪豪迎面打出表示胜利的手势。

5

一次，蔡云龙出门了没回来，我和汪豪各自说起往事。

我说，自从出世后，我就在一个缺乏父爱母爱的家庭中长大。大人们为了生计各忙各的，父亲犸正立先后在老家禹王坪及周边乡镇屠宰场工作。母亲覃玉珠在家抚育我，还包揽了田地里的农活。夫妻聚少离多，感情淡漠。我夹在中间成了他们的出气筒。一九九二年，父亲办了退休手续，返家不过一年就离了婚。自此，父亲进了城，母亲来到传言中的老相好向楚晟家。我当时刚满十四岁，初中没毕业。父母分手后，我在后面呼天抢地都没能换来他们回头一望。父母散了，缠绕在这桩婚姻上的所有积怨全解脱了，可一个十四岁少年的未来又在哪儿？我对父母的隔膜就是从那时开始的。后来混社会多年，我很少去看父母，他们也几乎忽略了我的存在。

汪豪的命运也不比我强多少。他家在西北黄土高原，父亲患了肺病不能干重活，一家五口的生活全落在母亲身上，下地劳动、喂养牲畜、相夫教子，事无巨细，家中所有的苦活累活都是她的。汪豪初中毕业后，家里实在没条件送他继续上学，他得回家照顾父亲，还要供上初一的双胞胎妹妹念书，于是，他上了黄河故道边的山梁，帮母亲种几亩薄地，喂了十几只羊子。可一年辛辛苦苦仍然解决不了一家人的温饱，到了来年春天，靠吃政府的救济粮度日。他在放牧时，走过不少山旮旯，他一边走一边唱起信天游，歌声里流露出淡淡的忧伤。他想走出这片贫瘠的土地去看看外面的世界。于是，汪豪来到了滨海市……

我俩都是从农村吃苦出来的，有着相同的出身，所说的话也格外贴心。

我俩还就感兴趣的话题进行交流——譬如对江湖的理解，我俩既有相通之处，也有不少分歧。

我说，古人所处的江湖具有一种侠义精神，比如《水浒传》里的武松、李逵、鲁智深等，他们出身于社会底层，在险恶的现实生活中寻找出路，他们救自己也在拯救那个社会，骨子里有一种铁肩担道义的气质，是不折不扣的侠客。而我们所处的江湖，并不是真正意义上的江湖，而是一种混世！

我的话引起了汪豪的共鸣。他说：

"犸黑头，我在黄土高坡干活放牧的那几年，我从学校老师那儿借来好多本武侠小说，书中的侠客吸引了我。在我老家镇上有个小江湖，这个小群体在险峻的现实生活中找不到自己的位置，从而与这个社会产生对立，通过左冲右突来抢夺物质资源。虽然，我的境遇不比他们好，但我守住底线不屑为伍。如今，难道我也沉沦到要靠这种令人嗤之以鼻的恶行来讨生计吗？这种变化连我自己也感到惊讶！我认为，江湖是客观存在的，它是一群生存空间狭小的游民所形成的独特社会。贫穷，是贴在他们身上的一张标签。因为这个群体不遵守社会规则，有的沦为卖艺行乞或者招摇撞骗的游民，有的成了江洋大盗，这样的江湖说白了就是非抢即盗，也就是说，它不是表达侠义，而是一种犯罪。"

"在现实生活中找不到自己的位置，就该欺凌弱小？就该在车站、码头专找那些妇女老人、贩夫走卒作为加害对象？这种行为不仅伤天害理，而且玷污了江湖这个名词！无论如何，该出手的也不是这些人吧！你说呢，眼镜？"

"是啊，黑头，一个社会中，最可恶的是那些贪官污吏，以及和他们勾结紧密的为富不仁者！正是这个群体，客观造成了许多不公平现象。无论是官方立场或者民间角度，他们是'人人得而诛之'的对象。"

"眼镜，这说法有所不妥。无论贪官污吏、为富不仁者的钱财来得多么不正当，那也只能由国家专政机关来治呀！我们出头做这事儿，毕竟是犯罪行为！再说，有些老板做的是正当生意，平时也做了不少善事，对这样的富人，总要给予公正对待吧！"

正在这时，蔡云龙从屋外一步跨进门，以居高临下的语气说：

"我认同'眼镜'的看法。这个社会中,不少一夜暴富者充满原罪。如果说,我们这类人是社会上的毒瘤,那么他们并不比我等高尚许多。怕什么,鼓起信心,要钓就要钓一条大鱼……"他把我和汪豪的头揽到胸前,一副神神秘秘的样子,"我告诉你俩,今天出门寻了个好机会,这单做成了,管保大家一辈子衣食无忧。"

汪豪兴奋地问:

"什么机会?"

蔡云龙用很轻松的口吻说:

"这几天,我盯上了一个本地大老板,我一直在跟踪他……我们设法从他手里弄一笔钱!"

我说:"龙哥,是不是太冒险啦?"

"黑头,怕什么,出了事我担着!"

"对,豁出去了,要死也要死个痛快!"汪豪摩拳擦掌。

6

那次行动以我们落败收场。

蔡云龙所说的那个大老板白天在城里上班,晚上回到郊区别墅,其间要经过一段林木苍郁、车辆稀少的马路。蔡云龙在这一带观察好几天了,已基本摸清了那人的生活规律。他一般在晚上九点钟路过这里,车上随行的只有司机。我们三人做了分工,我负责设置路障,他们两人上前控制司机和那个大老板。蔡云龙特别叮嘱我和汪豪,一定要记住大老板那辆宝马坐骑的车牌号,千万别搞错了对象。接着他把一串数字重复念了两遍。

到达目的地,我从附近的绿化带撬起的一根木桩,长三米、直径十厘米的那种,这是专门用来设置路障的。蔡云龙在距我五十米的行道树下站着,他在等待那辆宝马车出现。如果车子开过来了,他会向我打手势,我则抱着木桩将其横挡在马路上。在车子减速的间歇,汪豪首先冲上拖住他们,我和蔡云龙迅速包抄过去。

时间刚到晚上九点，一辆白色宝马亮着大灯不紧不慢开过来。我看到蔡云龙打出手势立马上前，把那根木桩横在路中央，车子紧急制动停了下来。我就势伏在车头，司机以为遇见了"碰瓷"，频频鸣响喇叭。这时，蔡云龙像一头强健的狮子，举着手腕粗的钢管打碎车灯。汪豪飞身上前逼近宝马车的另一侧，他俩分头封住车门，挥起钢管猛击窗玻璃。我在马路上担任警戒。蔡云龙将车门敲开后，那个身材壮实的司机猛力窜出车门，扑过去把他摔倒在地。双方在马路上翻滚着，谁也占不了上风。那个年近半百的大老板眼见汪豪冲他而来，从副驾驶座下抽出一把砍刀，跳下车阻止对方接近。汪豪眼见不能近身，顺势捡起地上的木棒打掉对手的砍刀，将注意力集中在座椅边的一只挎包。他得手后，大老板想抢回挎包，两人推搡着展开了拉锯战。时间一分一秒过去。马路上有辆车子开过来。如果与对手缠斗，将对我方十分不利。我跑过去一脚踹开那司机，一把拉起蔡云龙，准备离开现场。汪豪挥舞着一只沉甸甸的挎包，在车灯前一闪而过。就在这时，宝马车后一辆小车戛然而止，车上跳下几个手执砍刀的人，气势汹汹向我们奔突而来。我大叫一声：

"龙哥，有保镖，快跑。"

我横穿马路，赶紧跑出绿化带，钻进路边的一片香蕉园。汪豪在前面死命狂奔，我和蔡云龙紧随其后。那些追赶的人，像是跟我们拼气力竞赛似的，穷追不舍。月地里，一棵棵香蕉树从眼前一掠而过。我知道，如果落在凶神恶煞的保镖手中，不把你打个半死才不罢手呢。奔跑途中，我看见前面不远处泛起一片白莹莹的水浪——我的生机就在眼前，我自小熟悉水性，是小伙伴眼中的"浪里白条"。我以百米冲刺的速度越过汪豪，冲上江堤后不顾一切地扎进西江。我一个潜游后从三十米开外的地方探出头，我听到我后面传出扑通的响声，我不知道是谁先跳进了西江水道。蔡云龙好水性无惧江河湖海，只苦了汪豪这个西北汉子，他是不会游泳泅水的。我浮出水面回头看了一下，蔡云龙正在皓月下的西江劈波逐浪，眼里泛光，像一对微型小灯泡扫过水面。汪豪在江堤上游移，抱着挎包迟迟不敢下水。我吼了声："汪豪，再不跳就来不及了。"他带着哭腔回了句："我不会游泳啊！"说时迟那时快，一柄长刀向他砍去，他连连躲闪着，终于退无可退。他高高举起挎包就像一只巨大的黑蝙蝠，一个俯冲扎进水中。在波光粼粼的江面，他的身子溅起一排水花，紧接着，他拍打着江水扑腾几下，转眼不见了踪影。我一边喊着"眼镜"，一边往他落水处泅渡，我想拉汪豪一把。立在岸边的那几个彪形大汉，用砍刀拍击着水花，有的甚至向我投掷石块。蔡云龙喊了声："有危险，黑头。"我只得放弃救援汪豪的举动，潜入水中游出对手的攻击范围。我和蔡云龙合在一处，把视线投向月下的开阔水域，声声呼唤"眼镜""汪豪"，可江面上没听到他的回声。我们刚刚跳下水的那片江面，一排突如其来的波浪翻卷着，掩盖了那里发生的一切。

　　第二天上午，我和蔡云龙再次走上那道江堤寻找汪豪。堤边沙地散乱着被人践踏的痕迹。出于做贼心虚，我俩不好向附近的居民打听什么，只得把自己扮成游客，装模作样地沿着事发地转悠一圈。后来，从香蕉园走出一位农人，操着浓重的本地话跟我俩聊开了。他说：

　　"今天一大早，就在那个地方，"那位蕉农指着前方百米处的河堤，"一具浮肿膨胀的男尸被警方捞出运走啦。"

　　我说，这人多大的年龄，长什么样子？

　　那人有点儿不高兴，说一具膨胀的浮尸，你能看出他的年龄和样貌？

　　这具男尸是不是汪豪呢？可起尸的地点正是那片水域，这不是汪豪又是谁呢？我正这样想时，那位蕉农补充道："这河里，一年中要捞起上百具浮尸呢，大部分无人认领。"蔡云龙也安慰我："毕竟没见着尸体，也许还活着呢。"见他俩这样说，我也是半信半疑。西江水缓缓流淌，卷帘似的水浪抹去昨日的记忆。现在，我和蔡云龙侥幸逃脱，而汪豪到底是死是活，我真无法预料。我希望他没死，说不定哪一天，他会神不知鬼不觉地出现在我面前。

7

　　这次失败的行动刺激着我，一连三天闷在出租屋，食不甘味。痛定思痛，我不愿像汪豪那样下落不明，或者因违法犯罪被警察抓走，更不想搭上自己的身家性命。我想回安定老家。

那天，蔡云龙回来得很晚。我躺在床上翻来覆去地睡不着。进门后，还没等我开口，蔡云龙脱口说出那句让我至今感到后怕的话：

"黑头，我们干一单吧！"他指的是抢劫。

我说：我不想干了。我没有身份证，在这里找不到工作。而且，我们的生存土壤在安定老家，现在家乡有一片丹霞地貌叫天堂界，它是国内外知名的旅游区，今后不愁没有发财的机会。

蔡云龙两手一摊，轻巧地说：

"小子，有什么好怕的，富贵险中求嘛！而且，我在老家那点儿事，还要等麻超的父亲帮忙摆平呢，眼下不能走的。"

我说，你不能走并不代表我不能走。

"你还在想汪豪吧？别想啦，现在要想的是明天的早餐在哪里。"

这是现实问题，我有点摇摆不定。

"我们从大老板那儿没搞到大钱，在街头巷尾弄点小钱也行啊！干吧，弄一笔钱再走！"蔡云龙再次鼓动我。

或许，是他坚定的眼神感染了我。也是，我两手空空怎么回去？并且干了这一回便远远离开这里，从此脱离这个龌龊的"江湖"。如果这样，干上这一单是值得铤而走险的。

我最终默认了蔡云龙的提议。

一轮春阳高悬于蓝天，照得人身暖洋洋的。青天白日之下，我和蔡云龙就像两只巨大的硕鼠，睁开发亮的眼睛盯着过往行人。我两一连跟踪了好几个目标，但因种种原因没能得手，一路晃晃荡荡进入一座绿树成荫的城市公园。这座公园连绵几座山头，跟郊区自然公园连成一片。很快，我俩发现一对年轻夫妇进了公园大门，男的中等个头，穿着一身合体的名牌西服，女的打扮入时，颈项垂挂着一条金光闪闪的项链，手腕上戴着一只玉镯，熠熠生辉。那男的似乎说起什么趣事，让身边的女士听得开怀大笑。他们说笑着，悠闲地往林荫深处走去。蔡云龙翘起大拇指对那个男的，意思是说由我控制那个男的，他本人对那个女的实施抢劫。

一条条游道、野径连接着公园内的亭台楼阁和植物园。蔡云龙隐身于林荫道迅速向目标接近，我走在这对年轻夫妇的身后，步子轻快地靠近那个男的。蔡云龙在前方山嘴打了个响哨，向我发出信号。那对夫妇相依相偎，说不尽的柔情蜜意，丝毫没有意识到危险正一步步逼近。蔡云龙在前面不远处的一棵古树下现出侧影，向我暗示要在那里动手。我加快步伐奔到那对夫妇的身后，冲上去抱住那个男的，蔡云龙从古树后飞身跃起，一手揪住那女的的头发，一手抓住脖子上的项链使劲扯，可怜她禁不住这一扯，直疼得失声号啕。但她并不示弱，伸出涂上颜料的十根指甲，像是女妖的利爪朝抢劫犯的脸上连连抓抠。那男的眼见老婆被人打劫，一心想上前施救，急欲挣脱，我紧箍着不让他抽身。那人就势倒地，两人在游道上翻滚着直至撞上树干。我双手一松，那男的一个鲤鱼打挺站起来，一边往公园出口奔跑一边大声呼救："有人打劫……快抓抢劫犯啦。"

我不敢恋战，回身便走。蔡云龙已经得手，提着那串金灿灿的项链就往林荫深处奔跑。那女的脖子上被勒出一道道血印，躺在地上放肆地号叫。那男的带着两个保安急匆匆跑来。我和蔡云龙像两只无头苍蝇，一路狂奔上了公园北侧的小山。山顶上有一座楼阁，站在那儿可以清清楚楚地看见公园入口处的动静。两辆警车从公园大门鱼贯而入，锐耳的警笛让人感到揪心。蔡云龙观察着四周的地形，如从这里往北走，不出几里地就到了城郊的自然公园。再过去，莽莽苍苍的西江冲积平原拱卫着这片山丘。我俩不敢怠慢，扒弄着荆棘枝柯隐入深林，慌慌张张地朝那片长满黄杨树的北坡逃去。

一阵紧似一阵的警笛，像大幕将启之时的开台锣鼓，声声敲击着逃亡者的耳膜。警犬的吠叫在通往山顶的游道上传开。蔡云龙的脸上布满伤痕，那条稍大的血印是刚才争夺金项链时被那女的抠的，稍细一点的血线是被山间荆棘划破的，血水和汗水交织在一起红泛泛的，使他的面部尤为狰狞可怕。由于奔逃时的剧烈运动，加之施暴后导致的内心恐慌，我的左胸怦怦直响，心脏似乎快蹦到嗓子眼了，我那沉重的双腿几乎迈不开步子。更可怕的是，两个人在森林里奔逃，已经失去方向感，不知道逃的方位是对还是不对，这样亡命而逃的结局是可以预见的。我说："龙哥，我俩这样四处乱跑不是自寻绝路吗？"他赶忙停住脚步，气喘吁吁地直摆头，累得连一句话也说不上来。两人站在原地观察着周边的地形，寻找下一步的逃亡路线。山峦右侧有一道山谷，一条看不分明的林中小路通往谷底。山谷中央生长着一棵根须发达的榕树，巨大的树冠上升起的一面五星红旗迎风招展。蔡云龙说，根据那面旗帜判断，那棵榕树下定然有一栋小屋。我说，如果警方在那边布置了岗哨怎么办？蔡云龙说没那么快，还说越危险的地方越安全。我俩开始出现分歧。我望着那道飘扬着五星红旗的山谷，只觉得那棵青幽幽的榕树潜伏着危机。我大脑里有一种幻觉：无数黑洞洞的枪口正对着前面的路。我情绪紧张地看了看蔡云龙，说：

"龙哥，我俩无路可逃了……投案自首吧！"

"黑头，我不会阻止你投案自首，我希望，如果你被弄进局子，千万不要把我咬出来。"

"好，龙哥，我答应你，我投案后进了局子，只坦白自己的事，不会把你供出来的。"

"哦，黑头，别怪我，只怪我俩运气不好。我走啦，你好自为之吧！"

蔡云龙仓皇翻过土丘，走上通往山下的小道。我倚着那棵碗口粗的黄杨树，绝望地叫了声：

"龙哥，你别走！"

蔡云龙没有回头，匆匆的身影是那么决绝、坚韧。

我被警察押解着经过城市公园的林荫道，两旁的游人纷纷朝我投来鄙弃的眼光。那对遭劫的年轻夫妇也在人群中，那男的抱着嘤嘤哭泣的老婆，向我扬扬愤怒的拳头。上了囚车，我蹲在铁窗紧闭的车厢里，用戴铐的双手掩住脸颊，泪水从指缝间肆意流淌。

事发前，蔡云龙对我说："我们干一单吧！"当时我想过：干过这次，就不会再有下次了，可以从此不干这行了。可是，当干上最后一单时，我把自己给搭进去了。最终，我被关进了牢房，终于可以不干这一行了。

第二章
白色妖姫

珍爱生命 拒绝毒品
CHERISHING LIFE
AND REFUSING
DRUGS

1

　　我被解押到原省，投进距老家不远的省第二监狱关了三年。恢复自由身的那一天，正是千禧年的春节。我刚满二十一岁。我站在监狱大门外，怔怔望着车水马龙的街道，恍如隔世。

　　正踌躇时，一辆乳白色桑塔纳小轿车停靠在我面前。车门打开，一位身穿风衣、头戴礼帽的人拦住我，那人揭开藏青色礼帽，露出突起的眼睛朝我不停眨巴。我惊呼道：

　　"龙哥！"

　　"想不到吧？"

　　蔡云龙，这个带我出道的乡党，我的江湖老大，这次，他是专程来接我出狱的。

　　他手里端着礼帽，一张脸左右摇晃着似要把我看个透彻。三年不见，他明显露出了老态，三十出头的年纪，头发稀疏，苍白的脸色泛出青筋，青筋里流动的仿佛不是血液，而是绿莹莹的胆汁似的，与他脖子上的那条小指粗的项链相映成趣。

　　"黑头，你受苦了！"

我强装笑脸,说:

"做了坏事,自然要受惩罚的。"

"黑头,进了号子没乱咬人,够意思。"

"龙哥,我做的坏事,总不能把责任全推到你头上。"

"以前,我和对手打个架,偷东摸西的事也不在少数,甚至在晚上抢过女人的手包,这些事闹开了,足够我喝一壶的,但你没扯我,也让我赢得了宝贵的三年时间。黑头,我记着这份情呢!这几天,我要让你吃过喝过浪过乐够了,再图谋今后的发展。"蔡云龙拍拍我的肩膀,打开副驾驶的那扇车门,不容分说地把我塞上了车。

我心里有种莫名的感动。如果,蔡云龙真是这样想的,我坐这三年牢也算值啦!

蔡云龙手握方向盘,平视前方,把个车轮驶得飞转。我问这是要把车子开到哪儿去?他说:

"黑头,还是那句老话,有我蔡云龙一碗饭吃,就不会让你犸黑头饿着。"

我说,看龙哥的气派,三年不见,倒是阔气了不少。

驶上高速公路,蔡云龙减挡让车速变慢了些,对我说起分手后的情形。三年前,和朋友去了中缅边境,在一家跨国贸易公司做业务员。在完成原始资本积累后,在老家安定县的知名旅游区天堂界镇租赁一家宾馆经营着,生意做得顺风顺水。他露出两片白牙,得意地笑了笑。

"噢,士别三日当刮目相看,龙哥如今成了一路神仙啦。"

"黑头,往后,跟我一起混吧,你为人义气,又有一身好功夫,我们兄弟几个好好成就一番大事。"

我刚从监狱出来,无从想象今后的生活。何况,这社会上的变化日新月异,三年过去又该是怎样的景象,我得好好摸摸套路。而且,像我这样的劳改释放犯,走上社会又能做什么呢?这真的不好说。我困意上来想小睡片刻。蔡云龙轻点油门,小轿车像是轮下生风似的直往前蹿,不知不觉,车子已进入安定县界。

2

天堂界风景区的地貌特征和人文风情，我一点儿也不陌生。这里原是安定县国营林场，和老家禹王坪镇枫树岗村隔着一道山梁，从天堂界大森林抄近路回家不过二三十里地。在我童年乃至出来混社会的那些年，可没少在风景区进进出出。短短三四年间，天堂界风情小镇变得更美了。我被蔡云龙安排在翠竹宾馆，在客房里美美地洗了一个热水澡，躺在床上看电视，剧情是反映香港黑帮生活的。下午五点半，一名服务员敲开房门，递上一个包装袋，说是龙哥为我置办的新衣。我穿戴整齐，走到大厅，蔡云龙就迎上来。我跟着他走到宾馆外的名峰大道。

他说今晚要我开开眼界，和一干新朋老友见个面。

蔡云龙为我举办的接风宴排场大大超出我的想象。当然，我只看到他的热情，而没看出隐隐到来的风险。

开始，我以为他把我接到天堂界镇，只是顾念旧谊说说贴己话喝喝小酒。结果，他在名峰大道旁的一家特色风味酒楼开了两桌野味全席，真是天上飞的、地上爬的、水里游的全都摆上了席面。桌上摆放的白酒和红酒全是国内知名品牌。受邀的陪客，既有当地的小官，更多的是从安定县城赶来的道上"兄弟"。三年后，我又看见了小白脸麻超，看上去，他比当年成熟了不少，只是白皙的脸上泛出一层病态的暗青。还有安财，这个从前在街头鬼混的老朋友，也出现在接风宴上。那个叫胡红心的矮壮男子，不知为何拄上了双拐。一打听，才知道他在一场打斗后落了单，被仇人挑了脚筋落下终身残疾，眼下靠蔡云龙接济过日子。安财和胡红心不是被抓了吗？他俩是什么时候放出来的？这些人里面麻超最有来头，他父亲是县政府分管政法的副县长，背靠大树，加之自身长于公关，帮蔡云龙管理翠竹宾馆，眼下俨然成了他的大内总管。安财敢拼敢斗、敢打硬仗，在外代表龙哥洽谈业务，已是蔡云龙不可或缺的得力干将。我没发现那位被江湖同道视为女神的皇诗珊，我想问问坐在右边的胡红心是否看见过她，但仔细一想又觉不妥，因为这女的是一个大众情人，犹豫一阵后终没把那个充满诗意的名字说出口。我对左边的麻超说："你老爸当的副县长，想谋个好差事还不是随便挑？"

"怎没？协警、城管都干过，我不安于现状，不想把日子过得平淡无奇……我跟龙哥混，自由自在的，倒没什么不好。"

想想前些年混社会的那段日子，我不也抱着跟麻超相同的观念吗？

宴会开始了。蔡云龙开门见山地说：

"今晚举行宴会，为犸黑头接风洗尘，"一时之间，在场宾客的目光都集中到我身上，"我要对大家说，黑头身处监牢却决不出卖朋友。为表达对他的敬意，我们共同举杯，敬他一杯酒。"

主宾开始相互敬酒，席面上认识的或不认识的，均以兄弟相称。宾客之间通过敬酒加深印象，联络感情。我跟麻超、安财三个酒兴上来，说出不醉不罢休的豪语，一时间，大家频频举杯，觥筹交错。自然，我与那些似曾相识的江湖哥儿们、当地小官喝杯酒混个面熟，也在情理之中。不知喝了多少杯酒，我的酒力慢慢发作，头重脚轻的一片混沌。安财满口胡言，口齿不清地说着谁也听不懂的酒话。酒量好的麻超跑过来扶住我，说要陪我去翠竹宾馆休息。

回到翠竹宾馆，我隐约记得走过一条曲径通幽的长廊，其中一段长廊紧挨着一间宽敞的厅堂。大厅里交织着橘红色光影，闪闪烁烁像一座金碧辉煌的宫殿，十多个涂脂抹粉、打扮妖冶的女子，不知是嘲笑我的醉态还是故意调戏我，娇滴滴的浪笑富含职业性的放荡。麻超说上来两个人扶一下我，我一手揽着一个嘻嘻哈哈进入一间客房。我平躺在一张席梦思床上，两个女的走了，麻超随即递来一杯浓稠的饮料，说是龙哥特别的关照。我语气含糊地说："龙哥……真有心哪，我怎么报答……他对我的好？"我捧着麻超递来的饮料一口喝干，兀自咂吧着嘴巴，感受着那份甜甜涩涩的味道。我对麻超说：

"好喝……真正的好饮料，这种味道……我从未喝过。"

"黑头，你想喝，多着呢，放在床头柜上，想喝自己拿！"麻超扬了扬手中的包装盒。

醉意深浓。麻超不知什么时候走了,过了好久,一个曼妙婀娜的女子出现在床前,她仿佛是我在哪儿见过的女子,她像极了我的初恋皇诗珊。我呼唤着她的名字,渐渐沉入梦乡。

——在梦里,我梦见漫天飘舞的点点血红挡住我的去路,弹雨般的血不能阻挠我前进的步伐。独步山野、河流、田畴、湖泊,我一刻不停地跋涉、腾跃,但那如影随形的滴滴殷红始终飘荡在头顶,一如迷乱的血雨淋湿我的衣襟。我沐浴满身的血水,飘忽于混沌迷蒙的天地间,声声呼唤无人回应。我向着深不可测的深渊坠落……

从梦中惊醒,蓦地发现身边真的躺着一个人。我翻身跃起,一位肤色粉嫩的女子背对着我,一头乌黑的头发盖住了她的头部,懒懒地躺在床上活像一只小猫。那女的察觉到我已醒来,挪动柔润的双肩,用手绾了绾乌亮的发丝,露出那张美丽的脸……我脱口而出:

"皇诗珊!"

"是,今晚,我属于你!"她莞尔一笑,一双勾人的眼睛打量着我。

我喜出望外,一个自少年开始在梦中反复交织的女人,竟以这样一种方式出现在我身边,这未免太神奇了吧!当年,她在安定城里卖冰棍,我和蔡云龙为首的一帮狐朋狗友在街头鬼混,那时,她可是我们几个小青年的偶像呢。三年后,当听到我所崇拜的偶像说出"今晚,我属于你!"这句话,期待已久的感动让我头晕目眩。我语气急促地对她说:

"皇诗珊,从第一次买你的冰棍,我就喜欢上你啦。"

这次见到皇诗珊贸然说出这种话,难免有些唐突。但我出于真心,这迟来的表白,已压抑太久。

皇诗珊打个哈欠,似乎没兴趣听我说这些。也是,我,跟她有什么交集有什么关联?就算她认得我犸黑头,对她又有那么重要吗?她下面说出的话,果然印证了我的推测。

"犸黑头，今晚，我来到你的房间，都是老板蔡云龙安排的，他付给我小费，我来陪你一夜，事情就是这么简单。你现在面对的，只是翠竹宾馆按摩中心的一个妓女，谁给了我钱，我必须给他带来满足。"

皇诗珊不是来听我倾诉初恋的，她的表白充满情色和铜臭。我的情绪一下降到冰点，难道她不是皇诗珊，而是一个我从不认识的女人？

"你……从来没感觉到我对你的感情？"

"做我们这一行的，不会对谁产生感情，也不会轻易相信哪个嫖客的感情。犸黑头，你不要误会，你不必指望我听你说了几句情意绵绵的话，就会相信你，明早走出这个房门，我们是互不相干的一对男女。当然，你出得起钱，我照样上门为你服务。"

我不相信这话出自皇诗珊之口。对这个袒胸露乳的女人，我隐隐生出一种排斥感。我从席梦思床上腾地弹起来，冷冷看着她。

"怎么，在班房里待了这么久，不想解解渴？"

她在奚落我？我的脸色变得更加难看。我把她的衣服扔出去，她赤条条地跳下床，"砰"地关上房门。我心绪烦闷，把麻超留下的饮料全喝光了。很快，我迷迷糊糊地睡着了。

一觉醒来，我竭力回忆着昨晚发生的一切，关于接风宴，关于麻超送的饮料，关于皇诗珊，我的大脑一片空白，心里干干涩涩的，像一块风干了的土地，焦渴难耐。一阵敲门声在客房外响起，接着，蔡云龙那张神秘的脸从门后露出来……

3

我在翠竹宾馆跟蔡云龙过了几天逍遥自在的日子。每天，和麻超、安财一起饮酒作乐，喝那种使人兴奋的软性饮料。饮料中掺杂着海洛因，起初，我不觉得它有多大伤害，麻超安财他们也玩命似的吸食这种东西。我慢慢沉湎其中。我问蔡云龙玩不玩这个，他俩坦言，老板只让手下的人吸食，自己却不碰它。为何蔡云龙自己不碰毒品，偏要手下的人干这事儿，这也未免太可怕了吧？那场接风宴醉酒，我稀里糊涂地喝上了这种掺有海洛因的饮料，我是无心，而蔡云龙该不是故意设计把我拉下水吧？可他这样做的目的又是什么呢？和我关系较铁的安财一语道破玄妙：这还不好理解，谁要染上毒品，岂不是更好控制。啊，三年不见，这蔡云龙的心肠竟如此歹毒？好在我刚刚沾染毒品，现在罢手还来得及。

那天上午，我来到宾馆二楼的经理办公室。我对蔡云龙说，我想独谋生计，过自己想要的生活。

蔡云龙以他固有的热情拉着我的手，请我坐在办公桌对面的沙发上，顺手扔给我一支大中华香烟，给我点燃后自己也叼上一支烟抽着。他坐在那张宽大的圈椅上，我吐出烟圈观察他，他不说话，我还真猜不透他。

"黑头，我不止一次对你说过，有我蔡云龙一口饭吃，就不会让你犸黑头饿着。如今，我的事业做得顺当，你理当跟我同享富贵。别走，留在翠竹宾馆和龙哥一起打拼。"

我已经信不过他，得想出一个两全其美的办法，这样既不至于伤和气，也使我跟他保持一定距离。

"龙哥，这几天，我在天堂界镇上转悠，发现淡季游客少，酒店、客栈的床位住不满，我去名峰大道揽客，这样既解决了吃住问题，拉到客后又能拿提成，这营生最适合我。"

"黑头，你要撇开我去私人客栈拉客，这不是作践我吗？"

"龙哥见外了，我堂堂男子汉，不可能依附你过一辈子的。"

"你既然这样说，我就不强留了。黑头，如果干得不顺心，你想回来的话，我会给你安排一个好位子的。我蔡云龙生意做大啦，正是用人之际，你想跟我去外面跑业务，还是留在翠竹宾馆都随你愿。别小看这宾馆，到了旅游旺季可是个门庭若市的地方，而且，休闲按摩中心更是宾馆的一张品牌。黑头，以你的能耐，想做成一件事又有何难？"

"龙哥，你别抬举我，我知道犸黑头有几斤几两，我刚从牢房里出来，凡事得从零做起呢。"

"黑头,我俩说好,你需要钱应急,或者做什么小投资,尽管开口,我不会吝惜那点小钱的。好在大家都在天堂界,有空多来我这儿走动。"

"有空会过来看你的。"

蔡云龙意味深长地说:

"我知道,你会回头找我的。"

走过曲径通幽的回廊,玻璃墙后面的薄纱,闪烁着暧昧的光影,柔美曼妙的轻音乐释放出诱人的情色。门楣上的铜字招牌,赫然写着"桑拿娱乐中心"。透过轻纱望过去,几个佳丽披着一身红泛泛的光彩,有的叼着香烟,有的摆臂扭腰,亦歌亦舞。皇诗珊看见我,走出门厅似乎要对我说点儿什么。我对那晚的事无法释怀,便不想搭理她,步履匆匆地往宾馆前厅走去。这时,我背后传出一声软绵绵的叫喊:

"犸黑头,那晚……是我不好。"

我知道皇诗珊站在长廊里看着我逃跑。我脑海里幻化出她的脸谱——她那妩媚性感的红唇,竟长出一排白晃晃的獠牙,在暮春的艳阳下闪闪发光。

4

我和揽客女叶山鹰最初的好感,是在名峰大道上建立起来的。

叶山鹰是给红叶山庄揽客的,这家客栈的老板是她的姑妈叶锦慧。我和她熟络后,她向我传授了不少揽客的技巧。每当见到行人走上名峰大道,我从衣着、仪表、口音来判断来者是本地人还是外地人,是游客还是普通路人。如果判断对方是游客,便趋前询问对方是不是有意住店。一般来说,大多数客人即使不住店也能礼貌地予以婉拒,而少数客人则给你一个冷脸。若碰上有心住店的主儿,他会详细询问客栈的基本情况,对这样的客人一定不能怠慢,必须诚恳而有耐心地解答他们所提出的问题。当然,有的客人相信你会跟着你走,但也有不少客人纵使你软磨硬缠,也不一定能打动他。

我和叶山鹰是同龄人，熟悉后，我叫她"山鹰"，她叫我"黑头"。我两在揽客的闲暇说起彼此的家世。

叶山鹰的父亲死于一场泥石流。十岁那年的夏天，在持续强暴雨后，她那当护林员的父亲被坍塌的山体掩埋于巡山路途，来自山下的救援者经过几天挖掘，找到父亲后，他已没任何生命体征。她和姑妈以及同为护林员的姑父一直守着伤心欲绝的母亲。安葬好父亲，母亲自此一病不起，伤心过度及至病入膏肓，最终追随父亲而去。不到两年时间，父母相继离世，这对于童年的叶山鹰何其残忍。好在姑妈姑父如同亲生父母一样，这让她重新燃起了生活的希望。从此以后，她成了他们的女儿。

我把父母离异、然后独自生活，乃至因盗抢蹲监狱的过往说给她听。叶山鹰觉得我的经历就如天方夜谭一样离奇。她为我的命运唏嘘叹息。她说：黑头，无论你童年多么不幸，也不管你曾经干了什么，反正以前的事只能说明你的过去，并不意味着你今后就会沉沦下去。你脑子活、嘴儿甜、做事勤快，这都是一个上进人的潜质呢。她见我能说会道，邀请我为她所在的客栈红叶山庄揽客。

红叶山庄处于天堂界镇蟹甲峪路的尽头，是一座三层小楼改造的家庭客栈。由于地处偏僻，客房入住率低，旺季住不满也是常事。好在客栈是自建房，二三十个床位也没请服务员，叶锦慧既是老板娘也是服务员，丈夫张乐号是国营林场的护林员，巡山回来也不时客串服务员的角色。叶山鹰上名峰大道揽客，还在本地一家旅行社做兼职导游，带的普通团也大都住红叶山庄。由于姑妈姑父没有生养，把这无父无母的侄女当成自己的孩子一样。一家人齐心合力，以极小的成本经营着这家小客栈。

第一次揽来的旅客是一位中年女性，年纪四十岁左右，个头不高，穿着一身休闲装，肩背摄影包、手里提着行李箱，走出汽车站后，站在名峰大道四下瞭望。我走上前，用不太标准的普通话询问她是不是要住店。她没直接回答我，而是向我打听客栈的位置、客房设施、卫生条件、房价等。她对客栈的住宿环境比较满意。我赶忙推介道：

"红叶山庄就位于风景中。"

"好,就住你这儿啦。我来天堂界摄影,住的时间也许长一点儿。"

"住得长一点儿,求之不得……一定搞好服务。"我激动得有点语无伦次。

我做成第一单业务,算是真正涉足揽客这个行当。在外人看来,揽客不是什么高尚的职业,可我初中没毕业,也没一技之长,要想把日子过下去就必须找一个饭碗。我这次接到一个客人,往后就会有两个三个四个的,我要招揽更多的客人来红叶山庄住宿。果然,从那以后,每天都能接上三五个,最多时十来个客人住店,这在地理位置偏僻的蟹甲峪,要达到这种住房率实属不易。一天,叶山鹰带团回来,叶锦慧见了女儿,掩饰不住得意地表扬我:

"山鹰,黑头揽客的本事真显出来了,住房率上升到百分之五六十。红叶山庄有他帮撑着,这客栈生意定会红火起来。"

我和叶山鹰商量好,凡在红叶山庄住店的旅客,其服务项目还可进一步延伸。我俩分工合作,我负责联系客户,叶山鹰持有导游证,负责协商包价、带客人进景区旅游。在旅游旺季到来后,我俩在天堂小镇和风景区之间往来奔波,辛苦着也快乐着。渐渐地,我对叶山鹰的好感与日俱增。我在天堂界镇开启谋生之路的同时,也开始了和叶山鹰的爱情旅程。

夜深人静,我躺在红叶山庄顶层的宿舍,睁眼闭眼都是叶山鹰的影子。她个子小小的,长得也很普通,但在我眼里好似天仙一样,尤其是她那婉转动听的嗓音、善解人意的话语、灵巧而轻盈的身影,都是那么让我着迷。在我穷困潦倒时遇到叶山鹰,这是上天垂怜我还是冥冥天意安排好的?面对她,我的内心不时涌出从未有过的狂乱,这份奇妙好多年没出现了。我欣赏她、倾慕她,我知道,我是爱上这位山里姑娘了……可我狍黑头,一个曾经行走江湖的无赖之辈,一个刚刚走出牢狱的劳改释放犯,一个两手空空一无所有的流浪汉,要向叶山鹰说声我爱你——这又谈何容易!

叶山鹰是怎么想的呢?

每当叶山鹰看见我在红叶山庄忙进忙出的背影,总会投来欣赏的一瞥。一次,她不无爱惜地说:"黑头,这段时间,为了红叶山庄,你付出不少辛劳,悠着点儿，别把身体累坏了。"我说，我一个男人，力气使了又会来的。叶山鹰说："做客栈生意，无须只争朝夕，好口碑是慢慢炼成的。"她就是这么善解人意，凡事总能设身处地替对方着想，凡自己能做的就绝不让别人操心。我俩齐心协力为红叶山庄打拼，感情逐渐升华……如用传统眼光来看：我跟叶山鹰门不当户不对，但我不想被这种固有套路束缚我们的感情，遇上我所喜欢的女孩，我自然要勇敢一些……或许，爱情来了，不是能不能、敢不敢的问题，真正的爱，不被世俗的力量所阻挡，它就像春风吹过大地——那些小草枯树不可抑止地长出新绿，荡漾着一片生机……爱的过程，不也正是这样吗？

5

时间转眼到了五月。一年的旅游高潮启开大幕。汹涌而至的游客，在名峰大道汇成一波波人潮，成群结队的，一路欢歌一路疯玩，心情恬畅地奔向风光奇绝美的天堂界景区。

这个季节，叶山鹰兼职导游的活儿也忙得不得了。这天，她举着一面以绿蓝黄为底色的所在旅行社社旗，带着一个由十多个人组成的旅游团队进山观景。往后三天，她要带着这个旅行团，在天堂界景区的各个景点游玩。我在名峰大道鼓乐塔那个三岔路口默默看着她，她头上的马尾辫高高扬起，浑身透出蓬蓬勃勃的青春力感。

每天晚上，她把客人安顿好后，会打电话到红叶山庄服务台，一般是叶锦慧在接听——她父母已默许了我和叶山鹰之间的恋情。总台电话转到我手里，碍于长辈在侧，不便说些卿卿我我的话，只好去外面的报亭把电话打过去。两人一聊就是大半夜。我跟她说起我在揽客时发生的糗事，她跟我说起旅途中的见闻，两人说的这些事难免琐碎，但在我们听来，每一个话题都是那么妙趣横生。两边清浅的笑声透过这小小听筒传递到对方的耳朵里，也仿佛看见她那水莹莹的眼睛穿透夜空照亮我的胸膛。叶山鹰，人生有你相随，纵使前路风浪再大，也没有迈不过去的坎。

两人感情的骤然升温，缘于一起偶发事件。事情的全过程是这样的……

那天黄昏，蟹甲峪路的路灯纷纷亮起，红叶山庄大门外忽然发生了激烈的争吵。临近客栈门口的人行道围满了人。原来，住店的客人跟本地摊贩王中望闹起纠纷。王中望自称"王中王"，是推着摊档出售土特产的，在当地是没人敢惹的主儿。我和叶山鹰扒开众人，细听原委。购物的旅客是位老年人，他说他所购买的何首乌是假的，商贩卖假货是宰客。叶山鹰接过客人的何首乌提在手中抖了抖，上面的肢节一一脱掉，散落在地面的全是拼装的植物铺料——这等于直接戳穿了"王中王"的卑劣行为。旅客们群情激奋，责骂声不断。摊贩凶声恶气地说：

"叶山鹰，你这要砸我的饭碗吗？乡亲邻里的，不要多管闲事！"

"维护住店客人的权益是我的分内事，怎么成了管闲事？"

"好，叶山鹰，你要揭我'王中王'的老底出我的丑，你也别怪我翻脸无情。"

话音刚落，"王中王"便扬起巴掌朝叶山鹰打来。我眼疾手快抓住那人的手，暗暗用力，一场较量后他的手臂软了下来。

"王中王"恶狠狠地说："行呀，小子，你想跟我比试比试，来，你如打得过我，我就认输。"说着，挥来一拳击打我的额头，我仰后避让，借力使力顺势一拉，他一下扑倒在地；"王中王"翻身跃起……双方拉开架式，你一拳我一腿地打了起来。我年轻气盛，顽劣性子一上来便愈战愈勇，战到最后，身上竟像生了一股神力似的，腾空一跃，双脚的落点一处在他的前胸一处在下胯，他捂住下胯伏地倒下。现场的人一阵喝彩。张乐号从红叶山庄赶出来拉开我，说着"王中王"的不是：

"'王中王'，这回遇上对手了吧！平时，你在蟹甲峪欺行霸市，别以为没人治你。听我一言，赶紧给客人退了款子，别把矛盾闹大。"

"王中王"看了看这个平素根本瞧不上眼的护林员，不情愿地从腰包里取出一叠钱，跟那位老年旅客数了钱。顿时，人群中爆发出热烈的欢呼声。叶山鹰高兴得送我一个飞吻，说："黑头，没想到你还有这身功夫。"就在那晚，我和叶山鹰同居了。

6

天气爽朗的夏日，游人如织。

这两天，在名峰大道揽客时，我总会不由自主地朝翠竹宾馆张望——我有一种渴望、一股冲动，是那样不可遏止，这到底是什么东西让我如此饥渴难耐？哦，那种甜甜涩涩的味道勾起我强烈的意念。我站在翠竹宾馆门外，躁动不安，我到底是该进去还是回头？

忽然，背部被人重重拍了一巴掌。我回头一看，只见麻超、安财不知从哪儿冒出来，看着我不怀好意地怪笑。我没好气地出手喊打，没想到被他俩夹着双手，一路嬉笑、追打，进了翠竹宾馆。

这次，去的他们两个合住的宿舍，位于宾馆后排的一间黑室。我来到蔡云龙的地盘，不可避免地问起他。安财告诉我：

"龙哥去了云南，过两天回来，他临行时说过的，让我和麻超好好关照你。他回来了，就轮到我去云南啦。"

"你们一个接一个上云南，做的什么生意？"

"龙哥说过，你还不是我们圈子里的人，有些秘密不能对你说。黑头，这里有麻超照应你，我出去办事，等会儿回头找你。"

安财出了房门一溜烟跑开了。

麻超将房门虚掩，故作神秘地说：

"黑头，还记得那些饮料吧？这些天啦，没想过它的味道？"

潜意识中有股魔力，再次唤醒我对那一盒盒怪味饮料的记忆。我说：

"麻超，不瞒你说，那怪味饮料真的牵动人的神经。"

麻超见势说：

"黑头，那种软性饮料没什么劲道，这里有更过瘾的。"

"更过瘾的？你该不会说的是白粉吧……不行，吸上瘾了会戒不掉的，我还是喝饮料好。"

麻超诡异一笑，为我冲服一包袋装的饮料。这小小纸盒像一座磁场，我猛地抓住它迫不及待灌进口中。顿时，一种滑滑溜溜的滋味温润着喉管，它刺激着我的中枢神经，引起情绪的兴奋与满足。我一下推开麻超，像风扫残云一样把桌上的几袋饮料全喝了，它是什么饮料？给我带来前所未有的眩晕感！我可能喝多了些开始反胃。可呕吐一阵子，什么东西也吐不出来。我抱住头直挺挺地躺在地板上，大口喘着粗气。麻超趁机说：

"喂，黑头，要不要弄两粒白色小丸子，安神止痛。"

麻超边说边递上两粒粉白丸子，见我还在犹豫，便将那粒丸子扔进自己口中，故弄玄虚地咂咂嘴。

我不停地吞咽口水，不由自主地张开嘴巴，一粒白丸子被他扔到我喉管里。麻超显得轻松地说：

"黑头，哪天你想它了，约约安财和我，陪你好好过把瘾。龙哥说过，这白丸子就像一位白色妖姬，真正迷人呢。他还说，只要我们三个吸这玩意儿，他可以免费提供的。他上云南做的就是这种生意。"

"什么？龙哥做这种生意？那不是贩毒吗？"

"他说，不管是谁，谁要不玩这个，就永远进不了他的圈子。"

麻超的话听来有些吊诡。我听出了他话中有话。他忘乎所以地说这些，会不会犯了蔡云龙的大忌？说实话，我也无意进他的圈子，当然最好远离这个圈子。

我从麻超这儿算是弄明白了，我们吸的白粉是从云南弄回来的，而且白粉价格不菲，但对我、麻超、安财是免费吸食的。

麻超前脚刚走，安财好像事前商量好的一头撞进来。安财是我最信赖的人，但我感觉他跟麻超串通好了拉我下水。我刚刚吸过白粉，唇干舌燥，头部晕眩。安财给我泡了一杯热茶放在地板上，然后坐在我对面的扶手椅上，眼神虚妄而空泛。两人都找不到适合的话题打破沉闷。安财，是我少年时代最好的朋友，而那份友情正在变味。

"你知道蔡云龙为什么要让你沾上毒品吗？"安财明知故问。

"不知道。"

"蔡云龙把你看作忠诚可靠的人，听说你从监狱出来，他就准备利用你替他卖命。我、阿超都是他绝对信任的人。明天，我要接替龙哥，去中缅边境做买卖——从金三角到安定县，有一条非常隐秘的地下销售渠道……龙哥希望你能成为我们其中一员呢。"

"我不懂你的意思，也无从了解你们到底做的什么买卖，而且做的这些生意，何至于要让蔡云龙用毒品来控制你们？安财，我奉劝你，如果你跟蔡云龙做了见不得光的事，及早收手吧，那些昧心钱是不能赚的。"

"黑头，人为财死，鸟为食亡，有赚钱的机会就得抓住。我们这是被贫穷逼疯了呀。"

"我不否认，当年，我们从农村来到城市，寻求新的生活，寻找赚钱机会，没赚到什么钱，却在城里碰得头破血流，我们在这个社会中迷失了方向，你，我，蔡云龙都属这类，在监狱这三年，我悟出一个道理：贫穷绝不是我们堕落的理由。"

"黑头，你不觉得你是个堕落的人吗？"

"或许，我的言行不一致，我一边说些慷慨激昂的话，一边跟你们吸毒。可是，我吸毒都是被你们拉下水的。我知道我的内心，我真不甘堕落。"

我心底生起一种悲凉感，起身要走。安财拉住我的衣袖：

"俗话说，常在河边走，哪有不湿鞋？既然洗了脚，干脆洗个澡。黑头，我明白告诉你，你吸的饮料也罢，白丸子也罢，都是海洛因，它是毒品中最易成瘾的。"

"安财，你转告龙哥，我犸黑头哪里对不住他啦，竟要这样陷害我？我现在最恨的人就是他！"

我穿过长廊，只想尽快逃离这个污浊之地。皇诗珊出现在桑拿娱乐中心门口，抱着双臂拦在走廊中央，脸上挂着一丝捉摸不透的微笑。我靠墙往右边走，而她故意移步右侧堵住我；我靠左边行，她伸出双手干脆搭上我的肩，傲慢而任性地瞅着我。我摘下她的手，不满地说：

"皇诗珊，你想干什么？"

"哟，黑头，你还真生气了？那晚，我不过说了几句不中听的话，难道你要记恨一辈子吗？我俩呀，就算没什么交情，但遇到赚钱的买卖也是可以合作的。比如说，翠竹宾馆生意好的时候，客人住不下了，我可以介绍他们去红叶山庄住的，你那边有客想到桑拿娱乐中心消遣，你也可以把他们送过来玩玩啦，我这边是有提成的。有的钱不赚白不赚。"

"美女，你现在心里想的，眼睛盯着的，怎么都是钱呢？"

"嘿嘿，黑头，别在我面前装清高，你那德性我还不清楚？我们不说这些不开心的话，来，做个保健，我亲自来，弥补一下那晚的失礼。"

皇诗珊身上散发着一股浓重的香水味，刺激着我的鼻息。我抵制着她的诱惑，扬起头对她说："我告诉你，我在镇上谈了一个女朋友，非常享受当下的生活。"

我加快步伐冲到前厅，转眼走上名峰大道。

7

我一边和叶山鹰恋爱，一边背着她吸毒。在她面前，我常常像个做错事的孩子，愧疚、自责。但背了她，又火急火燎的，只想吸食一口。我戴着假面具周旋于红叶山庄和翠竹宾馆之间，那种虚伪、猥琐的形态连我自己也瞧不起。

叶山鹰每次送走旅游团或者揽客回客栈，就会替母亲守服务台，除做好来客登记，还得兼顾小卖部售货。我呢，每当揽客回来，在应付客人的需求外，还得帮厨、打杂。只有等客人吃过晚饭，客栈里的事暂告一段落。这时，张乐号也看山护林回来了，一家人聚在一起吃顿饭。我和男主人少不了喝酒。那天，他喝上半斤酒后——叶氏母女已经退席，开诚布公地对我说：

"小子，看上我家山鹰，算你眼力不错。不过，我得告诉你，你们谈恋爱，大人支持。但你也给我听好，你必须善待我女儿，不然的话，我不会轻饶你。那种不思上进、不学好的男孩子，我张乐号可不喜欢要这样的上门女婿。"

男主人的这番话，让我心里既高兴又担忧。高兴的是，张乐号已承认我和叶山鹰的恋爱关系。忧的是，而今，我背着这家人，和麻超、安财混在一起吸毒，哪是一个阳光、上进的人？

有时忙完客栈里的事，和叶山鹰沿着蟹甲峪山谷一路上行。两旁的高山峻岭长满了落叶乔木和挺拔的马尾松，连天树荫里，裸露的岩石像喝醉了酒的老翁，堆满了泛红的褶皱。天堂关山巅的那轮太阳，像一个硕大的句号预示着一天的结束。我和叶山鹰沐浴着夕晖一路有说有笑，不知不觉间走到了溪流源头的一座水坝。这面积不过几百亩的人工湖，波平如镜，两侧红色岩壁倒映水中，凝滞而静穆。我陶醉于这满目美景，喃喃自语：

"这里真是一处人间仙境哪！"

"黑头，你若喜欢这里，就留下来吧，我会好好待你，不让你再受伤。"

我一把抱住叶山鹰，暗自神伤。我犸黑头，曾经孤苦无依、颠沛流离，曾经沉沦社会、劣迹斑斑，而且仍被蔡云龙玩弄于股掌中，如此污浊不堪的一个人，如何面对这纯洁如一张白纸的叶山鹰？我，又有何德何能值得她动心？

是的，不管我心中有几多疑虑，也不管我俩的恋情能走多远，我必须心无旁骛，改过自新，和叶山鹰一起踏着爱的节拍，一步一步往前走。

初秋的傍晚，暮霭笼罩下的大山透着几分凉意。我和叶山鹰手牵手走过蟹甲峪路，进入林区简易公路。这条坑坑洼洼的泥土路，连接着大山里的荒村——这儿是叶山鹰的出生地。自从天堂界旅游业兴起，山民们将房子迁到山谷，依托小镇重新盖起房子，而原有的古村却慢慢凋零下来。古村留给叶山鹰许多美好的记忆。她与生身父母住过的那栋小木屋还在。她饶有兴味地说要带我去看童年生活过的地方。推开衰败的木门，里面黑咕隆咚的什么也看不见。我揿亮打火机，一间宽敞的堂屋呈现在我面前，地面铺装着厚实的木板，堂屋正中，用红砂岩砌成的火塘里残留着灰烬和炭头——叶山鹰说，她离开时就是这样子，那是父母和她烤火后留下的。靠着墙壁依旧堆放着散落的柴火，她顺手抓起几根松枝凑到我的打火机上，等火苗旺烈再添上木柴，顿时，飘散着青烟和火光的堂屋，变得敞亮而温馨。她眉飞色舞地给我说起儿时趣事，指着堂屋两边的房间，说哪间是她住的，哪间又是她父母住的，后来，生父生母相继走了，这小木屋就只剩下她一个人。后来，姑母叶锦慧、姑父张乐号把她接到山下,她变成了他们的女儿,就很少回这里来了。这栋温暖的小木屋使她想起从前。这时,堂屋里的篝火招来几只飞蛾,扑闪着小翅膀在屋内转圈,有一只色彩斑斓的蛾子甚至飞到叶山鹰头上盘旋,她惊喜地说:

"小飞蛾,你是从前的主人呢,你还是我儿时见过的那只小飞蛾吗?那时,你可没少光顾小木屋呢,这回,你是见我回家来看望我的吗?"

叶山鹰天真可爱而富有真情。我受其感染,合起双手将她头上的那只小飞蛾聚拢在手心,她用大拇指和食指的指尖,轻轻地粘着它,如痴如醉地说:

"小乖乖,你告诉我,你真的是从前的那只小飞蛾吗?"

小飞蛾眨巴着那双粟米一般大小的眼睛,像遇见了旧日朋友,适意、自然。叶山鹰眼睛湿润,两个指尖微微抖动,不经意间,那只小飞蛾已悄然跃起,翩翩飞出小木屋,飞向凉津津的秋夜。叶山鹰追出门外,向寥廓天空搜寻着那只灵巧的小飞蛾,可是,那只小飞蛾再也没有出现……叶山鹰禁不住潸然泪下,哦,童年的小飞蛾呢?它现在又飞到哪儿去了呢?

我揽住她的腰肢,轻言细语地安慰着她:"……别急,等一会儿小飞蛾会飞回来的,它怎能忘记往日朋友。"

月亮升起来了。清朗的夜色,透出一种空灵之美,像柔波,像涓涓细流,牵动着我俩的一腔柔情。我和叶山鹰坐在门前石板上,等待那只小飞蛾再回来。对着朦胧的夜空,她向我提议:"我俩唱首歌吧……唱山里人爱唱的《牧童放牛》,说不定这首歌唱完,小飞蛾就会循着歌声飞回来的。你会唱吗?"

"会啊会唱,山里人哪儿有不会唱山歌的。我们要用歌声把飞走了的蛾子唤回来。"

女:

天上桫椤树儿是谁栽?

地下黄河水儿是谁开?

什么人把守三关外?

什么人修行一去不回来?

男：

天上桫椤树儿王母娘栽，

地下黄河水儿老龙王开，

杨六郎把守三关外，

韩湘子修行一去不回来。

女：

世间男女谁人造？

洛阳桥是谁人架？

玉石栏杆谁人留？

谁人打马过桥来？

男：

女娲娘娘把人造，

洛阳桥是鲁班架吔，

玉石栏杆古人留，

张果老打马过桥来。

女：

什么开花艳艳红？

什么开花打灯笼？

什么开花是紫色？

什么开花像毛虫？

男：

石榴开花艳艳红，

百合开花打灯笼，

蚕豆开花是紫色，

栗树开花像毛虫。

女：

什么弯弯在天边？

什么弯弯水相连？

什么弯弯随郎走？

什么弯弯姐儿拣？

男：

月儿弯弯在天边，

船儿弯弯水相连，

镰刀弯弯随郎走，

梳子弯弯姐儿拣。

……

　　这在天堂界一带男女对唱的民歌，以自然风物或日常生活即兴唱起，随着歌声的深入，逐渐演绎到人们的生活图景和内心情感，借以抒怀言志。我和叶山鹰在这荒凉的土家村落唱了大半夜的山歌，那抑扬起伏的声调，颤颤回旋在月光下的青山。唱着唱着，小木屋周围的草丛里飞出一只、二只、三只小飞蛾……叶山鹰欣喜地说："小飞蛾真的飞回来了。"我抬头一望，只见月影中，一只只盈盈飘动的彩蝶正朝我们飞来，村后的古树上，千万只彩蝶汇集成一片云翳，腾云驾雾一般向小木屋飞来。叶山鹰痴迷地望着这大自然的奇异景象，站在月地里欢呼雀跃。而我呢，就在这时……

　　就在这时，我瞬间腾起惶惑慌乱的情绪，我看见那一片云翳幻化为风姿绰约的白色妖姬。我的五脏六腑似有一种灼伤之感，口干舌燥、呕吐、眩晕，莫名的诱惑牵动着我的神经。我对麻超给我饮用的那种"饮料"产生了强烈的渴望,哦哦,还有那一粒粒白丸子最为耀眼。呕,可怕的毒瘾上来了。我捂住小腹,对叶山鹰推说"要去方便",匆匆忙忙往古村一侧冲去。由于腹部剧烈蠕动,反胃得干呕不止。我背靠一堵石墙,两指封住我突起的喉结,我真想就此一下下封紧,直至结束自己的性命。我恨自己,恨自己怎么这样不争气啊!我锁住喉管越捏越紧,开始憋不住气。最后,我一下松开手指,随着气息的畅通,堵在喉管里的秽水喷出口腔……小木屋那边传出叶山鹰关切而焦急的呼唤:黑头!黑头!我抹去嘴角的污秽物,循着夜风中的呼唤,拖着沉重的步子蹒跚走去。

8

我知道,我吸毒这事儿,必须对叶山鹰隐瞒着。虽然纸包不住火,但能瞒一天算一天。我不想失去她。她要是知道了,我俩的情侣关系就可能断了。我想趁我还没到无药可救的地步,争取戒掉毒瘾。

在名峰大道接客时遇见麻超,他邀请我去翠竹宾馆坐坐。我说,麻超,我正想找你讨一个说法,为什么趁着我醉酒让我染毒?我的发问是那样的虚弱无力,我觉得我不是追究提问题来的,而更像奔着某种欲望来的。麻超不和我说话,仿佛完全明了我的心理活动似的,把我带到那间幽僻的黑室,在茶桌放上纸盒,然后铺上一张锡纸,上面倒上一层粉末状的物体,点燃打火机烘焙着,那白色粉末散发出的青烟向上蒸腾。麻超翕动鼻息吸纳着袅袅青烟,贪婪地享用着这瞬间来临的快感。宿舍门窗紧闭,一缕缕氤氲之气幽闭一室,扑面而来的烟气吸入我的胸腔——这不正是几天来梦寐以求的那股味道吗?我像被一种魔力牵引似的,全身止不住打哆嗦。刹那间,我眼前浮起叶山鹰的影子,为了她也为了我们的将来,我是不能深陷毒海的。但我的双足像被铁钳箍住,动弹不得。我被一抹抹青烟所蛊惑,朝着无踪无影的空妄走去。麻超给我递来一张盛有粉末状物质的锡纸,我不由自主地接过它,学他的样儿吞云吐雾……我不再迷恋那甜甜涩涩的饮料,这种叫海洛因的白色粉末更让人心往神驰。

打这以后,我的精神变得极度萎靡,遽然而起的紧张,掉入黑洞似的恐惧,遁入无人之境的孤独,像一根根毒针吞噬着我的心灵。我像被神秘力量击中,总在寻找、寻找一种似是而非的物体疗治心伤。我不知道我的身体哪儿出了问题,我无心做事,整日晕晕沉沉昏昏欲睡。每回去名峰大道揽客,总会不由自主地走进翠竹宾馆,然后和麻超或者安财待上个把小时,过足了瘾方才离开那间神秘的黑屋。

我无可救药地迷上了海洛因。那种白色粉末,总在不经意间撩起我蚀骨的渴望。一天清早出门,我本想去名峰大道碰碰运气,看看能否揽来一两个住店的旅客。到了冬天,游客越来越少。为显示自己并不是那种吃白饭的人,每天为红叶山庄揽客成了我不得不做的工作。名峰大道行人寥寥,有时转了一天也不见得能接到一个客人。我在名峰大道上转悠了大半天。下午,我经过翠竹宾馆,下意识地走进富丽堂皇的前厅。我穿过长廊,从桑拿按摩中心门口路过,不想被皇诗珊一眼看见,她那张涂脂抹粉的脸庞堆起惊奇的神色,凑近我不无快意地说:

"黑头,真是奇了怪了,麻超刚刚说起,估摸你今天要来翠竹宾馆,他前脚一走你就出现了。我说你呀,不在我身上用功夫,却要屁颠屁颠跑到他那间黑屋销魂。走,走,我们一起去他那儿过过瘾,然后开一间房,到时,你一定不会拒绝我的温柔。黑头,我是念旧的,谁叫我们是在安定城混过的难兄难弟呢!"

皇诗珊放浪的笑声招来众多按摩女的围观,有的说:"诗珊姐,你说那个不吃荤的主儿原是他呀,哼,你那副穷酸相,有什么好摆谱的?"有个女的说:"看他猴急猴急的样儿,难道他也成了'粉子客'?"我脸上火辣辣的,恨不得找个地缝钻进去。更有两个放肆的按摩女,从桑拿按摩中心走出肆意调戏我。她们带有侮辱性地抚摸我的黑脸膛。我挥起拳头做出打人的架势,只吓得她们做鸟兽散。我羞愤难当,转身跑出长廊,身后的哄笑淹没了我——那些狗娘养的婊子简直闹翻了天。

受到这些按摩小姐的羞辱,我真的气不过。我暗自发誓:再也不去那个醒龌龊脏脏的翠竹宾馆了。可是，我的眼前不时出现一位身着白衣白裤的女子，形同山精女妖从葱茏的青山一跃而起，踏着凌乱的舞步，在我正前方上下扶摇。这白色妖姬是那么让我魂牵梦绕，焦躁不安。我以百米冲刺的速度穿过长廊，踢开黑室，抓住麻超，哆嗦着说："快，给点儿白粉，我要死了。"

第二天晚上，我和叶山鹰去名峰大道散步。街道两旁的店铺、酒楼、发廊亮起五光十色的霓虹灯，为这条风情小街增添一层扑朔迷离的底色。开始，我俩一路有说有笑的，就像所有热恋中的男女那样情深意笃。忽地，那个白色妖姬不知从何处冒出来，附着我的耳朵说悄悄话：黑头，是你，来呀来呀，我在黑室等你！她眨巴着眼睛对我扮鬼脸。我的心似是被什么硬物堵塞一般，急需找到疏理的药方。我撒开叶山鹰的手，隐入背光处，趁她一不留神，很快避开她的视线，急不可耐地奔翠竹宾馆而去。

我的反常表现引起叶山鹰的注意。我回到红叶山庄，叶山鹰睁大眼睛审视我——是的，那个精神头十足的敦实小伙儿，怎么突然变得如此情绪低落？她百思不得其解，不知道我到底出了什么问题。我呢，常常站在红叶山庄的门外，注视着这一家人忙碌的背影，心里有种说不出的难受。叶山鹰亲我爱我，她的父母也对我百般信赖，因为有了这家人的接纳，我的生命有了停靠的港湾。我不免自责道：唉，黑头，转眼之间竟然变成一个瘾君子，真是愧对这些关爱你的人啊。

我独自来到蟹甲峪山谷的人工湖，平静的湖面现出一张清瘦的面容，从前那个饱满丰隆的脸庞已变得憔悴不堪。风起了，吹皱一潭清水，水中的我被撕裂成狰狞的模样，那迷离的人影，到底是人还是魔鬼？我搬起一块石头，朝那水怪一样的魔影狠狠砸下去，水花弹起，水怪瞬时消弭无踪。我的心头荡起一股快意——我只有宰杀了那个光怪陆离的魔影，心里才会求得片刻安宁。

9

蔡云龙从云南回来，开着桑塔纳轿车来到蟹甲峪山谷。他来红叶山庄约我出去喝酒的。他穿着黑色风衣，给人一种阴魂不散的感觉。我对他有话要说，便跟叶山鹰打个招呼径直上了他的车。对蔡云龙她有所风闻，她觉得他为人"鬼里鬼气的"，劝我离他远一点儿。她似在担心什么，站在马路中央幽幽地瞅着我。

轿车缓缓行进在蟹甲峪山谷。蔡云龙开车时，总在有意无意露出右腕上那只精致的进口手表，说话的口气也有点儿狂妄，活脱脱的一副土财主形象。这略显沙哑的嗓音，是我自小再熟悉不过的，曾经一度，我是那么崇拜他、依恋他，那么渴望听到这声音。尽管枫树岗老家的人说他是"魔头"，可我怎么也不相信他是什么"魔"。而现在，我感到他身上真的现出魔鬼的征兆。他自我吹嘘一阵后，看我对他的话不感兴趣，开始跟我套近乎。

"黑头，竟连老哥们儿也不认了，我请你喝杯酒叙叙旧就那么难吗？"

"龙哥，这是哪儿的话？你请我喝酒，是给我面子，我哪能不陪你喝几盅？"

"好，我们找个安静的酒馆，好好聊聊。"

"嗯，我也有话要说。"

蔡云龙把轿车停在人行道，然后进了名峰大道旁的特色风味酒楼。他是这里的熟客，老板把我们带到一间小包厢，两个人炖了野味火锅，点了几道可口的农家菜就喝上了。一开始，蔡云龙脱口说出一个人的名字——曾经一度，那个名字是我刻骨铭心的惦念。

"黑头，我告诉你，你在磐石收容站结识的西北汉子——那个'眼镜'，我俩都以为他跳进西江水道溺死了。可是，他没死，他真的活下来了。"

"什么什么，汪豪活着？"

"想不想看看他？他就在金三角！"

"你在骗我吧，你不是诳我跟你上中缅边境吧？"

蔡云龙神秘地笑了笑，未置可否。

"眼镜"一直是我心灵深处的硬伤。或许，是我的出现使他走上了这条不归路。我不愿触及这个话题。我也不太相信蔡云龙的话，我觉得他是拿汪豪来唤回我们曾经有过的温情，或者搬出那个最信任的人来蒙骗我。我不想听到"眼镜"两个字，就是不想触及这段伤心往事。我要把汪豪其人其事永远收藏

红尘黑焰

在心里。

一阵沉默后，蔡云龙显得急切地说：

"黑头，还是那句话：跟我一起干吧。这么长的时间，你总该想明白一些道理吧？"

我从麻超口中已经知道他在干什么勾当。但我不能说，只能假装糊涂。

"龙哥，你要我跟你一起干，总得让我知道你在干什么。"

蔡云龙凸出的眼睛闪出警觉的一瞥，将杯中酒一饮而尽。放下杯子，盯着我凝神片刻。接着，从随身携带的小提包里取出一块方糖大小的纸盒。

"这是我从金三角特意带回的东西，黑头，你不想尝一口？"

我知道那只小纸盒装的什么东西。我心里发痒，恨不得一把将它夺过来灌进肚里。但我克制着——因为我清楚，蔡云龙一直想拉我去中缅边境贩毒，而这种违法犯罪行为万万不能做的——这是我的底线。我抵住他的手用力推回那只小纸盒，说：

"谁染上了毒品就等于跳进了火坑，龙哥，现在，为拉我上贼船，竟然蒙骗你的小跟班染上毒瘾，对麻超、安财的手法如出一辙，你这是把你的朋友往火坑里推呢，这样做，未免也太不仗义了吧？"

蔡云龙故作轻松地说：

"黑头，请你注意你的措辞！什么叫往火坑里推？不就是吸了几次白粉，有什么大不了的？麻超、安财，还有皇诗珊那帮婊子不都好这一口嘛！现在，全中国几百万上千万的瘾君子，那又是谁把他们推入火坑的呢？还有，我在云南做的是正经生意，不是你所说的贩什么毒！"

包厢里的光线有点幽暗，蔡云龙鼓起那双凸出的眼睛，射出的两道红线令人不寒而栗。我打小知道，这人身上有个奇怪的特征：夜深人静时，两眼会发出奇异的白光，像我儿时见过的山间红狐的眼波。有时发火了，眼光由白变红，像透明的发光体，非常吓人。眼下出现这一现象，我明白他心里火气很大，但我管不了那么多，有些话必须当面问明白。

"蔡云龙，你几乎天天跟毒品打交道，为何不好这一口呢？"

我第一次直呼其名,表明我下决心与他决裂。蔡云龙听到我点明要害,立刻紧张起来,抬手堵住我的嘴,低声骂道:

"黑头,这话岂能随便说的?谁说我天天跟毒品打交道,这让公安知道,可要性命的。是谁栽赃我,我不会轻饶他。"他眼含凶光。我没敢说是麻超无意间透露给我的。我抓住他让我吸毒成瘾这事儿不放。

"蔡云龙,我跟你前世无仇今生无怨,我从牢里一出来,你就设计好了让我沾毒。请问,你为何要这样对待一个对你有功无过的……小兄弟?"我哽咽着,说话有些不利索。

"黑头,冷静点儿。你要问我为什么,我只能说,我想给你一个赚钱的机会,你只有和我同乘一辆战车,我才会信任你。你看这样,你跟安财去云南跑一趟,先熟悉熟悉路线、环境,到时你再决定要不要跟我干。只要你愿意和我一起打拼,今后不管你吸食多少白粉,一律算我的。"

"蔡云龙,我只想换一种活法儿,不想回到从前。"

"黑头,你终究会明白,人生不就是一场赌博吗?正所谓富贵险中求,如果你赌成功了,金钱美女自是享用不尽。"

"你省省心吧,蔡云龙。你把我拉下水,只为了跟你去中缅边境贩毒,那我只能说,这是一条不归路,别指望我为你挡枪子儿!我要奉劝你一句,别再害人了,害人终害己。"

转瞬之间,蔡云龙那凸起的眼睛泛出幻灭感,他的语气开始软下来。

"我知道,凡是吸毒的、贩毒的,统统都没有好下场。"

"现在看来,三年前,我没供出你,是我的重大失误。像你这种坏人,能有什么好下场?"

两人的言语再次变得激烈而刺耳。或许是我这句话激怒了他,蔡云龙恶狠狠地说:

"犸黑头,在我眼里,你不过是一无所用的瘾君子,你不比我高尚多少,既然你说出这种恩断义绝的话,今后,我也不再跟你有来往。不过,我警告你,别想出卖我,也不要出卖我的手下,我蔡云龙不是软柿子,想跟我过不去,你得掂量掂量自己是不是我的对手。哼！"

蔡云龙抓起那只方糖大小的小纸盒，头也不回地走出包厢。我伏在地上，呜呜呜地哭出声来。

10

一方面我觉得对不起叶山鹰和她的父母，另一方面却急切想去翠竹宾馆里的那间黑屋。我厌恶自己的吸毒行为，时不时冒出轻生的念头。那天，毒瘾攻心，我像被鬼魂附体似的身不由己地走入翠竹宾馆，急欲吸上一口解解馋。但是，今日的麻超换了个人似的，冷着脸一副拒人千里的样子。我正纳闷，他主动道出实情：

"黑头，龙哥要我转告你，从今往后你要吸粉，请拿钱来买，你不要以为这些东西都是白来的，我告诉你，那些是龙哥拿命换来的。你现在只有两个选择，要么帮他办事，要么断供。"

我说，跟龙哥做什么都可以，就是不能跟他去贩毒。

"那你别想从我这儿拿到一毫克的白粉。"

见麻超把话说得这样绝，我拉住他的手，语气急促地说：

"那……我帮桑拿按摩中心拉皮条吧！"

麻超眯起眼睛瞟了我一下，嘴角露出得意的微笑。

为了吸食毒品，我瞒着叶山鹰在翠竹宾馆桑拿按摩中心干上了皮条客。我周旋于各家宾馆、旅店，像一个神出鬼没的贼子窥伺目标，然后搅动三寸不烂之舌引诱那些色鬼就范，那些嫖客跟暗娼苟且之后常会遭到麻超手下马仔的胁迫，不少人担心丑事曝光，被敲一笔钱以求息事宁人。麻超将我应得的提成扣留在他手上，以满足我吸毒之需。

我替翠竹宾馆桑拿按摩中心拉皮条的事儿，终究没能瞒住叶山鹰。一天，她在名峰大道碰上我，忍不住质问我：

"黑头，为什么放下揽客生意不做，偏要做坑蒙拐骗的皮条客？你要留心蔡云龙，跟他混准没什么好事的。"

我辩解说，我不跟蔡云龙混，我和麻超是熟人，我帮桑拿按摩中心拉客，他又没少我的酬劳。

"黑头，你不要狡辩，我希望你走正道。我担心，当你明白这一点，再后悔都没用了。"扔下这话，叶山鹰气冲冲走了。

没有毒品，我呵欠连天，涕泪涟涟。我的思维被海洛因控制着，对它满是渴望。我身陷毒瘾不能自拔。每当这时，麻超成了我的另类神明。我在翠竹宾馆那间黑屋，急切而慌乱地接过他递来的白粉，就像饿狼见了猎物，眼睛霎时放出异样的光彩。那一颗颗白色粉粒，幻化成妩媚的白衣女人，一个个排列成行，朝我扭动着鬼魅般的舞姿。我依恋它靠近它，整个躯体如同行尸走肉。哦，我的青春已蒙上灰色的格调，我的一生已提前打上休止符。

叶山鹰一直怀疑我吸毒，被她发现时，我已经有了大半年吸毒史。

那天下午，麻超邀我和皇诗珊，还有刚从云南回来的安财到翠竹宾馆的那间黑屋。几个人过足瘾后，不知是谁提议，说要去桑拿按摩中心消遣消遣。皇诗珊闻言慨然笑道："我是'大众情人'，今晚谁来上我呀？"麻超就说："你是龙哥的女人，谁敢上？"皇诗珊有些不高兴，说："他呀，什么时候真心待过我，还不是把我当成破鞋踢来踢去的。"我们几个走过桑拿按摩中心门廊，皇诗珊拉住我说："黑头，你给我这里拉皮条送了不少嫖客，今晚，你也当一回嫖客吧，你不是一直惦着我吗?来啊，今宵属于你。"门厅里上来几个按摩女拉扯着我，我踩着轻飘飘的脚步，半推半就来到一处流光溢彩、粉黛凝香之所。房间里只剩下皇诗珊一个人，她站在床前宽衣解带，我拦腰抱住她，把她狠狠扔在床上。

来日清早，我走出长廊，迎面看见叶山鹰堵在宾馆大门口。我在那双冷峻的眼光逼视下清醒了。我不敢走近她，一脸狐疑地望着她。凛冽风中，她像一只孤零零的麻雀站在那儿，那般孤立无助，直让我全身颤栗。

两人走上名峰大道，拐过蟹甲峪路，没有对话没有交集。空寂的山谷，只听见叶山鹰那双高跟鞋发出笃笃声响。我俩来到蟹甲峪人工湖，她倚着栏杆望着一汪湖水发呆。我像做错了事的小孩，畏畏缩缩站在她的身后。我抬起手试图安抚她一下，她异常恼怒地瞪我一眼，然后掉头走上归路。我亦步亦趋跟她进了红叶山庄。

一进屋，她把自己关进房里睡了一天一夜。我守在门外，苦苦哀求她开门。叶锦慧急坏了，紧敲木门呼唤她。她隔着门说："娘，你放心，死不了的。"第二天下午，张乐号巡山回来，情急之下发力撞开房门。叶山鹰躺在床上，一声不吭，洁白的枕头留下一圈圈泪痕。我扑通跪在床前，声嘶力竭地喊：

"山鹰，我真的辜负了你啊！"我冲着自己的脸连连扇起耳光。她抓住我的手，说：

"黑头，你怎么说变就变了？你怎对得住我对你的一腔真情？"

站在一旁的叶锦慧对我不冷不热。张乐号眼里蕴含着太多的疑问，大声警告我：

"黑头，你到底做了什么对不住山鹰的事？"

我欲言又止。他们一家人都在气头上，我的坦白只会招致更大的反感。如果张乐号叶锦慧知道我背着他们吸毒，一定不会原谅我的。我嗫嚅着不知如何开口。叶山鹰替我解围道：

"爹、娘，这是我跟黑头之间的事，对他，我有话要说，你俩先出去吧。"

"犸黑头，我要你善待我女儿，你把她气成这样，你必须给个交代，不然的话，我跟你没完！"张乐号气鼓鼓地走出房门。

房间里出现短暂的平静。叶山鹰说：

"黑头，我观察你好久了。我发现，在日常生活中，你有不少反常举动。你在名峰大道揽客时，总会偷偷摸摸地到翠竹宾馆去。我俩出去散步，走着走着你就脱离了我的视线。嘿，真是防不胜防呀。你频繁进入翠竹宾馆，跟那帮不三不四的人混在一起，我知道你没干什么好事。我察觉到，你在生理上、精神上已出现病态反应，你在吸毒！"

叶山鹰说的每一个字，都像一粒子弹射向我的胸口。我开始向她坦白，把沾上毒品的前因后果向她说了一遍。然后，她说：

"你的行为完全超出我的想象，也超出了道德和法律底线，你得赶紧悬崖勒马！经过一天一夜的思考，我终于想清楚了，我和你，毕竟相爱一场，你不慎沾染上了毒品，这种时候我不能离开你，我愿意和你共同面对，帮你戒除毒瘾。我希望我俩的爱情有一个美满结局。黑头，我要和你约法三章：一、不要去翠竹宾馆桑拿按摩中心当皮条客了；二、我已向警方举报了翠竹宾馆存在吸毒窝点的事，只有制止蔡云龙的恶行，才能救人救己；三、从现在开始戒毒，要么去戒毒所，要么寻医问药戒除毒瘾，二者必选其一。总之，你一定得配合我。至于我父母，我去对他们说。"

叶山鹰以她的爱心和善良包容着我，我的内心被一波温暖的潮流包围着。我也不得不佩服她的胆量，她竟然向警方举报了翠竹宾馆内的涉毒窝点，这是我想了好久都没敢做的事，我是担心遭到蔡云龙的报复，我知道他背后有麻超父亲撑着，不知警方会不会对他动真格？加上自己对那间黑屋已产生依赖感，如果警方端掉它，我自然失去这唯一的吸毒场所。现在好了，叶山鹰报警后，那个长时间散发着海洛因味道的黑屋被铲除了，我再也不用去那个充满邪恶的地方了。我终于解脱了。我信誓旦旦地对叶山鹰说：

"为了你，为了我爱的人，我一定戒掉毒瘾。"

"我希望你说到做到。听人说，这没有一定毅力是难以戒掉的。我会站在你身边，不离不弃。"

叶山鹰的话，句句触动我的心。深陷毒海的我，或许比她更能体会毒品的危害——如不戒毒，嗜毒者的最后下场注定是死路一条。我默不作声地走出房门，来到客栈外的马路上，听任寒风吹过脸颊。幽邃的夜空，如同一张密不透风的黑色幕布覆盖着蟹甲峪山谷。我被黑暗包围着，于无声处发出阵阵呜咽……

11

果不其然，蔡云龙设在翠竹宾馆内的隐秘吸毒室，在警方的突击行动中被打掉。数十名全副武装的警察,将宾馆围了个水泄不通。麻超似乎从警方内部得到消息,对黑室提前清场,搜查的人没得到什么有用的证据。蔡云龙呢,不知是有人给他透了信,还是这人与生俱来的警觉性——他常常自诩"谨小慎微、胆大心细是他避免打击的制胜法宝",他那高度的警惕性和敏感性使他又一次逃避打击。

那个打着"桑拿按摩中心"招牌、实则从事色情服务的娱乐场所也被关门。蔡云龙带着安财逃到外地暂避风头。麻超、皇诗珊等人藏匿在安定城里。按照蔡云龙的说法:"打一枪换一个地方,你(指警方)在明处我在暗处,你难以找着我,可我对你的动向了如指掌。"他们潜伏一段时间后,等风声过去,又会慢慢浮出水面。

麻超进城后,曾打电话给我。当时,我正值守在红叶山庄的服务台。他说:"黑头,我回城里了,想念老朋友了打个电话,我现在有了手机,我把这个号码告诉你,如果这个号码打不通,你到北正街百乐门歌城找我,那儿全是我们的人。记住我的联系方式,说不定你今后会用得着它。"

在话筒另一端说话的麻超,言之凿凿的,似乎认准我会顺理成章找上他。我隐隐感到,麻超这个人,受蔡云龙教唆,诱使我走上吸毒这条不归路——在未来的某一天,很可能是我毒瘾难抑之际的及时雨。

每当挠心的毒瘾袭过全身,我眼前就会出现那个风姿绰约的白色妖姬。她总在我的前方载歌载舞,我鬼使神差地追逐她,就像蜜蜂追逐花香一样,心旌摇荡。渐渐地,那个白色妖姬幻化成一束妖艳的罂粟花,最后,那束罂粟花脱去嫣红的花瓣,一颗青绿的果实流出乳白色的浆汁,接着,那浆汁又变回白色妖姬,在花间轻点舞步,左右摇摆。

我漫无目的地沿着蟹甲峪山谷奔来跑去,心情狂躁近似发疯,歇斯底里地号叫,像癫狂的疯狗。

张乐号和叶锦慧知道了我吸毒的事——这是我自己亲口告诉他们的。这种事注定是瞒不住的,我现出原形只是迟早的事。张乐号异常恼怒,声震如雷:

"犸黑头,你这混账东西,你要存心害了我女儿不成?我把山鹰交给的应是一个诚实上进、有责任心的人,而不是像你这样的粉子客!呸,我看你趁早死了这份心吧!"

他的话像一把无形的利剑刺向我——他一直希望我好好照顾叶山鹰,可我的表现令他太失望了。如果我不能戒掉毒瘾,离开红叶山庄,离开叶山鹰,将是我无法回避的现实。

和叶山鹰独处一室,我向她哭诉道:

"我真是无药可救啦,为了不拖累你,我俩分手吧!"

她那澄澈而透亮的眼睛紧盯着我,其间蕴含着冷毅和坚韧。我无法面对这凌厉而执着的眼神,惶惑不安。

"黑头,有几次,我见你成天在宿舍里昏睡,身体慵倦乏力,精神恍惚,这像一个正常人吗?我知道,毒品一经沾上,指望你尽快割掉毒根那是不现实的,它需要时间,这个过程或许很漫长。但最关键的,是要有毅力战胜心魔。我父母知道你染上毒品,或许一时难以接受这个事实。我会竭尽全力说服他们,和我一道监督你。我这样做的唯一理由是:我们相爱过,我不能眼睁睁看着你走向堕落。我要陪伴着你,为你走出毒窟而努力!"

我叹了一口气:我在伤害自己的同时,也伤害着我的亲人,受伤害最深的是我的知心爱人——叶山鹰。她是那样质朴纯真、深明大义,我暗暗发誓:为创造我们的美好生活,我一定不负她的一片真情,我要驱除毒魔,回归家庭,回归社会。

我想彻底戒掉毒瘾的信念一点儿不假,可我渴望获得毒品的念头有增无减。我不愿去名峰大道揽客,无意帮红叶山庄打理生意,每天看着叶山鹰和她的父母辛苦操持,我却置身事外。毒瘾上来时,一种强烈的濒死感缠绕着我……哦,我真的走火入魔了。

叶山鹰看在眼里急在心里,坚持带我去戒毒所。我觉得没到去戒毒所那一步,被我回绝后,便开始寻医问药的旅程。她去省城接旅游团,到戒毒机构

红尘黑焰

买来药丸，并监督我遵照医嘱服下。她是为我好，我愿意服从她按时服药，可毒瘾上来形成强大的附着力，反复拨撩着我那脆弱的神经。一次，趁叶山鹰外出带团的时机，我乘坐中巴车来到安定城，找到麻超买来海洛因吸个尽兴。

守在客栈的叶锦慧把我的一举一动看在眼里。自从发现我吸毒后，她并不认同女儿的选择，对我的态度也发生了一百八十度大转弯。不光对我天天吃白饭不悦，更看不惯我成天一蹶不振的样子，原先那张温和的笑脸如今变成冷冰冰的面孔。张乐号也时不时流露出排斥我、鄙弃我的意思。一天，叶山鹰带团进了景区，在家休假的张乐号向我直言道：

"犸黑头，我和山鹰她娘想了好久，我们不可能把女儿交给一个瘾君子的，你好自为之吧。"

叶锦慧一旁补充说：

"看得出，我家山鹰真心喜欢你，但你这样作践自己，堕落成'粉子客'，你真要对她好，就绝对不会这么做。黑头，这是你在红叶山庄一年半的工资，原想替你攒着，等你们结婚时用，现在用不上了，全给你。"她递来一叠沉甸甸的百元大钞，下了逐客令。

这种时候，我还能说什么呢？我唯一能做的只有一走了之。就算叶山鹰回来挽留我，我也不可能死乞白赖地留在红叶山庄。这样也好，我走了，对我、对叶山鹰都是一种解脱，与其跟我受折磨，还不如放她一条生路。我接过叶锦慧递给我的那叠钱，返回房间收拾行装。这间卧室，我们曾经度过无数温馨夜晚，我抱起那只留有叶山鹰体香的枕头，心如刀割。我提着行李走下楼梯，在张乐号叶锦慧的注视下走出红叶山庄。走出大门，我对着客栈的男女主人深鞠一躬。

别了，红叶山庄！别了，叶山鹰！

第三章
魅舞

珍爱生命 拒绝
毒品 CHERISHNG
LIFE
AND REFUSING
DRUGS

1

我回到我所熟悉的安定城,隐没在小巷里。

我被张乐号叶锦慧夫妇赶出红叶山庄,但心里还是不服气的。我不想失去叶山鹰,希望有一天戒了毒瘾,重新回到她的怀抱。

这次进城,我没有合适的住处,我想去父亲那儿落脚,同时让他监督我戒毒。

前年出狱后,我曾去父亲出租屋看过他几次的,后面两次是带叶山鹰同去的。父亲很满意这个准儿媳,第一次见面,他还按照本地礼俗跟她打了红包。他满了六十五岁,还没改掉年轻时养成的喝酒"嗜好"——喝酒后疯疯癫癫的,却依然健健康康地活着。本来,我与父亲感情淡漠,但交往几次后,两人的心结在慢慢化解。

在县城西门巷那间光线幽暗的出租屋,我对父亲实话实说:

"爹,我沾上了白粉……"

父亲满脸错愕地望着我,似乎不相信我说的话。

"吸上了白粉,就是解放前的人吸过的那种鸦片?"

"是。"

他算听明白了。经过长久沉默,叹息道:

"唉,一旦沾上毒瘾,能戒吗?"

"能。爹,我想在你这儿待一阵子,争取戒掉毒瘾。我不想辜负叶山鹰。"

父亲喝了一口茶,呼出一口热气,似要吐出郁积在心里的浊气。他说:

"黑头,你这样想,当然再好不过了,你放心,我会帮你的。不过,戒毒这事,不是忍一忍就可以过去的,这要靠毅力、耐力。我希望看到你戒毒成功的那一天。"

父亲的理解和鼓励,让我得到稍许安慰。我决意隐身于这条幽僻的小巷,把那个搞得我神魂颠倒的白色妖姬彻底忘掉。

可是,我的想法未免太天真了,如同父亲所说,每当毒瘾来临,它不是忍耐一阵子就完事了。住进父亲出租屋的当天晚上,我躺在一张旧席梦思拼就的破床上,我的大脑不时出现一阵阵幻觉——黑暗中,我看见铺天盖地的白蚁,扑闪着透明的羽翼,咿咿嗡嗡腾飞着,它们幻化成一支支锋利无比的毒箭射向我的胸脯。我不停拍打着,可无论我如何反击,它们总能无孔不入,穿透我的肉体潜入我的胸腔撕咬着五脏六腑。还有,那个载歌载舞的白色妖姬也适时出现在我面前,对着我喷出满口血水,瞬间化为沥沥血雨淋在我头上。我捂住身子莫名颤抖着,蜷缩在那张散发着腐臭味的旧床上,发出嗷嗷叫喊,像是夜半时分的狗吠,那种痛苦除了身临其境者,局外人没谁能懂。父亲按了一下床头的开关,电灯瞬间亮了,他略显慌乱地跳下床榻,从热水瓶里倒了一杯水递给我。我怔怔望着他,他那瑟瑟发抖的身子幻化出无数叠影。我当他是一个陌生人站在我身边,一把推开他的手忽地站起,像一头饿狼冲出屋门。我走上小巷时,父亲站在大门口喊我的名字,黑暗中,我回头望了一眼,但我看不到他那双空洞的眼神。

从城中村穿过去,在繁华的北街游荡一会儿,百无聊赖。毒瘾再次发作,情绪亢奋,痛不欲生的我只想撞头而死。时间快到午夜,我打麻超的电话没想到已关机。我毒火攻心只想一吸为快。我决定去北街的百乐门歌城走一遭。麻超上次打电话对我说,这百乐门歌城全是他们的人,说不定皇诗珊就在里面,我想进去碰碰运气。

走进气势恢宏的百乐门歌城，玻璃铺就的走道下方，五颜六色的彩灯像穿起的一粒粒珍珠，迷幻的光波刺激着我的眼球。激情飞扬的乐声，肆意宣泄着这灯红酒绿之所的狂躁。我小心翼翼走在玻璃走廊。一个反剪双手、身材笔挺的男服务生，不失关切地走到我面前，我拉住他就像找到一根救命稻草，喘着粗气说：

"我找皇诗珊。"

那男孩释然一笑："哦，你说的是皇姐呀，她可是百乐门的头牌。请跟我来！"

头牌？什么意思？男孩见我一脸不解，说：红粉班头呗，是专管坐台女的妈咪。

走到一间包厢门口，乐声人声嘈杂一片。服务生叫出皇诗珊，她涂脂抹粉的像个妖精。看见是我，把我带到楼道。我抓住她，情绪冲动地说：

"快弄点儿白粉，我活不下去了，救救我，诗珊姐。"

她对我全身上下瞅几下，有点儿鄙视的意思。

"狗黑头，吸食那玩意儿需要钱的，你有吗？"

我从怀里掏出一叠钱，性急地说：

"有，只要吸上一口，我有的是钱。"

皇诗珊拿起一叠百元大钞掂了掂，准备装进手包里。我一把夺过来，牢牢抓在手中。

"只要见到白粉，我不会少你的钱。"

她走到包厢门口，对我做了一个鬼脸，轻巧地说：

"好，我跟客人打个招呼。等会儿出来，带你好好过把瘾。"

2

从百乐门歌城到皇诗珊租住的公寓不过几分钟路程。她是歌城妈咪，本身又是个瘾君子，所以从她那儿弄白粉算是找对人啦。她在北街一栋公寓楼的顶层，租了一套二室一厅的住所，供自己和毒友上门吸毒。那天晚上，我从她那儿学会了"溜冰"——我俩共用一只透明瓶子，分别用一根吸管烘焙吸食。一缕轻烟扑面而来,我翕动鼻翼贪婪地吸纳着,毒气侵入体内。过足了瘾,我躺在满是污垢的地板上,心跳加快,呼吸急促,过了好长时间才缓过气来。我的肌体正像一块坚冰慢慢消融。皇诗珊呢,瘫倒在沙发床上,脸色苍白,像一个安详的死者。我俯下身去,显得有些害怕地叫了两声,她没睁开眼睛,伸手把我揽入怀中,我就势倒在她身上,心烦意乱地寻找发泄的出口。黑暗中,我终于找到一个火热的通道,奋不顾身地左冲右突。一阵云雨之后,我分明看见通道的另一端,叶山鹰面带忧郁、眼含怨艾地瞅着我。

在安定城,我和皇诗珊开始了畸形、混乱的生活。我的感情麻木了,把叶山鹰的爱抛到脑后。

一天,我对皇诗珊说:把麻超找来,我请客,请他来这儿"扎针"——就像这几天她教我做的这样。

"扎针",是嗜毒者之间的俗语,也称"扎",一般是指静脉注射。

皇诗珊带麻超开门那一刻,我还在床上蒙头大睡。我慢吞吞探起身子,麻超猛地揭开被子一脸兴奋朝我吐舌头。那意思是说,你怎么成了皇诗珊的座上宾?我披衣起身,安财就从麻超背后蹿出来——这个神出鬼没的安财,总在意想不到的时刻出现。他俩的出现,使我想起蔡云龙。

老友见面,他俩对我好像并没那么上心,没了往日亲密,也没说起蔡云龙,他们只对毒品感兴趣。我说:

"麻超、安财,你俩今日来了,得好好过把瘾,无论吸多少,都算我的。"

麻超说:"黑头,你在哪儿发的财,这么大方?"

"离开红叶山庄发的工资,那老板娘心肠好,把我一年半的工钱、提成全给了,两万块呢。原本想替我攒着准备结婚用的,发现我吸毒,便结清账目把我赶出来了。"

麻超、安财并不关心我是如何被赶出客栈的,他们只想过把瘾,嘴角开始流出口水。

皇诗珊拿来"货",在客厅茶几上摆好器皿、注射器、冰毒等,几个人捻起几粒白粉吻嗅着,拿起针筒跃跃欲试。我手里的注射器一直抖动着,几乎无法灌注毒液。麻超抢过注射器摇了几下,作出不忍给我的假动作。我不假思索地抢回来,照准左腕血管狠狠扎下去……瞬时间,一种眩晕感冲上我的大脑,物我两忘只剩下一片空白。我窒息着,简直就要死了。

扎完针,四个瘾君子就像酒足饭饱的食客,百无聊赖地瘫成一团。片刻,皇诗珊起身走进卧室,麻超涎着脸跟在她身后,屁颠屁颠地推门而入。接着,卧室里传出孟浪的调笑。我和安财木然地对望了一眼,仿佛刚从梦中醒来。

我和安财走出乌烟瘴气的公寓,站在楼顶平台极目远眺。初春天气尚有几分寒意,远处的山峦蒙上灰暗的调子,让人晨昏难辨。要不是附近的高楼亮起灯,我把此刻真当成白天的某个时段了。这晦明天色令人沉闷,如我和安财的心。

我和安财说起麻超。

麻超,因没参与蔡云龙贩毒,加上有个当官的父亲作保护伞,倒也平安无事。麻超父亲恨他吸毒,无计可施之下,把他送进戒毒所。而他母亲溺爱儿子是出了名的,进去不到两个月就把他捞出来了,照旧在城里混世,父亲气不过,宣布跟他脱离父子关系。没了父亲管束,他也乐得逍遥自在,带着一干狐朋狗友,把这个城市搅得乌烟瘴气。

"要是还住在禹王坪大山里,该是多么惬意的事!"安财望着远方的雾霭,若有所思地说。

"我们还能回得去吗?"

"黑头,我是回不去了,没有退路了。警方盯着我呢,都没办法露头哪。这江湖,真不是那么好混的。"

"其实,我们所处的这个圈子,都是围着蔡云龙转的,凡是跟他走得近的人,几乎没有不碰毒品的,他用毒品控制身边的人,为他所用。说起来,他的手法并没有什么高明之处,怪只怪我们这些人生性愚钝,遇人不淑识人不深,一经上了贼船,再要下来就难了。"

安财说他不怪蔡云龙,怪只怪自己太穷了,就算没有蔡云龙,出现张云龙王云龙，他也会跟着干的。

"蔡云龙，他躲在哪儿？"我还是问起眼下最关注的人。

安财说起蔡云龙的大致情况。

"他离开天堂界后去了云南，由麻超父亲出面，以证据不足把他的案子压了下来。待风声过去，便盘下百乐门歌城，委托关系可靠的人来打理，暗地里仍为瘾君子们提供毒品。但公安部门一直盯着他不放。随后，蔡云龙参与贩毒及容留他人吸毒的犯罪事实逐渐清晰，他知道自己罪责难逃，有时远去外地，有时躲在安定城陋巷，有时藏在禹王坪乡下或天堂界大山，据点可多呢。他行踪不定，也总有办法让自己逢凶化吉。不过，你最好不要打听他的去向，上次，警方搜查翠竹宾馆涉毒窝点，他怀疑是你报警的。他这人报复心挺重的，如果觉得你能给他带来风险，他会毫不犹豫除掉你！"

安财都这样说了，我也不便多问。就算他知道蔡云龙的藏身之地，也不会对我说实话的。

"你呢？安财！"

"我跟蔡云龙去过云南，与这个案子脱不了干系，警方四处找我。我在安定城出不了头，如被警察抓住，怎么说都是个重刑。"

"投案自首吧，安财。只有帮助警方找到蔡云龙，才是唯一正确的路。"

"黑头，我不想坐牢，不到万不得已，我不会投案自首的。而且，蔡云龙不是那么容易抓到的，他像幽灵一样飘忽无定，想抓他，怕是难上难呢。"

"有什么难的，不就是一个亡命之徒吗？偌大的国家专政机关就拿他没治了？安财，我们不能一错再错。"

"反正，我不会照着你的话去做的，要自首也是你自己去，要知道，你吸食毒品也是违法。你若诚心想戒，就去戒毒所呀，何必跟我们这些无可救药的人鬼混。"

安财一番抢白后，快步走下楼梯。楼道里传出噔噔噔的跑步声，这走掉的人不是蔡云龙的忠实死党吗？但也是我的难兄难弟。显然，我犸黑头吸毒是有错，但吸毒之错与贩毒罪行是两种不同的概念。我的内心挣扎着，不知道是不是应该举报安财？他那匆匆离去的背影让我后怕。我撕扯着头发默默说：好吧，念在我俩兄弟一场，我就不报警了。喂，你这个鬼安财，滚远点吧，别再让我看见你。若有下次，我一定不会放你走的。

3

我毒瘾发作的间隔时间越来越短，每隔四五个小时得注射一次海洛因，每次耗费一百元到二百元之间。皇诗珊从哪儿拿的货，我不得而知。反正只要我出得起钱，她就会满足我的需要。当然，我过足了瘾，自是少不了她那一份。偶尔，麻超也会过来凑热闹，只要他在场，一般都是他买单。当皇诗珊收了钱去出门拿货，他会津津乐道地说起他的"江湖"地位。听得出，他自吹自擂的成分重，要使一帮五毒俱全的混混儿服他，没有一番斗智斗勇的经历是不可能的。我能相信的是：麻超在黑道上陷得很深。

不出两月，我自红叶山庄出来带的两万块钱已挥霍一空。如今，我又变得两手空空，成天忧心着从哪儿搞钱吸毒。皇诗珊在百乐门歌城替我联系了看场子的活儿，每天下午六点干到后半夜两点才能下班。我对夜场没兴趣，怕熬夜也受不了歌城里的喧嚣。我成天无所事事，依附着皇诗珊吃软饭。我蹭饭打宿什么的，她倒不在意，可要蹭着"打冰"，便像霸占了她的宝贝疙瘩似的，一脸不屑。我懒得理她，涎着脸从她那儿"分一杯羹"。

清早醒来，没看见皇诗珊——不知她什么时候出去了。我一个人站在公寓门口发愣。昨晚做了大半夜的噩梦。起床后，头重脚轻的像散架一样。就在这时，皇诗珊半裸着身子从隔壁房间钻出来，那屋里住着一个尖嘴猴腮的男子。我怔怔望着她，站在面前这个女人，已没了往日的端庄优雅，形容枯槁，两眼无光，整个人看上去萎靡不振，放荡的生活已彻底毁了她。她抱着瘦弱的双臂，像没事人儿一样钻进被窝。

皇诗珊靠做皮肉生意挣的一点毒资，我还是心存恻隐之心的。如果不是我在她这儿揩油，或许不用那么辛苦，晚上去百乐门歌城坐台，凌晨两点回家,哪能睡上什么好觉?眼下,我要靠她坐台或者出卖色相来供我嗜毒,我哪有什么颜面待在这儿。

一天,我在漓水大码头闲逛时遇到了胡红心……

漓水自西向东穿城而过。我从上游的河岸逛到下游的渡口漓水大码头时,发现胡红心临街摆着一个鞋摊,脚边放着工具箱及鞋油、毛刷之类的东西,哦,他竟然干上了街头擦鞋工。见我走来,粗糙的脸上裂开一张大嘴微笑。

"嘿,黑头,过得好吗?"

"老哥,你这是……"

"修鞋,兼擦鞋,来,坐木椅上,我给你擦鞋吧。"

脚头穿着的皮鞋蒙上泥垢,我感到有些难为情。胡红心拍拍木椅,说:

"你坐下!我都不介意,你有什么好为难的。免费服务。"

"好,恭敬不如从命。"

胡红心一边擦鞋一边打量我。

"怎么,气色不好。听说吸上了那东西?"

曾经在道上一同混过,我吸毒的事儿,想必瞒不住胡红心。

"唉,我是陷进去了,哪天不沾毒,就当是末日来临了呢!对这个世界,我没了过多留恋,却又求死无门。我没得救了,老哥。"

胡红心晃动上身吃力擦拭着,两条僵硬的下肢似乎用不上力。在他的打理下,搁在小木凳上的那双脏鞋,呈现出锃亮的质地。

"黑头,你的情况我略知一二,我给不出什么好建议,我要说的是,只要你愿意回头,什么时候都不迟。我的过去你清楚,两年前你从监狱出来,蔡云龙为你办的接风宴我在场,那是我最后一次跟道上人混在一起。从那以后我决定金盆洗手,我要做个自食其力的人。那些年的江湖历险,我被仇人挑了脚筋落下终身残疾,蔡云龙曾经承诺照顾我一辈子的,可他没打算兑现,他连自己都管不好,还能管上我吗?唉,那个所谓的'江湖',留给我一身的创伤,没留下任何值得回忆的地方。我真的全身而退了。我双腿瘸了,也没有一技之长,每天靠修鞋擦鞋维生,但我没觉得有多委屈。我靠劳动所得过活儿,反而觉得这

红尘黑焰

日子过得蛮充实的。我这残缺之身都能活下去，你一个四肢健全的人又有什么好悲观的。听我一句话，戒掉毒瘾，远离江湖，认真过好每一天。"

"老哥，我又何尝不想这样。而今，我对所谓的'江湖'彻底死了心，真正让我痛苦的是毒品，那种挠心的痛让人痛到骨髓。"

胡红心打断我的话，似乎对我的诉苦不屑一顾。

"黑头，不要把痛苦挂在嘴边，你知道痛苦，就得割掉痛苦的根源。仅仅说些敷衍的话，注定戒不了毒瘾。话说千遍不如做好一次，只要横下一条心，没有戒不掉的毒瘾。"

胡红心好似给我打了一记强心针，使我微弱的心跳变得搏动有力。这个一度被我轻视的矮矬男，此时此刻却以一种励志人物出现，这种身份转变，真使我莫名惊叹！

"老哥，谢谢你的提醒，也谢谢你给我信心。今后有机会见面，我要以新的形象出现在你面前。"

得到胡红心的鼓励，心里舒坦了许多。我俩说起彼此熟悉的人和事，蔡云龙、麻超、安财都是我们所关注的人。我们两个对蔡云龙是一个"魔"的看法表示认同。当年，我怎么也不相信他是什么"魔"的，现在验证了也为时不晚。对麻超、安财，除了表示惋惜，也对他俩的现状感到担忧。当他问起皇诗珊，我一声不吭地装作什么也不知道。这个女的曾是一帮道上兄弟的共有偶像，也是隐藏在大家心里的一个谜。我呷呷嘴似在掩饰心中的不安，想不到这个皇诗珊，眼下却成了我的唯一依靠。我起身走的时候，不知道胡红心是否看出了我的狼狈。

4

胡红心说的那句话如犹在耳："话说千遍不如做好一次，只要横下一条心，没有戒不掉的毒瘾。"我记住了他的话，暗暗给自己鼓劲：一定要戒掉毒瘾，一定……然而每当毒瘾发作，我就把胡红心的话乃至所有的意志、信念一概置之脑后——或许，缺乏毅力、没有自制力、反复无常是所有瘾君子的通病。

现在，我身无分文，当我走在街头，一种莫名其妙的恐慌如影随形，怎么搞到毒资令我绞尽脑汁。

我有好久没去父亲的出租屋了。或许，我还要在街头晃荡一阵，以酝酿足够的勇气找父亲要钱。

父亲在吃晚饭，看我进去，便拿了碗和一双筷子递给我。父子俩倚着那张漆皮脱落的饭桌喝开了包谷烧，这是本地酿造的烈性酒。父亲仰头喝了一口酒，呼出醇烈的酒气。

"黑头，你戒毒这事儿，不是你一个人在坚持，背后有老父亲在为你加油呐喊呢！"

"我对不住您。"

"还有那叫叶山鹰的女孩儿，对你真是一片诚心，前两天来我这儿，不仅带来了解毒的药丸，还给你捎来了几百元生活费。她说要跟你见一次面，黑头，你不能这样对待她的，一味回避是对她不尊重，也是对自己不负责任！跟她见个面吧，我敢说，错过了叶山鹰，你犸黑头再也找不到这样的好女孩儿了。"

唉，我又何尝听不懂父亲所说的这个道理。眼下最大问题，不是我不明事理，而是毒瘾来了根本控制不住自己，那种万箭穿心的感觉，让我生不如死。我对父亲说，我真是没得救了，就像患了不治之症，死，才是最好的解脱。

我连喝三杯酒，把头伏在酒桌上泣不成声。父亲拍拍我的后背，轻轻说：

"别哭，黑头！我希望看到你戒毒成功的那一天，你不戒掉毒瘾，我死不瞑目！"

父亲说出"死不瞑目"一词，足以让我警醒。这话的分量太重，我不能让他失望。我灌了一碗包谷烧后向父亲告辞。他从抽屉里拿来戒毒药丸，说是叶山鹰从一位民间老中医手里买来的。我拿到手中时只觉得沉甸甸的。父亲要把叶山鹰给的几百元生活费塞给我，我说我不能拿叶山鹰的钱——为了自己那点可怜的尊严，我推开父亲的手拒绝了叶山鹰的好意。同时，我也不敢向父亲开口，一个有手有脚的年轻人竟要向一位生活拮据的老者伸手要钱，这让我于心何忍？

"黑头，你能这样想真是再好不过了。山鹰说是明天进城，你过来跟她见一面吧。每次来了她都在满城地找你呢！她可是真心实意对你的。"

"等她来了再说。"我敷衍道。

我无法确定能否与叶山鹰见上一面。一方面，我辜负了叶山鹰，没脸见她，也不希望她把心思花在我这种不值得爱的人身上，她应该有更好的选择、更好的生活，跟我在一起只会拖累她。另一方面，我眼下正被毒瘾追逼着，我要找的可是皇诗珊呢。我一把抓起那包戒毒药丸，转身冲进夜色迷蒙的西门巷。我的脸上浸润着泪水，我对今天的表现很满意。我要给父亲以希望，要在叶山鹰那儿，保持最后的尊严。

5

六月的晨光穿过窗户，像一片轻盈的羽毛触碰着我的脸。我百无聊赖地躺在床上，用枕巾把头蒙上。我不喜欢阳光，反倒喜欢黑暗中的宁静。紧临卧室的卫生间传出滴滴答答的水声。皇诗珊梳妆打扮出来，走到床边掀开被子，兴致颇高地说：

"黑头，我们去情侣峰游玩吧！"

"情侣峰？"

安定城对面有一座巨大的屏障叫云梦山。云纱缥缈的群峰之间，一尊耸入云天的山峰叫情侣峰。它是武陵山脉七十二峰之一，以其俏丽丰盈的风姿遗世独立。

"诗珊，哪儿来的雅兴？想去情侣峰旅游。"

"不，不是什么雅兴。今天是六月二十六日，国际禁毒日，我想把它过成不沾毒品的一天。"

皇诗珊这样说，给这个寻常夏日平添几分庄重和神圣。我兴趣上来，翻身起床穿好衣服。

"到了情侣峰，我给你说说我和这座山峰之间的故事。十年前的今天，我的人生翻了篇。"

"喂，诗珊，情侣峰是不是留下了你的浪漫事？"我调侃道。

皇诗珊低头不语，脸上露出难得一见的潮红。

从漓水大码头坐渡船过河，咿咿呀呀的摇橹声似在叙述世事的纷繁。一阵河风吹乱了皇诗珊的长发，她抬手绾起肩头的一绺发丝，扎起发髻盘在头顶。她不单是整理头发，更像是梳理自己的心绪。对岸的河滩，正是鸡冠花盛开时节，满眼的嫣红辉映着一江碧水。再过去是田畴沃野，一条柏油路横穿河谷，一辆中巴车把我俩带到情侣峰下，我俩沿着进山游道走向情侣峰。皇诗珊用低沉的语调带我进入往事……

十四岁那年，我父亲——在我母亲被车轧死后的第二年被肝癌夺走生命。我寄居在安定城姑母家，沿着大街小巷叫卖冰棍。我长得乖巧，生来就是个招眼的女孩，不少男孩子喜欢围着我转。我不喜欢屁股后面追逐着的街头少年。我对姑母说："我快长成大姑娘了，我不愿上街头卖冰棍。"姑母勃然大怒，说："你不卖冰棍谁来供养你？"姑侄争吵后，我负气来到漓水大码头转悠。过了渡，一位在河滩上画画的人引起我的注意：那人不过三十多岁，长得高高挑挑的，身穿一套休闲装，衣服上涂满了各色颜料——我所见过的画家似乎都是这样不拘小节的，那头蓬松的鬇发，飘逸、洒脱，举手投足都有一种独特的魅力。我走过去看他画画。画家见了我一脸乐呵地打着招呼，调皮诙谐的话语一下子拉近了我和他的距离。他向我说起画中景点——情侣峰。我对它一知半解，不知所云。他讲解道：

"这片河滩是描摹情侣峰的最佳位置。你看，两座酷似男女头像的山峰相依相偎着，有人说是恩爱夫妻，有的说是热恋中的情人，它本来是那种'公说公有理，婆说婆有理'的景点，就看你怎么理解。"他的解释浅显通俗，很对我的胃口。也许是我的纯净气质使他感兴趣，他指着那幅画作，对我说：

"从这里到情侣峰不过五公里，让我们一起走近它，让你融入其中，把它

红尘黑焰

变成一幅更美的画面好不好？"

我有点儿犹豫，我和他素昧平生，纵有不少好感，也不便追随一个陌生男子贸然成行。

"一路上，我跟你讲故事，故事讲完了，人也到了情侣峰！"

一个涉世未深、天真无邪的少女，从没见过这么率性、这么富有才情的画家，我不假思索地答应了他的请求。那真是一次妙趣横生的旅程。画家所说的故事全是我闻所未闻的域内奇观：云南傣族山寨风情，大兴安岭一望无际的白桦林，大西北遽然降临的沙暴，南海航行时气势磅礴的海啸……他生动传神地描述着这一切。他那丰富的履历，渊博的知识，精湛的画技，无不让我"顶礼膜拜"。一路走来，他带给我一种强烈的依赖感和安全感——呵呵，正是有了他的出现，让我的生命不再寂寞。

那天黄昏，我和这位大叔辈的画家来到情侣峰下，双双坐在对面的巉岩上，眺望着这富含爱情意味的天然肖像。晚霞染红了那对有情人的脸庞，那女的头上横插一根红艳艳的小枫树，像少女头上的簪子那么亮眼；那男的凝视女方，深情款款地像一对久别重逢的情侣。或许是那千古不易的爱情神话感动了我，抑或是身边这个画家的浪漫率性和体贴入微温暖了我，不过半天时间，我竟无可救药、毫无保留地喜欢上了他——我至今不知道他的名字，只知道他从北京来。他一脸坏笑地让我叫他"老鬼"。我说干吗要叫你"老鬼"，在我眼里你就是一个古灵精怪的"小鬼"。他说，横竖都是"鬼"，"小鬼"就"小鬼"！谈笑间，一个曼妙少女对一位中年大叔的爱情帷幕悄然拉开。在情侣峰的山崖下，在那满是絮花、枫叶、松针的台地，他临时搭建了一座小帐篷——那充满林间芳香和山野气息的温馨小筑，是他走遍千山万水都要随身携带的。他所营造的浪漫气氛让我入迷，那从没体验过的温馨感动着我。天色向晚，"小鬼"从树林里捡来枯枝干柴码在一块石板上，掏出打火机点燃，火苗一点一点扩大，越燃越旺。我俩坐在火堆旁，听着火花哔哔剥剥的爆裂声，看着火星儿拖着尾巴蹿上夜空，然后变成一星灰末消失在黑夜——那是个令人春心萌动的夜晚……是的，就在那个深秋之夜，我把童贞献给了他。

第二天天亮，清冷的山风吹过林莽。从睡梦醒来，我发现那个跟我缠绵了大半夜的"小鬼"已不在我身边。他身上的味道还留在小帐篷里，他说过的绵绵情话还在我的耳际萦绕。我回味着昨晚发生的每一个细节，一种有如清风徐来的美好片段带给我无限遐思。呵，那个百般抚慰万般柔情的"小鬼"，这么早就起床啦，难道他是上了哪个景点写生去了，他怎么不打一声招呼就上山去了，怎么没亲亲我的眼睑就独自离开了，难道他就不怕他的"美妞"（他跟我缠绵时就在我耳边这样叫我）被野兽叼走了，他怎忍心把一个芳心荡漾的小女孩儿丢在一旁。从小帐篷里钻出来，我站在情人峰山崖下，对着四面青山，一遍遍地呼叫着"小鬼——小鬼——"山鸣谷应，可就是听不见"小鬼"的回应。我拖着哭腔呼唤着，沿着那条通往山崖的羊肠小道，攀爬到情侣峰对面的那块巉岩苦苦等待他的出现。在我望穿秋水的顾盼中，始终没看见风流倜傥的"小鬼"。难道他真的撇下我不告而别？难道昨天发生的一切并不是发乎真情而是一场精心设计的色诱？在我满腹狐疑时，从巉岩下的石壁，我发现了水彩笔写下的一行红色字体：

美妞，你不用找我，游走人间、浪迹天涯是我生活的全部。我相信，我们终究会见面的！

那一行红字的旁边，放着一幅以情侣峰为背景的风景画，画中的少女应该是我了——她置身于一片枫林中，看上去有点忧郁也有几分率真。这幅题名为"情侣峰"的风景画，左下角的落款是他的真名，盖的印章也是这个名字。我一下瘫倒在地，只觉得天旋地转。呵，"小鬼"，这个夺走我的感情、夺走我童贞的"小鬼"，怎忍心在我刚刚步入爱河时却悄然离去。你给我评评理，黑头，他这样做不是一场色诱又是什么？

皇诗珊说起那位不告而别的"小鬼"，泪雨滂沱，泣不成声。我陪她站在业已褪色的一行红字下，不知该怎么安慰她。此时此刻，也许任何语言都是苍白无力的，唯有让她尽情宣泄，才是抚平伤痛的唯一方式。

难道从我登临河滩那一刻，"小鬼"就开始了处心积虑地色诱？不，我不相信他是一个生活放纵、感情轻浮、始乱终弃的好色之辈，他那样一个天性浪漫、体贴周到的人，怎会抛下我一去不回？在我十四岁那年——人生含苞待放的青葱年华，我和"小鬼"在情侣峰下的那一夜，让我久久不能释怀。我的生命停滞在那一夜。每年这一天，我都会登临情侣峰守望"小鬼"。他写在巉岩上的红字历历在目：我们终究会见面的——这是"小鬼"对我的许诺，也是我至死不变的期许。在情侣峰下，我看不见那个日思夜想的人，但我知道那人就在我心里，他的体味还在这片山地走游，他的影子始终飘荡在我的眼前。潜意识中，我抱定一个想法：在情侣峰，我定能再次见到"小鬼"的，我会在某个不经意的时刻，在这充满爱情神话、风景如画的情侣峰看见生命鲜活的"小鬼"！而且，我要向他问一个明白，说好要带我游走人间、浪迹天涯的，可最后却不告而别，留下我孑然一身。他的许诺，变成了一场无法兑现的约定。此后年年，我来到情侣峰，再没看到那个曾经给我百般恩爱，并且承诺再次相见的人。我的青春，永远定格在情侣峰。

皇诗珊望着情侣峰，心思怅惘。我坐在巉岩上，静静听着她的倾诉。日过中天，她仿佛从一场噩梦中醒来，理了理散乱的头发，一脸歉意地说：

"黑头，把你拉上情侣峰，听我说起初恋，这真是有些害臊。或许，你会这样理解：哎，那个画家不过一个泡妞高手，不值得这样留恋的！是的，我可能永远也等不到他，但这个人的出现，对我的人生产生了莫大影响。从那时开始，我就生活在一个虚拟世界里——正如他所说，我们终究会见面的！"

"人，不能靠回忆过日子。诗珊，你沉浸在那段感情不能自拔，这样的人生该有多沉重。"我说。

"谁不想重新开始新生活呀！当年，我从情侣峰下来回到安定城，也这样宽慰自己啊！可我不行，在安定街头混迹时认识了蔡云龙，我跟他同居了两三年吧，我想找个情感寄托抚慰受伤的心，可他没准备和我长相厮守。他在黑道厮混，才不会怜惜我那破碎、失落的心呢！在一次帮派火并中，他带着一帮道上兄弟打赢了对方，当即把我'奖赏'给了打头阵立下汗马功劳的胡红心。他被打伤了，而我心理上出了毛病，我不会对胡红心那样的'矮矬男'死心塌地的，我再也不会对哪个男人动真情，更不会因为你说暗恋了我好多年就会跟你来真的。在男人眼中,我的身份随着我所从事的职业而转变,我干过三陪,在地下歌厅跳过脱衣舞,在桑拿中心、发廊做过暗娼,但不变的是——婊子、荡妇。我周旋于各种各样的男人中间,游戏人生……"

"你还年轻,未来的日子还长呢,一切都可以从头再来!"

"回不去了,真的回不去了。前几年,一次偶然的机会,我从电视上看到那个'小鬼'画家,从画面和文字介绍得知,他在京城举办了画作专场拍卖会,每幅作品的起拍价都是几百万呢。直到这时,我才知道这个'小鬼'原是活跃在当今美术界的大师级人物——我曾经冒起强烈的冲动:我要去北京找他,向他问一个明白:当年,为什么把我抛在情侣峰下不告而别,我从此坠入风尘是不是有他一份责任?我受了这么多年苦是不是该找他清算?可是,那个'小鬼'的名字如雷贯耳,真要去见他,该不会把我当成精神病拒之门外吧? 抑或,他已经认不出我了,对他而言,在情侣峰下的那一夜,不过是无数浪漫情史中的一朵浪花——既然如此,我冒昧找他只能自取其辱。我没烧掉'小鬼'送给我的那幅风景画,不是因为它价值连城,而是我想把它保存好——有朝一日,我终会见到他的,我要向他讨还失去的青春!"

皇诗珊讲完这个故事,整个人像被掏空一般,面部抽搐着,一种难以名状的痛苦充盈在眉宇之间,双手哆嗦着似在寻找什么。我感觉到她的毒瘾犯了——而且,她那慌张错乱的形状也激发了我的毒瘾。我抱住她附在耳边说:"要忍一忍啊,诗珊。你说过,今天是国际禁毒日啊,我们要把它过成不沾毒的一天呢。"

"黑头,我要死了,快……抱紧我!"皇诗珊语无伦次地说。

6

我决定接受皇诗珊的推荐,去百乐门歌城看场子。我本是瘾君子,哪儿是做保安的料。但不接受这份活儿,只能等着被皇诗珊赶出家门而流落街头了。

有天晚上，麻超带着几个二十来岁的小青年来到百乐门歌城。进了包厢，麻超把我往他们面前一推，说："犸黑头，我的好兄弟，今后见了面，大家就是朋友。"他还特意为我介绍了一位名叫袁氏骏的人。袁氏骏壮实的胸脯刺着文身，他的头也比一般人大，故有人叫他"大头猿"。看麻超的气势是明显地阔了，身上穿着名牌西装，脖子、手腕戴着金光闪闪的饰品，一只小巧精致的手机是时下最时尚的那一种。

"黑头，跟我一起干吧，不比替人看场子强？"

"人各有志，看场子有什么不好？"

"还嘴硬，我能不了解你吗？哎，黑头，今晚，我组织了一个聚会，我替你说一声，把这身制服脱了，跟兄弟们乐一乐。"

麻超一副不容商量的口气，把我推进了 KTV 包厢。

皇诗珊领着一队青春靓女，任凭麻超那帮兄弟挑选着各自属意的女孩。若明若暗的灯光，震耳欲聋的音乐，乌烟瘴气的包房，一帮人分别搂着衣着暴露的陪伺小姐，像阔别许久的老情人那样打情骂俏，有的 K 歌、飙高音，把一首首情歌直唱得荒腔走板。坐在身边的麻超揽过我的头，大声说：

"这帮兄弟刚打赢对手，总要犒劳一下，让他们疯一疯的。走，黑头，我俩去里面的茶室，好好过把瘾。"

刚在茶室坐定，皇诗珊破门而入。麻超豪气地说：

"今天吸多少白粉，都算我的。皇诗珊，该怎么做，你懂的。"

两人边喝茶边等待皇诗珊送来毒品。麻超说起蔡云龙的情况。

"蔡云龙遭通缉了……"

"听说过。"

"那是他罪有应得！蔡云龙在道上放出口风，说我家老爷子对他的事袖手旁观，托人转告我，说要死大家一起死！他以为他是谁呀……说实话，我家老爷子早就恶心他了，他不止一次说过，我变成现在这样，全是蔡云龙一手造成的。他还说，对这种恶人不加以惩戒，就是政府的无能和执法者的失职。"

"你的意思是说，蔡云龙被通缉，有你老爹助力啰？"

"喂，黑头，我可没这么说。他贩毒犯的是重罪，公安老早盯上他了，这次下了通缉令，就说明警方基本摸清了他的犯罪事实，跟我老爹助不助力没多大关系。"

"安财呢？"

"安财跟他多年，陷得深呢。我估摸，蔡云龙已远走高飞了，安财应该还在本地，前些日子，安财还从我手里拿过一些钱的，别看他东奔西逃的，始终没忘了那一口，有机会吸上白粉时，那才叫亡命呢，我看他，即使侥幸逃过警方的追捕，最后也会死在吸毒上。不过想想，像我们这种忘魂吸毒的人，哪有什么好结果呢？"

"吸毒者都明白这点，可毒瘾上来了就是戒不掉啊！"

"黑头，一经吸上毒品，便伴随着整个戒毒过程。许多尝试过戒毒的人都知道，没离开这个圈子，注定是戒不掉的。"

我对麻超的话表示认同。现实生活中，口是心非的吸毒者比比皆是。瘾君子们为了吸上一口，常常说谎，无须打腹稿，脱口而出。在这个群体，什么尊严、信义都不值一提。

皇诗珊在茶几上摆了盘子，盘内平放着几个小袋，白粉散落出来——那是一种专门用于鼻吸的毒品。皇诗珊出门时给我抛个媚眼，那意思是说，如果今晚想吸尽可吸个够。我的眼睛像一对凸出的牛眼，所有的注意力全都在那只托盘上。

麻超过足瘾，起身走到茶室门口，看着手下那些兄弟和一干妙龄女郎一起飙歌，喧嚣的舞曲中，群魔乱舞。一个陪伺小姐扭动身体走进茶室，娇滴滴地叫唤着："超哥，你可是冷落我好久了。"麻超伸手捏了捏她那粉嫩的小腮，然后拥住她步入舞池。一个长相清丽的女孩子走向我，一脸灿烂的笑容就当我是她的前世情人。迎着那盈盈笑意，我说：

"小妹，我可是皇姐的情郎啊。"

"呵，我正是皇姐安排的，她要我告诉你：今晚，你是我的郎不是她的郎。大哥，超哥替你付了钱，买我一夜之欢。"

那女孩边笑边勾住我的腰，然后拿起茶桌上的白粉，不依不饶地凑上我的鼻孔，我被那缕缕升腾的烟气迷晕了，神思迷离，像入无人之境。迷迷糊糊中，我记得麻超走过来拍拍我的脑袋。我像个神志不清的醉鬼看他一眼，他那诡异的笑脸幻化为青面獠牙的饿鬼，伸出长长的红舌附着在我的血管上，我感到体内的血液在一点点消融。我晕得不行，被那个女孩扶到沙发上昏睡过去。在虚无缥缈的情境中，不知从哪儿传来一个女人的呼唤：

黑头——你在哪儿呢？我在街巷里找你呢！你隐藏在哪儿呢，我怎么也找不到你。你快出来，跟我一起回家吧！

我捂住耳朵，听也懒得听。我嘟囔着：黑头也是你随便叫的？你敢这样叫我的绰号，我哪天逮住了你，叫你吃不了兜着走！

7

我当面答应过父亲，说找时间跟叶山鹰见一面的，可我一再失信于他，连他的出租屋也有好久没去了。每天，我像被鬼魅附体，意念中除了毒品还是毒品。那些白色颗粒像一粒粒霰弹射向我，我本能地排斥着它，用手往两边排开。可那个挥之不去的妖魔是那样顽固，搅得我心绪难安。在我心里，海洛因、冰毒才是我的至爱，它比亲人还亲，比情人还知心。

成天浑浑噩噩地混日子，我什么事也做不好。我在百乐门歌城看场子连累到了皇诗珊，歌城老板这样训斥她：

"皇诗珊，你从哪儿找来一个粉子客，他像一个保安吗？呔，他哪儿是看场子，是来砸我场子的！如果被便衣盯上，让我们吃不了兜着走！"

我像贼子被人识破一样张皇逃离百乐门歌城，一气跑回皇诗珊的公寓，一个人躲着生闷气。冷静一想，那歌厅老板说得也没错，我这等瘾君子哪里是当保安的料，谁知道我待在那里会出什么事呢？皇诗珊回家，眼见我大白天睡懒觉大为光火。两人争执几句，不料她嫌恶地说：我皇诗珊也想有人供吃喝、供玩乐、供我吸毒啊，我也想有人包养呢，这等好事不只你想，我做梦都想呢。

皇诗珊和我大吵一架后说："犸黑头，你走吧，三天之内搬出公寓，如你不搬，我走人。"她毫不客气地对我下了最后通牒。我暗骂道：

"皇诗珊，你真是翻脸无情的婊子！"

其实，皇诗珊说得并不是全无道理，一个嗜毒女子，自己靠出卖色相维持开销，有什么义务养一个瘾君子。我这样死乞白赖地黏着她，任谁看着都够恶心的。

皇诗珊对我限定搬出的时间转眼就到了。

哪儿才是我的容身之地呢？父亲呢，我屡次失信于他不说，而且，对他那样一个风烛残年的老人，没尽上孝心倒去他那儿啃老，这于情于理都说不过去。我孤立无助地走上街头，像个幽灵在城市的大街小巷晃荡了大半夜。最后，我在过街天桥的桥洞睡了一觉，直睡到天光大亮。

我饥肠辘辘的，只想美美吃上一顿早餐，可搜遍全身只找到两元钱。我从桥洞爬出，到附近的小吃店买了两个馒头。我真是身无分文了，要做点儿什么事维持一下眼前的生活才行。在建筑工地挑砖头、拌水泥砂浆都行的；要不去火车站，做些装卸、搬运工作，我有双手，坚信就能活下去。

我在烈日下奔走，终于在中午过后，在一处新开工的楼盘找到扛水泥包的活儿。我和另外两名民工负责从大卡车卸下水泥扛到工地上的搅拌场。水泥包散发出的粉尘蒙上发梢，满脸的汗珠混杂着尘埃变成滴滴浑水。我们三个在正午的阳光下负重奔忙。一开始，我还能勉强赶上另两名民工的节奏，我好久没干重体力活了，加之这几年吸毒，体力大不如前，哪能胜任这种繁重的力气活儿。我想打退堂鼓，可没钱的压力像一座石山压在头顶，我得咬紧牙关、正儿八经地做成一件事呀！那两个工友看出我不是干重活的料，却并没因此嫌弃我，遇上这两个憨厚老实的农民工真是我的幸运。下午六点，扛完水泥包收工时，我们三个每人分到六十元工钱。我跟他俩致谢道别时，其中一个工友说：

"我知道你是干什么的。"

"那你说说，我是干什么的？"

"你是我俩惹不起的那一种。"

我没跟他接茬，一笑了之。不管怎样，这两个农民工是难得的好人，至于他们怎么理解不关我的事。我就近找了一家十元店交了三天的房费，然后洗了热水澡，睡了两个小时给饿醒了。奇怪的是，劳累了一整天，竟没想起毒品。晚上十点，我走出客栈，准备把余下的三十元钱全部花出去，我饿了，该好好吃点东西，我还想喝一瓶啤酒，犒劳犒劳自己。

我下榻的这家十元店位于漓水岸边的一条小巷。我向巷口的那家夜宵摊儿走去。影影绰绰的灯光照在古老幽静的小巷，三三两两纳凉的市民，有的摆开了龙门阵，有的凑在一块儿吹拉弹唱。当我走过一杆路灯，一个擦肩而过的男子引起我的注意，这夜晚，那人怎么戴着一顶遮阳帽，长帽檐遮盖着的五官似有几分熟悉。我疑惑着驻足回望，那人恰好朝我打量。四目相对，我惊讶着大叫一声：

"安财……"

对方一个箭步逼近我，低声说：

"黑头，不要大呼小叫。请看在我俩兄弟一场，别打110，我不想蹲监狱！走，今晚，我请你吃夜宵，我和你说会儿话就走。"

安财没有商量余地拉着我往巷口走。在夜宵摊坐定，我颇为不安地问：

"安财，你这样躲躲藏藏的，哪儿是头啊？"

"唉，事到如今又有什么办法呢？我走到这一步，都是自己找的，对自己，对朋友，对这个社会，我有说不出的失望！唉，现在说这些都没用了，我快完了，像我这种嗜毒如命、负罪在逃的人，活不了多长时间了，用不了多久，我就要从这个世界上销声匿迹了。黑头，你不理解我，我只想平静地度过余生。"

我不知道该如何劝慰安财，与他默默对饮一杯酒。或许，对他来说，我说什么都是多余的，在他心中，我的形象比他强不了多少，如果旧话重提劝他投案自首，说不定会引起他的抵触情绪。但我知道：今晚，不能再让安财跑了！

安财当然不明白我的用意，举起酒杯干了一杯又一杯。快散伙时，我启齿说出对方不愿听的话题：

"安财，去自首吧，不要让蔡云龙继续逍遥法外！"

安财脸上有了不悦之色。

"黑头，我不会照你所说的去做的。对蔡云龙，你不要寄希望从我这里找到什么线索，他在云南、广东和安定县城乡都有藏身之地，警察找不到他的。请你不要和他过不去，否则，你一定死得很难看！"

我两话不投机。安财从衣兜里掏出一百元钱放在酒桌上——这钱足够支付今晚的夜宵钱了。我没客套，心想你有钱就付吧，反正我身上那三十块钱是不够这顿消费的。安财起身时，故意露出放在裤袋里的一把小手枪，意思是警告我别招惹他。他竟然持有手枪，这一惊让我感到非同小可。

这次绝不能让他跑了，他手里握有枪支，会给社会公众带来危险的。虽说我犸黑头称不上"高尚"，也不是普罗大众眼中的那种"好人"，但我有错并不意味着就应该包庇恶人，也不能对安财能引起的现实威胁缄默不语。况且，他是蔡云龙的核心党羽，放走安财也就是纵容蔡云龙，只有铲除这个毒瘤，才能拯救社会上那些无知无识、是非不辨的嗜毒者。是的，我不能因为自己沉湎于毒品而丧失最起码的正义感。从另一重意义来说，"举报"安财也是拯救他的灵魂。

空气中只剩下烤肉的味道。

夜色深浓，灯影朦胧。身材瘦弱的安财已进入小巷。他边走边回头，说来说去还是担心我举报他。想起当年的安财，那个虎虎生风的小伙儿哪儿去了？如果说时间改变了他的容颜，那么，那一剂剂海洛因则潜移默化地侵蚀着他的肉体，使那个朝气昂扬的人过早凋零。安财，正是我犸黑头最好的参照，从他身上看到了自己的过去、现在，甚至将来……夜宵摊的女主人过来给我找零，我说："不用找了，我想借用你的手机打个报警电话。"那位女摊主看见我的注意力持续集中在那位离去男子身上，似乎明白发生了什么，非常大度地说：

"你赶紧打吧！那人我不陌生，他在这儿吃过几次夜宵的，住在附近不远，晓得底细的都说他是粉子客。"

我接过手机拨通 110，说我叫犸黑头，在漓水小巷发现一个持枪犯罪分子……接警民警马上意识到事态严重，跟我再次确定具体位置后啪地挂断电话。我把手机交还给女店主。我觉得今晚一定不能置身事外，而且还应有所作为的。安财就在前面不远处，我尾随其后盯梢着。灯影婆娑的小巷，我和安财相距二三百米不紧不慢地走着，贴着街边的台沿渐渐接近他。这时，周边街区传来声声警笛，安财在前面的岔路口稍稍愣神，向右拐入一条胡同。我跑步上前，朝那匆忽而行的背影高喊：

　　"安财，你已经跑不了啦，赶紧缴械投降吧。"

　　安财在五十米开外的地方停顿一下，回头说：

　　"黑头，你还是把我给举报了，我俩那么好的朋友，你怎么做得出来？唉，不过也好，早一天死迟一天死反正都是死，我死了，也算是早死早解脱。"

　　"安财，别冲动，最后的结局或许不是你想象的那样。"

　　安财没再理会我，出于避险本能向前奔走。此时，我身边停下一辆警车，坐在副驾驶的警察正是我认识的李珉玄——我在安定街头混世时跟他打过多次交道。我对他指了指安财的背影，说："那个奔跑的人就是！"警察开车把他堵到死胡同。警灯、车灯把这条胡同照得恍如白昼。安财似乎还没弄明白怎就这么快就被警察包围了，他们有的喊话，有的端枪对他发出警告。安财望望三面墙，恍然明白所有逃生路径都被封堵了。他自言自语道："是啊，真走到人生尽头了？"面对一个个黑洞洞的枪口，他有着说不出的绝望。安财身子一晃，忽地掏出小手枪对准自己的太阳穴。我下意识叫了声："安财，别干傻事了，把枪放下，争取政府宽大处理。"安财气急败坏地说："黑头，出卖我的为什么会是你呀？我宁愿死在蔡云龙面前，也不愿意让你看见我死，你真是个小人……"话音刚落，安财毫不犹豫地扣动扳机，随着一声枪响，他的太阳穴喷溅出的血污贴着脸颊滴落，接着，手里握着的小手枪掉落在地，身体软绵绵的似乎怎么也站不住，挣扎几下缓缓倒地。一个警察冲上去踢开手枪，然后把手贴到安财鼻子下测试着他的生命体征。那人连试几次，站起来说：

　　"没气了，没气了，嫌犯已经死了。"

是的，转眼间安财拿枪自戕了——他刚刚做东请我吃过夜宵，怎么说死就死了……安财的死与我有关，是我向警方报的案。我似乎无法确定这是我犸黑头做出的举动，直到李珉玄叫我的名字说要录个口供，我这才相信：这是我有生来做的最为大胆的事——堪称人生旅程中的一大壮举啊！

8

我身上那点钱很快花光了。当我再次来到前两天扛过水泥包的建筑工地，上次跟我搭伙的工友直言相告：小伙子，你身子那么虚弱，哪能干得了下力扛包的重活？上次，你挣的六十元工钱，你就没看出是我俩对你的照顾？这儿可不是吃白饭的地方，是要流汗使力气的，明白吗？我说，我连买面包的钱都没有了。其中一个无可奈何地摊摊手，说：你上脚手架看看，那儿有砌砖、粉墙的活儿，你看行不？我一听就来气了，我操，要能干这些技术活，哪要跟你费这么多口舌？我在另外一处建筑工地逛了一圈，没有找到可做的体力活，便回到那家十元店，关在屋里长吁短叹。肚子饿了，则喝着一碗碗自来水撑满肚皮；毒瘾发作了，便往嘴里塞进枕巾，吐出来时，那条白枕巾已变成一条带血的碎片。

眼下，我如此困顿，该找谁搞点钱吸上一口呢？我把能借上一点钱的人在大脑中过滤一遍，最后把人锁定在麻超和皇诗珊身上。麻超来无影去无踪，可不是那么容易见上一面的，而且这段时间，电话老是关机，他该不会出什么事了吧？皇诗珊那边，虽说将我逐出门外，但我们毕竟相好一场，或许她会念着旧情给我一文半文的，要不我就耍赖撒泼，即使诳她也要让我吸上一口白粉。

天空飘散着毛毛细雨，一路走走停停，到达皇诗珊租住的公寓已是午后三点。我了解她的作息方式——昼伏夜出。敲了几下房门，从门内传出她那熟悉的声音：

"谁呀？"

"我……黑头！"

屋内响起窸窸窣窣的脚步声。一个男人刻意发出咳嗽，意在警告我。

"诗珊，我借点儿钱……要不赊一点儿白粉，我快死了。"

突然，屋门猛地打开，门内伸出一根晾衣竿，照准我的头部连连击打。顿时，我额头撕开一道口子，血注滴落着，在眼眶下形成一道血帘。透过血帘望出去，我认出那人是"大头猿"。我听麻超说过，这人是蔡云龙的死党，被派来专门监视他的。"大头猿"也是"以贩养吸"的那一种，吸毒者只要有钱，就可从他那儿拿到毒品的。我一时弄不明白他哪儿来的怒火，非要把我打得头破血流。他逼近一步，晃了晃那张额际宽大下巴瘦削的怪脸，说：

"小子，按说，我俩在百乐门歌城见过几次的，难道你不知道'大头猿'这个人？呃，没听说是吧？好，我现在告诉你，那就是我、我！"他指着自己的鼻子向我示威。

"大头猿"长得高大威猛，我没胆量跟他斗。我啐了一口血，故意摆出不服输的架势，大声吼道：

"我找皇诗珊，碍你什么事了？你有本事去道上逞英雄，跟一个无名鼠辈斗气算什么狠？"

"不服气是吧？犸黑头，我告诉你：你知不知道麻超的人马在哪儿？现在我带着，我接下他留下的烂摊子。还有你不知道的，麻超失踪了。"

什么，麻超失踪了？他怎会失踪的？他……出事了？

我捂住额头上的伤口，惶惶地无所适从。我头部受伤是一回事，而麻超失踪的消息无异于一颗炸弹，把我震得心惊胆战。

皇诗珊穿着短衣短裤出现在门口，双手捂住胸前那对肉嘟嘟的乳房，眼睛朝我乜斜着。半晌，她从牙缝里挤出一句话：

"犸黑头，你借钱也不看看时候，比如，我有了很多钱或者心情好的时候。你要明白，我皇诗珊这儿可不是你想来就能来的。"

呸，你这个人尽可夫的婊子，我真是高估了你。我把脸抹一下，像厉鬼样落荒而逃。

外面下起瓢泼大雨。我一路小跑，穿过北街来到西门巷。雨势没有停止的迹象,我站在屋檐下望雨兴叹,去父亲那儿避避雨吧,顺便蹭一顿晚饭。雨水洗刷着额头的创口,融化了血污,我顾不得疼痛跑到父亲的出租屋。父亲打开门,傻愣愣地望着来人,我的脸上雨水、血污、泪水混作一团,他迟疑着说:

"你是黑头?"

我哽咽着说:

"老爹,我饿了,饿得发慌……现在,我只要一个盛饭的碗。"

父亲说:"且慢,黑头,你把淋湿的衣服脱下来,然后我给你额头的伤口涂点碘酒,弄不好感染了可就麻烦啦。"

我换上父亲的衣服,他的个头比我小,我只能将就穿上。接着,父亲一手拿药瓶一手扳过我的头,细心涂抹着碘酒。我在疗伤的同时,也在享受着那份久违的父爱。我的眼泪哗哗地流得更欢了。父亲半心疼半怜爱地责备道:

"黑头,咋就混到这一步呢?"

我的情感肆意泛滥,哭声更响。在二十几年的生命历程中,我一直认为"父亲"只是一个空泛的名词。而眼下,在我走投无路之时,我所能去的也只有父亲这儿了。父亲用宽厚的怀抱接纳了他,这个迷失的孩子也有了灵魂的皈依。我伏在父亲怀里,他抱着我的头,我的号啕盖过外面的大雨。

"爹,我该怎么办?"

对他,这句话我不知问过多少次,他也不知回答了多少次。可这次,他轻叹一声:"儿啊,我还能说什么呢?"

狗黑头,你该怎么办?我一千遍一万遍地问自己,我惶恐不安,终没找到想要的答案。

在父亲那儿蹭过一顿晚饭,却不知道明天的早餐在哪里,而且,我的毒瘾上来了,任谁宽解劝慰都没用。我好像一头山间游走的饿虎,强烈希望撮上一口才能纾解心头的浊气。父亲收拾好餐桌后,跟我说了一些有关戒毒的话,我对他说的一点也不上心,甚至觉得是一些无关痛痒的废话。那个姣好妖媚的白色妖姬,在城市的天空向我召唤。我向她伸出双手,冲进稀里哗啦的风雨中。

晚上，我下榻在漓水岸边那家常去的十元店。一间能够容纳十多个人睡觉的宿舍，掺杂着汗液、狐臭和口臭的气味。我在此起彼伏的鼾声中进入梦乡。那个奇怪的梦境再次出现——

——我沐浴满身血水，飘忽于混沌迷蒙的天地间，声声呼唤无人回应。我朝着高不可测的深渊坠落——我坠入阴曹地府，伸手不见五指。我在黑暗中摸索。兀地，前方浮现一抹暗绿色光影，细看又像是一星磷火。巨大的穹窿下，一个青面红唇的巨人，挥起带刺的皮鞭打着我的屁股，边打边说："浑小子，这个地方可不是你随便来的。再往前走就是奈何桥，过了桥你就回不去了。"开始，那个巨人有节律地抽打我，逐渐加重、加快，到后面挥起一鞭将我打入九霄云外。我一路呼叫，坠入人寰……

从睡梦中惊醒，泪水已淋湿枕巾。我触摸着狂乱的心跳，不敢想象黑暗地狱的画面！房间里面鼾声如潮，我站在露天楼台，听见黑夜里传出一阵若隐若现的呼叫——那是一个痴心女人呼唤浪子回头，也是守候迷路了的人回家。我有点迷茫，不知道那一声声呼唤到底是梦还是实景。若说是梦，为何这个声音总在沉寂的夜晚出现？那么悠远、深情，那样生生不息地回旋在这个城市的大街小巷？你听：

——黑头——你在哪儿呢？我在街头找你呢！你怎就走失了，我怎么找也找不到你，你出来，快跟我一起回家吧！

那是叶山鹰真真切切的呼唤，哦，我亲亲的山鹰，苦情的山鹰，你为何这般傻呀？为这样一个嗜毒如命的社会渣滓值得吗？一阵歇斯底里的抽搐后，我的心情沮丧极了。那道穿越城市夜空的呼唤不绝于耳，直叫得我的脊梁骨一阵阵发麻。我伏在脏兮兮的楼台，掩面哭泣——为何吸毒以后，我的泪水如此之多，这在以前是从未有过的。现在，叶山鹰就在距我不远的漓水河岸游走，她要唤醒一个怅惘的灵魂、枯槁的生命吗？我是不是应该追寻那声声呼唤一步步走近她呢？可是，城市上空那位白色妖姬适时出现了，她像一只老鹰发出"不啊、不啊"的呼叫，由远及近变得声嘶力竭。我心里腾地生起一注苦水一种酸涩,我沉陷在空妄而魔幻般的心境中,感知人生的无常和绝望。

呵,我犸黑头堕落如此,哪有颜面见你呀?叶山鹰!

9

我已穷得丁当响,想吃上一顿饭都要费尽心思。这种一无所有的日子真不好过。面对这一连数日的漫天飞雨,我呆望着空蒙天色,一筹莫展。

穷愁潦倒时,隐藏在我心中的那股恶念又上来了,这是我在十几岁那个放浪年代反复出现过的。我想去娱乐场所碰碰运气,那些坐台女哪个不是等到午夜时分才散场?她们做活儿不用出汗下力的,不过出了一张涂脂抹粉的脸模子,再放肆一点舍出嫩生生的身胚子,那钱票子就像呼啦啦的流水直往怀窝儿里流哩!那赚的钱才叫轻松呢!不从她们手里弄点钱花花,你犸黑头才叫傻呢!去百乐门歌城前,我在北街的玩具店买了一把假枪。

出发前,为了给自己打气,我故作镇定地走在街头,望着雾茫茫的城市夜空,唱起自编的歪词俚曲儿:

嘿,黑头,

没钱的滋味不好受,

没钱的日子苦兮兮。

如果我有钱,

就可以好吃好喝,

还可以好好过把瘾,

吞云吐雾地当一回神。

为了过把瘾,

不惜冒一次险,

趁着夜黑风高干一单。

嘿,黑头,拍拍胸鼓足气,

勇往直前吧！

……

　　百乐门歌城是个不夜城，五颜六色的霓虹灯焕发出迷人的光彩。我瞄上了从大厅里走出的一对男女，那个女孩儿小鸟依人地挽着身边的中年男子，那男的也不时呼应着对方的爱意吻着她的发辫，似乎很享受这种感觉。走上人行道，那位中年人边接电话边拦的士，坐上车后挥挥手，丢下女孩落寞地站在原处。刚才还兴致盎然的情侣，在男的接了一个电话后匆忙离去，这让留下来的女孩儿无法接受这一现实。这女孩子引起我的注意。她站在灯影下伤神一会儿，往北街上段走去。我起身跟在她身后，紧紧相随，从十字路口进入一条马路。街道两旁的门店商铺大都关门大吉，楼上偶尔传出的轻音乐在雨夜里荡漾——那是夜不能寐的人在释放心情。我紧走几步，只想距那女孩再近一点儿。前面的人似乎察觉到了身后的异动，撒开步子紧走快行。到了前面的岔路口，她一不留神地拐进一条小巷。我一下变得性急起来，飞跑着快速接近她。女孩儿像个滑溜溜的泥鳅急欲避开后面的追赶，丝毫不给坏人得手的机会。我铆足劲儿加速奔跑，张开双手即将抓住她的后背……这时，恰恰就在此刻，我的身后传出一声悠长的呼唤，这声声呼唤我不止一次听过，它总在夜深人静时响起，而今晚的呼声，却如响雷一般使人震颤。我恍然感到头颅在迸裂，四肢脱落，全身像被拆卸的机器人散落一地。我瘫痪在地，伏在潮湿的地面哭泣着。我听见那道穿越城市上空的呼唤再次响起：

　　——黑头——你在哪儿呢？我在街头上找你呢！你咋就走失了，我再也找不到你。你出来呀，快跟我回家吧！

　　我知道是谁来了，赶紧扔掉玩具枪，翻身爬起往小巷深处奔跑。伴随声声呼唤，身后那个人紧紧追赶着。我徐徐而行时后面的人也放慢脚步。我知道叶山鹰就在身后，可我没勇气回头看她一眼。我们就这样僵持着，从小巷走上大马路，从城中心走到郊外，从郊野开始爬上一道缓坡。她紧跟其后，气喘吁吁、时断时续地叫着我的名字，我心头那股倔强劲儿就不愿回应她的呼喊。天亮了，太阳高悬于云岭之上，刺破云层，放射出一缕缕麦芒一样的光束，两道身影投射到广阔原野。我想：是呀，身后站着的是我最亲爱的人，她的名字叫作叶山鹰，她在注视着我，只有她才这么执着相随，这种情怀真是感天动地。我的泪花涌出眼眶，贴着脸颊在日光里熙熙放光。叶山鹰走上前一把拥住我，那双手是那么柔和、温暖，她那长发滑溜溜地贴着我的脸颊，她的小嘴附在我耳边，轻轻说：

"黑头，别哭！你看，太阳出来了……我告诉你，从见到你的那一刻，我就把你视为我的真命天子，我不会让你走失的，走，回家！"

"山鹰，等一等，等我吹吹风透透气儿，我想看看山下的风景。"

原来，我和叶山鹰到达的那片山野，正是安定城北的一处制高点。山下是日新月异的旅游新城，缥碧的漓水穿城而过。一条条马路从中心城区向周边辐射，一直拓展到山丘隆起的地方。城市高楼和远处的山峰在晴空里巍峨耸立。

叶山鹰不动声色地说：

"昨晚，你是要干什么？一个大男人半夜三更地跟在女孩儿身后，到底是要劫财还是劫色？"

我羞愧得无地自容，只想从高地上纵身跳下山坡摔死算了。我不敢提昨晚的龌龊事儿，也没想好该如何回答她。但不管咋样，我咬紧牙关打死也不说出昨晚的真相。

"你告诉我，你一定不是那样的人。你不过是寂寞难耐了，在暗夜里游移彷徨。是不是这样？黑头。"

我像鸡啄米似的点点头。在叶山鹰的声声呼唤里，我及时收手中止了犯罪，应该说，除了那个小女孩儿，没有人知道我到底要干什么。如果叶山鹰知道我准备打劫，残存于她心里的那一点"好感"岂不是顷刻消失？本来，吸毒的事已让她伤心不已失望至极，若是知道我在向一个小女孩儿打劫，她一定会陷入崩溃的。

我把话题引开，说：

"山鹰,你怎就那么傻呀? 我哪儿值得你这样付出? 你性格贤淑,做事能干,长得小巧玲珑,若想找个好人家哪是什么难事? 我哪是什么真命天子啊,我就是一个嗜毒者、浪荡子,真的,我不配得到你,也不愿拖累你。"

"是的,黑头,我父母以及了解你经历的人,没一个不说我傻的。父母说,你叶山鹰若要谈婚论嫁,随便找个人都比那个瘾君子强! 女儿,你有病呀? 若说没病,为何偏偏喜欢那个像过街老鼠一般的犸黑头? 他有什么地方值得你这样付出? 我说,我的爹娘:你们哪里知道,爱一个人是没有理由的,爱上他就会惦记他,心里就有他的位置。也许,在我父母、朋友眼中,爱上你是一桩多么没原则、多么不可思议的事情。其实,我做事是有底线的,如要问我为何对你矢志不移? 我只能这样说,从认识那天开始,我就认定你是我的真命天子,你古道热肠、勤快、脑瓜子活,本质不坏,你身上的侠义气质让我欣赏。而且,你沾上毒瘾,不过是受坏人的蒙蔽而误入歧途,这不完全是你个人的错,假以时日,你终有幡然醒悟的那一天。我相信你一定会戒掉毒瘾,重新开始新的生活!"

"山鹰,你的理解和鼓励令人感动! 我何尝不想开始新的生活呢? 可我眼下堕落到这种地步,不可救药了,哪有信心开启新生活?我这样一个不靠谱的人,不值得你爱的。"

"黑头,你不必这么悲观的。你意识到自己的错,证明你是一个有自知之明的人。同时,从你拒不接受我给的钱,这让我看到你的自尊和内心的强大。本来你可以拿了几百元钱去吸毒的,出人意料的是,你没有这么做,这表明你对我的尊重! 你并不是不可救药,黑头,你还有救!"

"我有救? 我还有救?"

"怎么没救?首先,你要树立信心。你四肢健全、有手有脚的,做事也勤快,只要戒掉毒瘾,完全可以从头来过。黑头,我俩的人生路还长呢!"

"山鹰,我不是没尝试过戒毒。可我失败了,我坚持不了几天就放弃了。毒瘾发作时,那种痛不欲生的滋味,你一个局外人是无法体会的。我对自己能够戒毒,已经不抱信心。"

"黑头,别说泄气话。戒毒不是一朝一夕之事。戒毒的过程也会出现反复,对此,我和你都要有这个心理准备。但你不能因为难以戒掉毒瘾就不作努力,甚至放弃了,如果是这样,你的一生就彻底毁掉了。戒毒,是必需的、一定的,没有商量的余地!只要你铁了心去戒,就没有戒不掉的毒瘾!一年、二年、三年……只要坚持不懈,总有戒掉毒瘾的那一天吧。黑头,从现在起,我给你三年之约,如果你三年内没戒掉毒瘾,我不再作无望的等待,我放手……我做到仁至义尽了,就没什么遗憾。你若执意往绝路上走,那也是你咎由自取。所以,我想说,从今天开始,你要付出行动!至于你以前做了什么,或者有所隐瞒,抑或是干了多少对不住我的事儿,我既往不咎,我只看你从今往后的表现……有信心吗? 黑头。"

"唔……"

叶山鹰把话说到这份儿上,我还能说什么呢?当今社会上,像她这样善解人意、无私无畏的女孩儿真的为数不多了,就像珍稀的大熊猫那样遗存于世。也许有人会说她是个憨丫头,而我觉得,叶山鹰才是我生命中的贵人,我唯一能报答她的就是彻底戒掉毒瘾,学做好人! 是的,是该做出一点行动来,以报答叶山鹰的恩惠。

那晚,我俩耳鬓厮磨后,我试着以轻松的语气说起她在午夜里奔走呼号的事。

"你哪来那么大的胆子,在月黑风高夜,独自奔走于城市的街巷,难道你不害怕夜的黑和鬼怪现身?难道你不担心贼子淫棍劫了'色'了? 难道你不恐惧那些比鬼还要可怕的恶人? "

"嘿嘿,黑头,难道你忘了,我是大山的女儿呢。我自小生活在天堂界,父母死得早,没有大人在身边的日子,我必须学会如何面对生活中的种种凶险。我是村人眼里的野丫头,我见过草丛中出没的毒蛇和森林里嗥叫的野兽,面对它们,我从没胆怯过,它们听见我的吼声就知道有个一身霸蛮劲儿的女汉子来了。另外,你忘了我是干什么的,我揽客、当兼职导游,成天跟人打交道的,那些心地善良的人、正直诚实的人,抑或投机取巧的人、满肚子坏水的人、披着人皮的淫棍贼子,哪种人没见过? 我在人海中游走、人堆里周旋,见惯了形形色色的人。如若无私无畏,凡事抱着拼死一搏的信念,你就会明白,生活中原本没什么可怕的,你胆气足了,连鬼见了你也要绕路走哩! 黑头,你不要问我怕不怕,我叶山鹰不是那种能被脸谱化的女性。"

　　我不全相信她所说的话,但打内心佩服她的执着和勇气。我说:"一个女流之辈在黑夜游走,潜意识中没有畏惧感也是不真实的。"叶山鹰装出怒不可遏状,翻过身子用手肘抵住我的上腹,直压得我上气不接下气,说:

　　"你竟敢质疑我的勇气? 你怀疑我对你的真情? 嘿,我让你尝尝欺负女汉子的滋味! "

10

　　"黑头,我们结婚吧! "
　　"好,山鹰,我俩结婚吧! "

第四章

危崖

珍爱生命 拒绝毒品
CHERISHING LIFE AND REFUSING DRUGS

1

我和叶山鹰结婚了。

我俩没举行婚礼,也没邀请亲朋好友上酒店吃一顿大餐。我们在父亲的出租屋做了几道菜,喝了交杯酒,接受老爹的祝福。如果这也叫婚礼,那父亲应该是这婚礼上的唯一见证人。

从父亲出租屋出来,我和叶山鹰在北街照相馆拍了结婚照,下午上班时,又去民政局办了结婚证——从这一刻开始,我和叶山鹰就是合法夫妻了。两人兴高采烈地从办证大厅走出,打算去购物商城逛一逛,她说在这大喜日子哪有不给新郎添置一身新衣的。刚走上街头,我的体内隐隐产生一种强烈的不适,难道犯了毒瘾?是的,真是毒瘾上来啦!我有点儿懊丧:它来得真不是时候,我跟叶山鹰办了结婚证出来正得意着呢,可那个白色妖姬又来搅局。我头部一阵眩晕,叶山鹰赶紧扶住我,说:

"先休息一下吧……然后,回红叶山庄!"

我俩在人行道的一处花台坐下。我说:

"山鹰,今天本是高兴日子,不想弄成这样,真对不住你啊!我这德行,父母双亲能接纳我吗?"

"黑头，无论今后发生什么事，你终究要面对的，在你离开红叶山庄的这段时间，我可没少做我父母的工作呢。我对他们说：你们把他推出红叶山庄是不负责任的行为，这是把他推向绝路哩。说到最后，我的想法他们不仅理解到了，还对自己的行为感到愧悔呢，母亲明确表态：只要女儿喜欢，她就会支持我。父亲说要帮助你戒毒，他答应我，让你去他的工作地天堂关护林点，他说那种封闭的环境适合戒毒！"

我将信将疑地说："真的，要能得到你父母的谅解真是再好不过了，如不下决心戒掉毒瘾，真对不住父母的一番诚心哪。"

回到红叶山庄，天色已黄昏。我像一个浪荡子在外漂泊一两年又回到原来的家。我被叶山鹰推到岳母叶锦慧面前，说：

"我的娘亲，女儿给你领回一个女婿来了，喂，我说的可是女婿，你可得好好待他哟！请你给他一点时间，他不会让你失望的。"叶锦慧明白女儿的心意，没给新女婿冷脸。

"黑头，过去的事，你不要放在心里，我们一家人重新来过。一个人犯错在所难免，关键是要有向好的心。"

我恭恭敬敬叫了一声"妈"，她也爽快地应了声。我从这应答中我感觉到了她的善意。虽然，我不怎么习惯叫她"妈"，但觉得这一呼一应能够冰释前嫌，也不失为一件开心事。

我岳父张乐号呢，他是不是如叶山鹰说的那么轻巧？

他正在厨房里忙着做晚饭。叶山鹰有意捉弄一下父亲，从后面伸出双手蒙住他的眼睛。张乐号的后背像是长了眼地看出女儿的鬼把戏，不加掩饰地说：

"闺女，是不是做了什么亏心事又来讨好我？"

叶山鹰故作生气地拍拍养父的肩膀，说："爹，我把那个陪你喝酒的人接回来了，你可不能给他脸色哟。"我走上前，毕恭毕敬地叫了一声"爹"。张乐号脸上看不到一丝笑意，瞅着我看了半晌才说话。

"我说黑头，我家山鹰喜欢你，做父母的只能尊重她的选择，但这并不意味着我能原谅你吸毒。我还是那句话，我不想女儿跟一个瘾君子过一辈子！你现在也不用叫我爹，只当你彻底脱毒那一天，我才认你这个女婿。"

张乐号冷硬的话语和漠然的表情，让我无所适从。但我能怪他吗？当然不能——他是在维护女儿，这是一位父亲在女儿可能遭受伤害时作出的本能反应。我所有的过错都是自己一手造成的，我不怨天尤人，也不会记恨这位慈爱长者。看来，想管张乐号叫一声"爹"，至少眼下是没有这个资格的。我心情释然地管他叫"张叔叔"。我暗暗发誓，终有一天，我会有资格叫他一声"爹"的。

新婚之夜，叶山鹰把她的闺房简单布置了一下权当我们的婚房。睡下后，那个白色妖姬悄然来到床前，我跟她搏斗一番，大汗淋漓。叶山鹰站在一旁看着我也是束手无策。折腾一阵子，我昏昏沉沉进入梦乡。不知过了多久，我睡醒了她还坐在床前，我心疼地拥住她，泪眼迷离地望着她，说：

"山鹰，我到哪里去找你这样的媳妇，你真好！这辈子遇上你，是我莫大的荣幸啊！或许，在一般人眼中，你不过是一个普普通通的女孩子，可在我心里，你是我生命中最美的一朵花啊！有你相伴，我相信我会变好的！我会珍惜你，不再让你为我担心，我要好好疼你、爱你，相守到老。"

叶山鹰刮了一下我的脸皮，故作严肃地说：

"黑头，这可是你说的。请你千万不要当着我的面信誓旦旦的，一转身就把自己说的话全忘了。你再不能无声无息地跑掉了，也别再让我沿街沿巷叫你的名字喊你回家。我坚信，你会变好的。终有一天，我会因为你的改变而感到骄傲。"

我把叶山鹰抱得更紧了。我说今后你就是想赖也赖不掉了，我不会像从前那样任性走掉的。我俩紧紧相拥，说了大半夜的贴心话。躺在这个女人身边，心里就觉得好踏实。后来，我迷迷糊糊睡着了，睡得好香好沉，我好久没有这样睡过安稳觉了。

2

婚后第二天，我随同岳父张乐号前往天堂关护林点戒毒。

天刚亮，叶山鹰给我备齐日常生活用品，然后从本地老中医那儿买来脱毒药膏。她放心不下我，把我送到蟹甲峪人工湖才没往前走。她说到了周末会上山去看我的。还说以三个月为期，若想下山，定要征得老爹同意才能走。张乐号像跟女儿演双簧似的，说："黑头，上了天堂关，你得听我的，戒不了毒，别怪我心肠冷硬。"遇上这对父女，要想从他们眼皮下蒙混过关自不容易。当然，他们毕竟是为我好，我碰上叶山鹰和她父母是我前世修来的福气，这等幸运事儿不是每个人都有的，我狍黑头再不好好珍惜还算人吗？我和叶山鹰依依不舍分了手，跟随岳父走进一道狭长山谷，沿崎岖山路走向天堂关。

天堂关原本是这片险峻山峦上的一座古刹名——准确点应叫天堂观。它是前人为祭祀观世音菩萨而修建的。最早的记载可追溯到北宋初期，经过历朝历代的扩建和修缮，它就像一座红色砂岩砌成的古城堡，屹立在高莽的山巅。相传这座古刹有黑白二门，白门通天堂，黑门通地狱，这个古已有之的传闻给天堂观蒙上一层神秘色彩。时光推移到中华人民共和国成立初，这处方圆百里受山民们朝拜的古刹被一股土匪占据着，他们被解放军追赶至此，凭借险要地势负隅顽抗。在最后关头，被打得弹尽粮绝的匪徒放火烧了这千年古刹，巍峨、雄伟的天堂观从此消失了，空留下高大的石墙和数十道石门，连名字也叫成天堂关了。后来，一些信佛的山民在一片残垣断壁中找到观音石像，再把那间散落着石刻、拓片和瓦砾炭屑的石屋简单清理一番，把它摆放在一堵石墙下供人凭吊。一九五八年，天堂关周边的山地被划成国营林场的一部分，组织劳力开始大规模地植树造林。设置护林点后，这片山岭统称为天堂关林区。我和岳父走在狭窄山道上，一边听他说些关于这座古刹、关于这片山岭的神秘传说，一边呼吸着森林中潮湿而清新的空气，心情恬畅。我抱有不除毒魔誓不还的豪情。

护林点的小木屋位于天堂关古刹下方的高岭上。进屋后，岳父把我引见给另外三个护林员，然后带到一间散发出树木芳香的小房子里住下了。我和张乐号门对门住着，中间隔了一道二三米的天井，每次进出他都看得一清二楚。本来，这片林区共有八位护林员，因为实行轮班，平时只有四人当班。他们各自分管一片林区，护林员除了护林防火，制止盗猎盗伐也是日常工作的重要一环。我到天堂关护林点的头两天，他照例带着我进山巡察，山上几个知名的山岭都走了一遍，什么仙女峰、望郎峰、屈子岩等。我在赏玩大自然美景的同时，也在净化着自己的心灵。而岳父张乐号也真是个有心人哩，有时，他跟我聊天时，看似随意说出的话，实则蕴含着不少人生道理。那天，在望郎峰下的云杉林，岳父跟我打开了话匣子：

"黑头，你看这些树干高大通直的云杉，有的树龄不下一二百年了，最短也有几十年哪。在我看山护林的这些年，我年年岁岁看着它们往高处长呢。春天，我和我的同伴给云杉剪去多余的柯枝，夏天我们在林子里翻耕松土，施药驱虫。只要我上天堂关当值，我会在它的怀抱，一坐大半天。我喜欢听云杉树枝叶间的拍击声，一枚枚爆裂的杉壳随风飘下，落在草丛中，到了来年，那儿就会长出一棵嫩苗。那株小苗啊，悄悄生长着，天上下雨了，它的树根发出嘶嘶滋滋的声音，它长啊长的，用不了几年就长成了一棵小树，再过二十年、三十年，就长出大树的雏形啦！我见证了这片云杉林的生长过程，也体会着常人难以体会的乐趣。"

"叔啊，一个人常年走在森林里，不觉得枯燥无味吗？而且，还有看不见的危险潜伏着，这样坚守下去，就没有一丝一毫的动摇？"

"黑头，不瞒你说，在天堂关看山护林的二十多年时间，要说没有一丝犹豫那是不真实的。在天堂界旅游业飞速发展的这些年，我家在小镇上盖了家庭旅馆，全是山鹰她娘一手操持着。我只在下山轮休时，才能给她帮上一点儿忙。我曾经想过是不是辞了这份工作，一心一意地打理红叶山庄。可我用手捂着胸口掂量自己的内心，两相比较，我内心的天平是向着天堂关大森林的。我一想到我是这片山岭的守护神，每天巡山护林，简单而充实。我工作着也在乐山乐水呢！"

是呀，一个人只要找准了人生坐标，就一定能够找到快乐的源泉！瞧瞧走在前面的老岳父，摇晃着快乐的脑袋，自鸣得意地哼唱着俚曲小调儿，那欢快的心境感染了我。我呼应着他的童心唱起歌谣，一老一少，一唱一和，歌声漫过森林向远方发散。

红尘黑焰

3

按说，像天堂关这种相对封闭的自然环境是非常适合我戒毒的。可过了一个星期，我的毒瘾没有一点儿消减的迹象，那个白色魔影缠着我，总是赶不走它。我跟岳父去了几趟大森林后，开始变得不耐烦，我推托说身体吃不消，往返巡山也有点儿乏味，总之，我不愿随他巡山护林了。岳父见我找了这么多托词来搪塞他，按捺着心头的火气，气鼓鼓地走进森林。公正地说，我在天堂关戒毒这些天，他还是很上心的，每日带我进山巡游，还要督促我服药，真的没让他少操心。

有一次毒瘾犯了，那份焦灼、痛苦我一时难以尽述。我用头碰触着板壁、窗棂，双脚跌翻了木床。我捶打着胸部，呼天抢地。张乐号冷着脸一言不发。我朝他喊叫："我的好丈人，对准我的脖子抹一刀吧，我难受得要死，你把我灭了，我写下遗书不怪你。"

张乐号走出门外，从菜地边割了一根葛藤，转身走进我居住的睡房，将我四肢捆绑——我没做任何反抗，或许只有缚住手足才能减轻我的痛苦。我有些支持不住，坐在木床上瑟瑟发抖。他坐在过道里，无动于衷。我心生不满，说："你捆的是别人不是你自己，行行好，老岳父，给我松绑吧！"

"黑头，休怪岳老子狠心，我不这样做，那才叫纵容你哩。你挺得过这一关，就有希望戒毒。若过不了只能自取灭亡。"张乐号站起来乜斜着我。

我不得不承认，他是迫不得已才这样做的。而且，他自称"岳老子"等于间接承认了这个女婿——这让我有了些许欣慰。

"岳老子，我懂……"

叶山鹰在我上山前买的脱毒药膏已所剩无几。这苦涩、寡淡的药丸似乎没什么疗效，我的毒瘾几乎没怎么消解，难道她被庸医骗了买来了狗皮膏？后来，岳父张乐号想出一个笨办法，他在山上挖出不少葛根，一节一节的，足有手腕粗。他要我在毒瘾发作时咀嚼它，以减轻痛苦。可没管两天，我便厌倦了咀嚼，将口腔里的葛根吐在地上，发出牛一般长嗥。岳父叼着烟斗坐在门对面一声不吭看着我，那神态仿佛是说：你吸毒，是你自个儿作的孽，你高喊怪叫的算什么鸟？或者是受不了毒瘾发作产生的痛苦，我心情烦躁地冲出小木屋，像脱缰的野马在林中小道狂奔。

不知跑了多久，我被草藤绊了一下，一个趔趄倒在荆棘丛生的浅沟。从丛生的刺窠里爬出来，我的脸上、手掌被荆棘划出道道血口。山梁上有一条防火隔离带，我战栗着往上爬。初夏时节，天气反复无常。一道道闪电像抖出的一条条火蛇，在山岭上频频舞动。一声响彻人间的轰鸣，天空中像是受了它的震动下起倾盆大雨。被这狂暴的雨水洗涤，我的头脑一时清醒不少。迎着这闪电雷雨，走过防火隔离带，执拗地走向一览众山小的危崖。是啊，我这种废物留在世上又有何用，倒不如让闪电吞噬了或让响雷震了，就这样悄无声息消失了岂不更好？前方是一眼望不到尽头的幽冥，脚下的深壑望不见底，我一步步走向危崖，只要再往前走一步，就会掉入万丈深渊。我凝视远方，大有慷慨赴死的豪迈。可就在这会儿，一声深情的呼唤已然响起："黑头，你这是干什么？你不能再走了，再跨前一步就没活路啦，快回头，我在后头望着你啊！"这柔缓悠长的呼唤似是叶山鹰发出的，但更像发乎自己的内心。我退回一步，心里歇了一口气。回头一望，那雾蒙蒙的大森林什么也看不见，只有雷雨向四面青山扩散。山下的蟹甲峪山谷飘散着一抹抹青烟，我知道，在片片青烟之下有一个人等着我！是啊，我不能弃叶山鹰而去，我现在什么都没有而且不成器，但我至少还有她的爱，她是我在这世界上最不能辜负的人。嘿，该死的犸黑头，你这几年对她做了些什么事呀？自从沾上毒瘾，人不人鬼不鬼的，自己丧失了尊严不说，还惹得叶山鹰跟你受伤害，你真的不能再放纵了，你要戒了毒回到她的怀抱。冒着大雨，我行走于森林和峰峦之间，一路走一路叫着："山鹰，我的爱人，你在哪里？"我像一个迷路的孩子，跌跌撞撞寻找着、呼唤着……走着叫着，我泪奔如雨。雨后的青山，有一个嘹亮的女声在唱《四季歌》，这是大山里妇孺老小都会唱的民间歌谣。这歌声随着一抹抹轻雾掠过林梢：

红尘黑焰

春季到来百花香,劳动人家种田忙,我赶牛羊上山冈,牧歌声声震四方。

夏季到来日见长,万物生长雨露润,插秧播种有男儿,农妇小姑挽麻桑。

秋天到来秋风爽,桂花飘香菊花黄,人人都说农家乐,包谷成堆粮满仓。

冬季到来雪花飘,修好庭院建好房,杀猪宰羊过大年,迎春歌舞跳起来。

……

啊,山鹰!

4

叶山鹰上天堂关给我送脱毒药膏,不想在路途遇上雷阵雨。她在山崖下避雨,直等到风停雨住才重新出发。原来,他们父女商量好,在老岳父下山轮休离开护林点的这些天,叶山鹰则向旅行社请假,上天堂关陪我戒毒。

岳父走了。夜幕降临了。我和叶山鹰关在小木屋里忘情拥抱。我想起前些时的往事:我从红叶山庄出走来到安定城,在许多夜深人静的时候,她走街串巷寻找我,那一声声荡气回肠、百转千回的呼唤响彻城市的夜空,那一段荒诞岁月是藏在我心里的一处硬伤。那一幕情景是那么不堪回首,此时此刻我心如刀绞。我把叶山鹰搂得更紧了,她似乎觉察到我有些异样,关切地问:

"你身子发抖,不会出状况吧?"她的意思是说,我该不会是犯了毒瘾吧。

"唔,我不清楚……"我模棱两可回答道。

"要不,我们去森林里散散心吧!"

这个提议非常好!我和叶山鹰已好长时间没在一起散步了。我连声说好,一手拉着她走出小木屋。

圆圆的月轮脱离山巅,次第升高,照得森林、山野形同白昼。月夜下的天堂关古刹遗址,无声诉说着它在历史长河中曾有过的繁盛。清凉的夜风活像少女的柔指,轻轻拨撩着夜的帷幕。我和叶山鹰坐在林中空地的树凳上,正对面是举世闻名的天堂界峰林地貌。刚来天堂关那会儿,岳父张乐号站在望郎峰下,曾经对我说过许多富含哲理性的话,我把这些道理转述给叶山鹰听:

红尘黑焰

"山鹰，我真想做一个像老岳父那样的普通人。可对我而言，要实现这样的愿望，为何都这么难？

"我觉得，普通人是否快乐地活着，是从他们的生活态度和人生观来判别的。许多人身处社会底层却并不缺少生活的乐趣。所以，每个人应该了解自己：人的一生，到底需要什么样的生活？

"那么，像我这种人，人生起起落落，也无法感受到生活的乐趣，浑浑噩噩，得过且过，弄到最后甚至走入歧途，这样活着又有什么意义？"

叶山鹰冷静听着我的话，然后说：

"每一个人都有自己的生活方式，每一个日子都是自己过的。比如说我父亲，对工作恪尽职守，不计得失，对生活乐天安命，对妻女温柔以待，对未来，总是心怀希望和梦想，纵有不如意的时候，也要朝着光明的方向跑啊！黑头，这对你，何尝不是一种正能量？"

"山鹰，你说的这些道理我都懂。你或许说，顺境中不张狂，逆境时不失志，坚持做好人不做坏事，可这简简单单的几句话，为何做起来就那样难呢？"

"你要相信自己，只要走在正确的路上，又何必在乎别人的眼光呢？黑头，只要你够努力，我会对你不离不弃。当然这与救赎无关，我不愿放弃你，完全出于对你的爱和我做人的信念。我不能眼睁睁看着你耗毁自己的生命而见死不救！我要对你说：一个人，不管生活处境多么恶劣，家庭背景多么不堪，人生道路多么坎坷，但这绝不是堕落的理由！我的夫君，可别忘了我给你的三年之约啊。如果三年还戒不了毒，我对你也没什么好怜悯的，真的会离你而去的。"

叶山鹰说出这种决绝的话来警醒我，让我时刻保持紧迫感。我说：

"说来说去又是这个沉重的话题！不过，山鹰。请你给我时间，我犸黑头不仅会戒掉毒瘾，而且再也不会把你弄丢了，谁叫你是我生命中的贵人呢？"

夜露起了。

我和叶山鹰走在森林小道，说着绵绵情话，舒心的笑声穿透林莽。回到小木屋时，月轮悬挂于中天。对面山巅上的天堂关古刹，传出几声狐狸的嘶吼。

5

我和叶山鹰起了个大早。

昨晚，我俩商量好：天一亮，就去天堂关古刹看日出。我们还要祭拜一下那尊裸露在石墙下的观音菩萨。当然，登临黑白二门是此行的保留节目。白门通天堂，黑门下地狱——从我老家枫树岗抄近路上天堂关不过二十里地，周边百姓对这一民间传说自是熟谙于心。

走过木屋前蓊郁的菜园，一条若明若暗的小路在荆棘丛中弯来拐去。半个小时后，我俩坐在古刹遗址的石墙上，面向视野开阔的远山，静静等待云烟漫卷的群山之巅升起第一缕霞光。

这是一天中最静穆的时刻。看哪，晨霭重重的远方撕开一道殷红的弧线，它像被某个看不见的魔术师摆弄着，瞬时幻化成一只红色鸟，在浩瀚的云海奋力滑翔。它轻轻跃升着，变幻成半块镜面——带着泣血的艳红，似是被天上哪位独守春闺的仙女一气扔下来的。转眼间，一轮金灿灿的日头脱离莽苍苍的群山，浮出烟波浩渺的云海，朝着无边无际的天宇飞身而上。山川大地，白晃晃亮堂堂一片。太阳，这人间万物的精灵高悬于天幕，洞察着世间万象。

我忽然涌出想哭的感觉——这是我染上毒瘾后经常出现的症状。我说：

"面对太阳，有一种说不出的惶惑和紧张。"

"面对太阳，你心里隐隐发慌，这说明你对时间有种紧迫感。时光一掠而过，生命的意义到底是什么？每一个人的活法不尽相同，如果没有梦想作支撑，其生命之花注定过早凋谢。"

这个话题带着终极拷问的意味：匆匆流逝的时光对一个人意味着什么，这个答案不言而喻。来到天堂关的这些天，老岳父张乐号和爱人叶山鹰的人生观潜移默化地影响着我，他们都是这个社会中的普通人，做着普通的事，过着普通的日子，但精神上始终葆有昂扬向上的格调。他们是最棒的。面对未来，我要认真过好每一天。我没说，而叶山鹰一定明了我内心的想法。我俩登上高高的山墙，将四周的景致尽收眼底。

这古刹遗址，高高低低横亘着红色砂岩石墙。石墙上长满了苔藓和青藤。一朵朵五彩缤纷的小花缀满了青藤，淡淡的花香随风飘散。山门外的悬崖边，有一条前人修筑的栈道，路很窄，仅能容纳一人通过。往前走百十米就是万丈深渊。为了体验"黑门下地狱"的传说，我和叶山鹰走上山门外的栈道。

我自小跟大人上山进香多次来过这里，自然知道天堂关黑白二门的传说。我和叶山鹰脚下的栈道正是所谓的黑门，经过观音大殿的那道门俗称白门。传说中的黑白两门，掩藏着天堂关古刹极为幽妙的一面。相传古时候一些民间方士和僧侣道人到此仗剑作法，将乡间作恶多端者赶上栈道，押到危崖——也就是所谓的黑门，然后踹下万丈深渊打入十八层地狱。人们害怕走过那道危崖，那下面黑咕隆咚的深不可测，一不小心掉下去就会粉身碎骨——哪有不惧凶险的山野乡民愿意坠入地狱呢？这道黑门的存在，并不是诅咒什么人下地狱，它在倡导世人心存善念，多做善事。如果作恶，后果是不可想象的。这就是黑门隐含的寓意。

我想对叶山鹰搞点恶作剧，突然甩开她的手，走向危崖。"我这种满身匪气、劣迹斑斑的人应该走走黑门吧？我不下地狱谁下地狱！"叶山鹰在后面一个劲儿叫我："黑头，这么危险的地儿，别开这种玩笑。"她赶上来拧着我的耳朵后退着，一直退到刚才起步的地方。

"我不下地狱谁下地狱？你的口气真大，你到黑门引用的这话，要知道，它的原意包含着舍生取义的精神。"

"我不知道愿意不愿意的，我想说的是，像我这种人活该下地狱！"

叶山鹰忍俊不禁："那你去呀，去呀，你到底作了什么恶就得下地狱？你干了什么对不住我的事，赶紧跪在观音菩萨前面，诚心悔过不就行了！"

我自知理亏——我对不住她的事儿可多了。我不敢实话实说，连忙转移话题。

"不走黑门就走白门吧，那是一条通往天堂的门。人人都说天堂好，可谁知道天堂在哪里？通往天堂的路又在何方？"

红尘黑焰

"这白门通天堂，观音殿始终是绕不过去的。为何要设计这样一条登天之路？这是否意味着：每个上天堂的人，都要经过观音大士检视的。我说黑头，不管你犯了什么错，如果不痛改前非，在观音菩萨面前稀里哗啦涕零一阵，又怎能上天堂？"

叶山鹰半开玩笑半是真。我明白不能顺着她的话意走，一头走进山门。

扑面而来的是残垣断壁，一处没有屋面的石宫，太阳光把这空荡荡的殿堂照得幽微而神秘，石宫尽头矗立观音菩萨的雕像，虽经风雨剥蚀，却依稀辨出她那丰隆的威仪，双目炯炯有神地注视着前来朝拜她的香客。

我不信佛，但对神明的敬畏之心还是有的。我跪倒在支离破碎的观音殿下，双手合十，祈愿菩萨救赎我迷乱的灵魂。

叶山鹰伏在我身边，轻声说："向观音菩萨许个愿吧，祈求它保佑你，也保佑我。"

"山鹰，你的心，我懂。"

我和叶山鹰默默念叨。

我心中似有一种声音在呼叫，那一阵阵呼声像清风吹过林莽，又像一波波水涛荡涤河岸。我匍匐在野草纷披的石板上，一遍又一遍对自己说：为了身边的这个女人，无论她要我做什么——纵是为她付出生命代价，我也愿意。我相信，此时此刻，我改过悔罪的意愿是发自内心的。我不想让爱我的人再受伤害。我一定要从嗜毒的泥潭中走出来。

叶山鹰站起时连带拉起我，她眼眶泛红，面容肃穆。

"黑头，我来求菩萨，你会笑话我吗？像我这等天不怕地不怕的女汉子，竟会拜服在神灵面前。但是，你笑笑就好了。我叶山鹰，并不是你想象的那么坚强，我内心的无助有谁能懂？我示强的外表其实掩盖着一颗柔弱的心。缘于对你的爱，我真的放不下你。只有你戒了毒，我们的生活才会走上坦途，我俩面前才会出现一条通向天堂的阳光道！"

我深叹一口气。我知道我内心有多压抑。

观音殿后有一座碉楼，雅称摘星台——这里俗称白门，也是通向天堂之

红尘黑焰

门。隐世者们所描述的天堂是那样令人神往，所以，凡是上得天堂关的凡尘中人，有谁不想探寻那通向幸福的天堂之门？但千百年来，又有谁是从摘星台登上天庭走向西方极乐世界的？

叶山鹰抬头看了看石墙之上的摘星台，话头一转："我说，黑头，我俩还是别去白门了。它不过是一座石块砌就的瞭望塔，那个石台子哪有什么通往天堂的路径？通往幸福生活的路其实在我们心里，有了美好的向往，就有前进的动力。你看，太阳已经升到半空中啦。"

我的眼泪夺眶而出，说：

"山鹰，我知道你对我的好……"

太阳高悬于寥廓苍天。这么晴明的日头，真是一个好预兆。叶山鹰一席话说得我热血沸腾。我恍然感到幸福人生就要来临，我恍惚看见摘星台上有一条银光烁烁的大道向远天延伸。在那道明亮的光带上，一个阳光、率性、生气勃勃的小伙子拉住一位青春女性，向着太阳奔跑。

6

叶山鹰下山后，老岳父张乐号休假期满又回到天堂关护林点。

经过十多天的戒毒，我身体上出现微妙生理变化：毒瘾发后，我不再像以前那样歇斯底里、不计后果，我变得不哭不闹、相对安静。有时，即使心瘾难耐，也不过吃一些戒毒药安神，然后躲到森林里或者攀爬到天堂关古刹，对着无际无涯的青山狂呼乱叫一阵。我生理上的脱毒已初见效果。但我明白，我的心就像一片干涸、荒芜的土地，一粒含有毒素的种子仍然埋藏在泥土里，只要淋上点点细雨就会生根发芽。有时，我甚至觉得，我真的坚持不住了，我在大脑中反复浮现逃离天堂关的念头。每当涌起这种想法，我会揪住大腿，直把那儿揪得青一块紫一块的。我一遍遍告诫自己：犸黑头，可要坚持住啊，为了叶山鹰，你决不能半途而废的！

置身于天堂关古刹，坐在那长满青苔和藤蔓的山墙上，有种遗世独立的感觉。极目远眺，辽阔的天幕永远是静止的、淡泊的。间或，我把视线从远方收回，周围的景物鲜活而灵动，风吹草动发出飒飒声，夏蝉在灌木丛中嘶鸣，远处的林涛像天河水一样流响，这些来自大自然的声音我都能听得见。我独自享用着这方风景。在这安静的氛围中平复着我那狂野的心绪，在悠远的静谧中疗治心伤。

那天，我背对太阳坐在断墙上遐想。不知何时，我发现一道人影在古刹遗址忽闪而过。我下意识回望一下，可望见的不是虚无就是缥缈。这远离喧嚣的高岭危崖能有什么人呢？难道是岳父张乐号在远远监督我？不，不，他的护林责任区在望郎峰那一带，我很快打消疑虑。要不，是哪位虔诚的香客上这里献祭？正疑惑时，一个投影映照在对面的墙体，像皮影戏里的头像贴在墙面。我意识到有一个人正站在身后不远的地方……我回头望去，万分惊诧地叫道：

"麻超！"

麻超站在距我五米远的断墙上，笑而不语。他的上身穿着一件型号较大的黑衬衣，显得空落落的，背上的行囊把他的肩胛勒得紧紧的，给人一种邋遢、落魄的印象。数月不见，原先那张白白净净的国字脸，如今变得像打了一层白蜡似的没有血色，高挑的体型瘦骨嶙峋的，乍看，倒像从地狱里冒失走到人间的小鬼。我心里有些害怕，试着问：

"麻超，你是人不是鬼吧？"

"笑话！犸黑头，你仔细看看，我不是麻超能是谁？那个和你一起在江湖上厮混的麻超怎么一下子变成鬼啦？来来，我俩坐下，坐在这无人知晓的山巅高墙，好生说说话吧。我东躲西藏的，好久没跟人说上一句话啦，你瞧瞧，我这嘴巴都快长霉了……"

我确信，站在我眼前的这个人正是麻超。这个声音是我再熟悉不过的，轻轻柔柔的，听上去有点底气不足。

"麻超，你这是从哪儿拱出来的？把我吓得不轻呢。"

"怎么，你能来天堂关，我咋就不能？"

"不是那意思……我听'大头猿'说，你失踪了？"

"这不，又在这片山岭露脸了吗？"

"你犯事啦？然后逃到这个前不着村后不着店的荒僻之地？"

"黑头，别说得那么难听。我没犯什么法，是我父亲出了事，他被举报包庇黑社会，上面正在查他啦。他的口风紧没找到什么把柄，被监视居住着，那些办案人员就想从我这儿打开缺口。我父亲说，儿啊，你别在我眼前晃来浪去的了，给我省省心，离我远点儿，再远一点儿！父亲都这样说了，我还能待在安定城吗？我出来后，发现有人追杀我！你知道是谁干的，是'大头猿'呢，那小子是蔡云龙安插在我身边监视我的。所以，我把这个事件的发酵过程梳理一遍，我怀疑，发生在父亲和我身上的这些事都是蔡云龙做的，他认为我父亲收了钱没帮他出力，把所有的账算到我身上。他以为我父亲还能像从前那样救下他，哪知道我那老头子泥菩萨过河自身难保呢！为躲避追杀，我在武陵山地四处躲藏，有时在某个偏僻小镇住上几天，有时上了某个山头，风餐露宿。如今，我已经到了四面楚歌的地步，随时都有可能死于'大头猿'之手，他们安排暗探四下盯着我呢！我不知道，这种东躲西藏的日子什么时候才是头。我最担心的是我父亲，他没事我才安全。"

麻超流露出深深的担忧。我不了解他的真实情况，但从刚才吐露的话，说明他的风险还是蛮大的。我说：

"你没受过苦，这样躲躲藏藏的又能坚持多久？"

麻超苦笑道：

"世事难料，能躲一天算一天。唉，这人哪，等明白事理，想回头时却又找不到回去的路啦。"

"是。"

"黑头，在道上混这么多年，我算认定了一个道理：江湖是虚幻的，那些所谓的'老大'，为了控制某个人为他所用，什么办法都使得出！"

听他这样说，我心里有些来气，当即打断他的话，说：

"麻超，你还好意思说，当初我吸毒，不正是你跟蔡云龙合谋设计的结果吗？"

"黑头，这事你不能全怪我，蔡云龙想用毒品控制你，我不过是他的手下，他不发话，我哪敢拉你下水？再说，如果不是我出面，也会有其他人引诱你上当。"

"我被蔡云龙害苦了。"

"何止你被他坑害了，我，安财、皇诗珊，不少跟他一起混的，哪个逃得出他的魔掌？还有那个'大头猿'，他认为蔡云龙会是什么仁义大哥？我算看明白了，蔡云龙这人'利'字当头，而独独缺少一个'义'字。"

"唉，不管戒毒有多难，我都不会沾那个东西了，毒品真是害人不浅！"

"哪个身在其中的瘾君子不是这样想的呢？想戒毒时，对亲人说些言不由衷的妄语，或者信誓旦旦地保证绝没下一次。可毒瘾上来，为获得毒品不择手段，这种阳奉阴违的嗜毒者大有人在。黑头，你和我，也不例外！"

"麻超，不要说些消极的话干扰我戒毒。"

"黑头，我觉得，对戒毒的期望值不要那么高。像你这样的嗜毒者，去熟人朋友中间走一走，你会看到那种怪怪的眼神足以杀死你！吸毒者为何有那么高的复吸率？除了心瘾难戒，一个根本原因就是来自家庭和社会的歧视，破罐子破摔的瘾君子太多了。黑头，你还是别戒了，我背包里带有冰毒，你不想过把瘾？"

"麻超，别……别诱惑我，我跟老婆下了保证的。"

"跟老婆下保证顶个屁用！好，黑头，我不泼冷水，也不拉你下水。我自己打打'冰'过把瘾，这不至于妨碍你吧？"

我的大脑激灵一下。我唇干舌燥，手足无措。我极力压制着那跃然而起的嗜毒愿望。

麻超卸下背包放到小腹上，从里面取出冰毒和一支注射器，简单调试后，将针头刺向手腕上的血管。由于过度扎针导致血管发炎，他连续扎了几下都没有扎进血管。他无助地望了我一眼，那意思是让我帮他扎针。我不由自主地接过针筒，心里乱糟糟的一片混沌。我的耳际出现两种声音：一种声音在说，黑头，你在干什么呢？难道你忘了初衷，忘了你所作的承诺，你得坚持住，千万

红尘黑焰

别碰毒品了！另一种声音带着轻佻和挑逗，小子，好久不见了，我是白色妖姬，你的心爱之物，来呀，来呀，亲我吻我！那个已经变得生疏的粉末开始呈现出清晰的轮廓。我内心生起强烈的吸食欲望。麻超全身发抖，双手哆嗦着在他自己的睾丸上找到一个注射点，那个部位红肿着，显然不止一次扎过的。他看见我犹豫不决，一把抢过握在我手中的针管，扎进睾丸后嘴里发出"嘘嘘"的叫唤。我蠕动喉头不停吞咽着唾沫，胸腔就像久旱的秋野，只要点上星星之火即成燎原之势。面对毒品，我所有的决心和毅力都化为乌有。我的心像被一场泥石流冲决了堤坝，顷刻间轰然坍塌。我从麻超手中夺过针筒，狠狠扎进腋下血管……

过足瘾后，两个人从古刹断墙走过，在横七竖八的石板上呼呼大睡。麻超下山了，给我留了少量冰毒。我把它藏在观音石雕像下的神龛里，那儿零零散散撒落着尚未烧化的香烛冥钱，那么杂乱的地方，即使偶有香客来此，也不会发现的。我把它藏好，等待来日好好消受！

7

睡在护林点那间木房里，我做了一夜的梦。

老丈人张乐号首先出现我的梦里——他阴沉着脸打开房门，右手点着我的脸，声色俱厉地说：犸黑头，你的人品太差了，竟背着我在天堂关吸毒，我哪有像你这样的女婿？你这等货色，也值得我女儿怜惜？

然后是我父亲犸正立出现在梦境里——他见了我，把拐杖拄拄地，说：黑头，你怎么经不住诱惑又沾上了毒品？再这样下去，你就完了！唉，我咋就生养了你这样的儿子？你不彻底戒毒，即使我死了也不会闭上眼睛的。我走过去试图跟他拉近距离，他忽地拨开我的手，拂袖而去。

又是那个纠缠了我好多年的怪梦——滴滴血雨弥漫山野。我茫然失措地走在旷野。透过血雨，我看见叶山鹰现身了，她堵在前面的岔道挡住我的去路，目光冷峻、犀利。咦，那个热情似火的人，怎么换成一副冷面孔？血水浇在她的头上、身上，她愤恨不已地望望天，抖搂着满身纷披的血流，然后脚底离地旋转着升到半空，再回到地面时已变成铠甲战士，对我伸出一柄长剑，一脸杀气。

"犸黑头，我不会与一个嗜毒如命的瘾君子做夫妻的，从今往后，我俩'大路朝天，各走一边'！"

听到叶山鹰说出如此绝情的话，我嘤嘤哭泣着，哭得好伤心好伤心，直把自己哭醒。

一经沾上毒，我身体里的每一个细胞，不时冒出不可遏制的嗜毒欲。纵有多么美好的初衷，都在毒魔的纠缠之下纷纷湮灭。那个来无影去无踪的魔鬼，如影随形地跟着我。有时，它"神龙见首不见尾"的，面目狰狞，行踪诡异。有时它踮起脚尖拍打着小木屋的窗户，站在窗外轻声呼唤：黑头，快来呀，快来呀，我是你的心肝宝贝，别忘了我呀！我满头满脑塞满了白色粉末的影子，它的诱惑让我无法抵御。我的头颅常常出现阵阵剧痛。我扯落凌乱的头发，痉挛的双手沾满发丝。我的身子扭曲着，像一条丧家犬蜷缩在屋角，痛苦莫名。我四肢发麻，口干舌燥，豆粒大的汗水顺着额头、顺着没有血色的面颊，顺着散布着无数针眼的身体扑剌剌滑落。我的精神高度亢奋，眼前似有一道巨大的黑洞，吓得我充满恐惧地发出吼叫。我砸窗摔东西，或者破门而出，在森林中奔走呼号。有一天，我甚至跪倒在老丈人面前，一次次哀求他："用斧子把我劈了吧！"老丈人似乎不忍看见我痛苦难受的样子，拿起柴刀走到户外割了一根葛藤，挽了绳套把我捆了个结实，扔在地上听任我翻滚、挣扎……他在一旁纳闷：这孩子不是过了生理脱毒期吗，怎又这么快地出现反复？

心情平静的时候，我站在小木屋前的巉岩上，朝着高入云端的天堂关瞭望。麻超留下来的冰毒早已被我吸食一空。我想念麻超和他背包里的冰毒。我想到那边山岭走一走，只是不知道能不能再见上麻超。这不过一箭之遥的山道，几乎耗费了我的全部体力。我身体虚弱，两腿轻飘飘地透出无力感。走进那个蔚为大观的古刹遗址，从观音坐像下寻找我想要的东西，可那个神龛哪有什么冰毒？它已通过那管注射器，不留分毫地融入我的肌体。我仰望着慈眉善目的观音菩萨，一下子瘫倒在她的面前，我把额头叩在冷森森的石板上，祈求神明拯救我那虚妄的灵魂。

走上那座被人称为"通向天堂之路"的摘星台，我向上苍叩问通往天堂的路到底在哪里？若说没有，为何人世间有那么多的人对它充满憧憬？所以，这条登天之路定然在历史长河的某个片段出现过，前人总不能无中生有地瞎编一通吧？我仰望苍天，瞩目良久，那蓝天白云之间没有我所向往的天堂之路。呸，什么"天堂"？全是他妈的子虚乌有的东西！从虚无缥缈的幻想中回归现实，危崖凌空。我张开双臂，似一只展翅欲飞的大鸟。我想飞身跃起，可我没有会飞的翅膀。山野辽阔，青山无边。前方陡峭的山崖下，一道道山梁如一匹匹骏马，扭动着强健的肌体奔向二十里开外的茅花河畔。层峦叠嶂的天堂关山系，以其博大雄奇的气度，向外扩散着它的力度和韧性。遍数山下那些隐藏在山旮旯里的村庄，一条条羊肠小道将它们一一串起：桉湾里，十八山、三十六垮、枞椰峪，再往前就是烟波浩渺的茅花河——它在这里形成长长的水湾，滋养着两岸的山民。在茅花河岸一字排开的屋宇正是我的老家枫树岗村。在那山环水绕的村庄，我的童年少年都在那里度过，虽然那里留给我许多苦涩记忆，但它毕竟是我的乡土。我的娘亲，终其一生在那个偏远山村营生度日，这些年，我很少回到村里看她。多年过去，故土上的人和事都已变得疏远……正当我的思绪集中在茅花河那条纤长水道时，神经末梢中那个隐忍待发的魔影再次显现在远方，顿时，我的眼前飘忽着白色粉状物，一如漫天飘雪白茫茫一片。一双看不见的大手正用无形的魔杖驱策着我，七弦琴奏起蛊惑心志的魔音犹如天籁之音！循着那无法抵御的诱惑，我走出天堂关古刹，走下悬崖边的古栈道，走过桉湾里、十八山、三十六垮、枞椰峪等村落。天色向晚，我想趁着夜色悄悄潜入枫树岗。要说回村是为了看望久未谋面的娘亲——这种说法未免太牵强。我哪是去探望娘亲，也不为追寻儿时记忆，我打定主意要从老母亲那儿弄点钱来。如果手头有钱，明天就去城里过把瘾。

8

从犀牛潭上岸，顺着河堤走往茅花河畔的那片竹园——母亲覃玉珠和继父向楚晟居住的那个茅庐，而今经过翻新，茅草屋顶换成了小青瓦，黄土墙粉刷上白灰。和母亲家的小平房比邻而居的是蔡云龙家的两层小楼，全然一栋小别墅的造型。两栋房子形成鲜明反差。我站在河堤，朝着对面的村落寻找着自家的老木屋，那房子还在，因年久失修，屋架歪斜着摇摇欲坠。我想起儿时发生在老屋里的许多事，想起父母离异后许多夜晚，我面对田畴发着闷骚大声喊"娘——"望着那栋破败的老屋我有些伤感，转身走下河堤，坐在水岸边的一堆草丛中。我担心遇见那些乡邻，想等天黑后再去母亲的家。茅花河在这儿绕了一个大弯，河对面是宽阔的山间盆地，落日照射着那一丘丘开始泛黄的稻田，农人往来其间打理庄稼，好一幅宁静、美丽的乡村暮景。啊，好多年前，我也是这样坐在河岸，也是这样观赏对面的田园风光，此刻，风景依旧，不同的是岁月和心境……如果我的人生没有遇见蔡云龙，或许，我也会像村庄里的农夫那样，守着一丘水田一方土地，安然过着自给自足的乡居生活。我还会在每天黄昏后，坐在河岸赏玩田园风光。只是人生没有那么多的"或许"，你走过的每一步都会留下印记，过去的事随风飘过，未来发生的事却又无法预料……咳，想得太多让人劳神，像我这等瘾君子只能混一天算一天，混到哪天死了这才叫安生哩！

天黑了。沿着河道走近竹林中的小平房，月影下，我看到立在场院、朝着来人打量的母亲。在这迷蒙的夜里，母亲头上的白发看上去是那么炫目，在我的记忆中，母亲比父亲小好几岁，如今不到六十岁却已是一头白发。我朝那个白苍苍的头影叫了一声"娘"。多年不见，娘亲已经淡忘了这个儿子，她没应声，向前移动一步，似要更仔细地看看来者何人。她终于认出对方是谁，颤着声儿说：

"黑头回来了……"

红尘黑焰

"是我,娘。"

"我们娘儿俩好久不通音讯了,你就像不是我这个娘生出来的,那么长的时间都不来认我……黑头,今天,你该不会是走错门了吧?"

"没,好久没见面了,有些想您。"

"这还差不多,总算没把娘忘了。"

"哪能忘了娘呢……楚晟叔呢?"

听儿子问起继父,母亲开始抱怨上了。

"他呀,变了,变得懒散了。从前那个勤劳干练的向楚晟不见了,跟你那个酒鬼老爹一个德行,嗜酒。现在,他还玩起了不少新花样,打麻将、玩纸牌、下河钓鱼,一出去就是两三天,一个平头百姓哪有这样过日子的?"

"这么大的年纪,他能做什么呢?"

"不干活哪来吃的穿的?天上能掉馅儿饼、河里能淘出金子?庄稼汉得尽自己的本分!瞧瞧,只顾说话,忘了给你做晚饭,不过,橱柜里有剩饭,我这就给你煎上几个鸡蛋,凑合着吃一顿。"

"好。"

母亲进了堂屋,顺手捺亮电灯,橘黄色的灯光瞬时照亮一屋。接着,厨房里传出柴火燃烧的声响。进门前,我站在走廊上环视着这座杂乱的小院,临靠东头的杂物间摆放着犁耙、打谷机等农具。再过去是一间牛圈,牛铃铛和浓烈的牛粪气味在小院回旋。我走到牛圈撒了一泡尿。一头母黄牛趴在地上反刍着,身边站着一头牛犊,看见生人进来,警觉地弹起四蹄,把个牛粪踢得溅落到母牛身上。这在农村,这对母子牛是很金贵的,单单那头母牛就要卖七八千吧。我的贼心上来了,如果把母牛拉到禹王坪镇牛市卖了,岂不是又要过上一段舒心日子?

好多年后走进母亲的家,不是陪她坐一坐、聊聊天,不是真心来看她,却藏着一个不可告人的目的,这样荒诞的念头让我心惊肉跳。为弹压内心的慌乱,我在黑夜里凝神一阵,然后进屋打开黑白电视看新闻节目。母亲用锅铲在铁锅里翻炒着,喷起的菜香弥散一屋。不到十分钟,母亲端上炒蛋和着留有余热的米饭递给我。我享受着这份久违的母爱,坐在堂屋中的电灯下狼吞虎咽。母亲坐在我面前,用温婉的眼光凝视儿子。在我呼喊母亲呼唤母爱的那些年,我真想不起母子间曾经有过这样温馨的场面。

但是,母亲说的一句话,打破了这种和谐氛围。

"黑头,听人说,你吸上了大烟?"

我把筷子搁在碗沿上,沉吟一下,说:

"哪有啊,如今哪有什么大烟。"

母亲一本正经地说:

"黑头,你不能说假话,没有大烟,但有其他的烟毒,那电视上说的海什么因的、还说冰里有毒(指冰毒),名目多呢!听人说,人要吸上瘾了不好戒掉的,弄到最后,轻的哪掏空了身子骨,重的要把家财吃光,被烟毒毒死,落到家破人亡的下场。有的人没钱吸了,就去偷啊抢啊,那是要蹲监狱杀头的!我的儿啊,你千万别沾毒啊!"

母亲言辞恳切,而我有些心不在焉。

"我明白。"

不知母亲从哪儿知道我吸上了毒品,我能向她说出真相吗?即便说出事实,也只能给她徒增困扰,而且儿子做了这等不体面的事,只会让母亲蒙羞。我不愿就这个话题进行展开,便向母亲问起蔡云龙的家事。母亲说:

"自从蔡云龙被通缉后,她蓝草莲对这个儿子恨之入骨,原本一个清爽、结实的能干婆变成了疯女人。她的丈夫走了,留下她这个孤老婆子由女儿蔡樱樱伺候着。好在蔡家小子还算孝道,先是投了几万块钱给他父亲的坟墓以及相邻的祖坟砌了高大气派的墓庐,没过两年又投了几十万建起小楼——这在枫树岗村是最好的房子。乡亲们说,这是儿子给死去的父亲和疯了瘫了的母亲还债呢。蔡云龙给祖人砌墓碑还是自家修屋,请来的匠人全是外地的,建房子时在屋基四周扎了篱笆,不让旁人进去看呢。不过,蓝草莲再怎么享福,终归是被不争气的儿子给毁了!"

"蔡云龙没回来看她吗?"

"嘿,他哪儿敢呢……去年发的通缉,白纸黑字地张贴在村部的墙壁上,就是借给他一百个胆儿也不敢回枫树岗的。"

"唔,我知道。"

"黑头,你可千万别走蔡云龙的后路呀。一个人走到那一步,就是赚再多的钱,又有什么用呢?"

我态度含糊地说:

"我知道……"

晚上,我在堂屋一侧的卧室睡下。母亲隔着一堵墙传出一声声咳嗽。继父去两公里外的小镇跟人打麻将玩个通宵。我的瘾犯得一阵比一阵凶猛,已顾不上母亲的生活以及她的感受,满脑袋全装着那头温驯的母黄牛。我一直听着牛圈里的铃铛声,一心想着如何把母黄牛盗走,然后不声不响牵到镇上牛市换成钞票。

半夜过后,母亲在隔壁发出均匀的鼾声。我从床上爬起,将一床旧棉絮夹在腋窝里,然后踮起脚尖走出门外。借助月光,我推开牛圈的挡板,瞅准那头母黄牛,抓住牛铃铛后,将一团旧棉絮填充到铜铃子的内侧,堵住口沿,直到铃铛没了空隙不能敲响。那母黄牛受了陌生人的惊扰,倏地从地面站起来。我拍拍牛背安抚着它,那头小牛犊站立一旁瞪着我。我担心这母子俩的嗥叫坏了好事,赶紧给它们套上牛笼子,接着蹲下来拍打着母黄牛的蹄子让它提起,然后套上破布片,以免走出牛圈时发出蹄声。我留下小牛犊牵走母黄牛,蹑手蹑脚走过小院,上了茅花河岸。为防止被人发现,我不能走大路的,只能沿着河堤顺水而下。这比走大路多出一倍的路程,但要安全许多。我得尽快赶到禹王坪镇牛市,在天亮之前完成交易。

禹王坪牛市设在镇西头茅花大桥下的沙地。沙滩上弥散着牛粪的臭味。此时,天空现出一片曙光。一些早起的生意人陆陆续续来到牛市。我牵着母黄牛进入桥下沙地,一下子吸引住几个牛贩子的注意,纷纷围住我询价。我一口开了八千元的价格,虽说急于出手,但我不能把这条母黄牛卖成地摊价。那些狗日的牛贩子巧舌如簧，七嘴八舌地跟我讨价还价。我不是牛贩子，不知该如何应对这些狡猾的生意人。情急之下，我高高举起牛绳，说：

"各位，我立个规矩：谁能出个高价，就随我走出这桥洞这沙地，我们到一边说话。"

我牵着母黄牛沿河滩下行。大桥北侧的支流叫沧浪溪，溪边有条马路名叫"后街"，沿后街上行一公里就是那条贯通武陵山地的国道。我想等把这头母黄牛卖掉，就从后街上国道，然后在那个汽车临时停靠点上车，用不了一小时就能进城。我后面跟着几个牛贩子，"五千""六千"的喊着报价。我抑制住激动的心情没回头。渐渐地，沙地上的报价声逐渐零落。我勒住牛绳正待回首，后头有人喊出"六千五"的价格。我望着前方的河，右手举起牛绳朝后扔去。跟在身后的牛贩子明白买卖成交，双脚飞快弹跳着，跑上前捡起牛绳，说：

"好痛快的年轻人！我这就把钱给你。"

我接过牛贩子递来的钞票，双手微微发颤。那人拍了拍母黄牛结实的身胚，露出两颗长有牙垢的犬齿，朝我诡谲地一笑。牛贩子走上前抓住牛脖子下的项圈，从牛铃铛里掏出那团旧棉絮，瞬时，那清脆悦耳的铃音在河谷响起。我心里一惊，怎么忘了把牛铃铛内侧的那团旧棉絮摘出？还有牛蹄上的破布片、套在牛嘴上的牛笼子什么都没摘下？哎呀，我咋就这么忘性？那位牛贩子对我看了足足半分钟，转身离去时，说了一句让我恨得牙痒痒的话：

"小伙子，我不仅认得你，还认得这头母黄牛，你这是把你娘覃玉珠的宝贝疙瘩卖了抽大烟！"

那人嘿嘿笑着，走起路来一摇一摆，牵着母黄牛像捡了多大便宜似的。被那个牛贩子识破玄机，我不免有些懊恼，顺手抓起一把沙砾，朝那得意忘形的背影狠狠扔去。

9

走上沧浪溪后街，天色大亮。清晨的小街，人影零落。我经过一夜的奔忙，

红尘黑焰

肚子饿得咕咕直叫。我走进街边的一家早餐店，底气很足地冲女店主叫了一碗本地特色面食——草帽面。热情爽朗的女店主，扯开嗓门跟过路人不时打着招呼。一个从后街下行的中年人走进早餐店，说起刚才路过沧浪溪看见的新闻。他跟女店主说话时无拘无束的，一看就知道是这里的老主顾。

"……今早出了一件奇事，沧浪溪边的稻田里躺着一个死人。那里紧挨国道线。我过来的时候，看见一帮警察正往现场赶。围观的人议论，说那死者的脖子勒有一条绳印，肯定是被人勒死的。尸体旁，散落着一个背包、一支吸毒用的针管，有人推测，这死者是个粉子客。"

我心里咯噔一下，右手握住的筷子瞬地掉到了桌面。我赶快换了一双筷子，故作镇定地夹起一根面条却不小心放到鼻孔下。女店主没留意我的反常吃相，淡定地说：

"死个人也不算多大的奇闻。如果死者是被人谋害的，就不是什么小事了，又该那些警察忙活一阵子了。"

我神经紧绷，没敢搭腔。我有个不祥预感：这死者该不会是麻超吧？前几天在天堂关，他说最近在这一带山地或者偏僻小镇躲藏，难道他潜入禹王坪镇被"大头猿"发觉了？蔡云龙跟他们父子结了什么冤仇竟要杀了他？我把一张百元大钞递给女店主，对方一边找零一边打趣："给这么大的票子，一看就是一个发财人。"我干笑一声，接过一叠零钞，几步跨出早餐店，惴惴不安地往沧浪溪上方赶去。

走过垃圾遍地的后街，远远看见沧浪溪边停着两辆警车。溪边土堤围满了看客。堤内稻田泛黄，一片禾苗被人践踏一团，凭判断应该是昨晚的打斗现场。钻进人堆趋前一看，我的胸腔像被铁锤重击着轰然爆裂，在我大脑中预演了无数遍的凶案场面变成现实：土堤内的草地横躺着干干瘦瘦的麻超，那张白蜡一般的脸庞仰面朝天，脖子上的一抹青痕显得十分刺眼，上身裸露着，胸脯上的文身像一条腾云驾雾的飞龙。死者两眼圆睁，翻着惨白无光的眼仁，空望着那些冷漠的围观者。麻超正是应了前几天对他说的那句话：每个瘾君子的下场都很惨。他似乎非常精准地预测到了自己的结局。看着麻超那白苍苍的尸身,我心里涌起一阵悲凉,郁郁沉沉的一如眼前的沧浪溪源源不绝。

　　从城里来的公安干警正在现场勘查。那个带队的是我认识的李珉玄,他现在担任县公安局刑侦大队长,指挥着一帮手下对着死尸拍照,提取注射器、烟头等物证。对我这类人没几个公安不认识的。我混在人堆里,设法不引起警察的注意。李珉玄忙于办案,似乎也没想到现场上有死者的昔日同党。麻超那双仰天圆睁的眼睛,让我不忍直视。尸体旁的那只背包以及散落在地的注射器、冰毒是那么的晃眼。没想到,时隔数日,麻超就这样死于非命。我扒开人群,匆匆走下土堤,背靠一棵古拙的乌桕树开始呕吐。我吐出刚刚吃下的草帽面,咸涩的苦水随之溢出口腔。走下沧浪溪,我坐在溪中乱石堆中啜泣着。也许,麻超的今天就是我的明天。我有种兔死狐悲的感觉,赶紧猫起腰身,踩着溪水上行二三里地,然后从田野中间的一条小路绕上国道线。我开始淡忘刚才发生的那件事,招手拦停一辆中巴车。上了车,我希望中巴车能够飞起来,快快飞到安定城。一种濒死感有如惊涛拍岸,我的毒瘾一触即发。

　　一个半小时后,我出现在市内北街。我想好了,我要找到皇诗珊,让她跟我享受一把。走进百乐门歌城,向一位认识的保安打听皇诗珊。那人告诉我:"皇姐刚到,应该在二楼 KTV 包房,我替你叫她。"

　　二楼走道尽头的一间包厢传出寥寥落落的歌声。那个保安跟一个女服务生耳语一阵,那女孩便从包厢里叫出皇诗珊。她明显瘦了,走起路来像一张薄纸在空气中飘荡。

　　"我不是告诉过你,不用来找我了吗?"

　　我舰着脸说:"好久不见你,来看看你还不行吗?"

　　她那苍白的脸冷冰冰的,像一纸雪片贴在那上面。

　　"你该不是来告诉我……麻超死了。"

　　我惊诧莫名地望着她:

　　"啊,你是从哪儿知道的? 这么快……"

　　她没直接回答我,把话题转移开来。

　　"为何还要来找我? 你不是找了一个好老婆,上天堂界戒毒去了吗?"

红尘黑焰

"你听谁说的？"

"我听谁说的？我要说呢，从前的那帮狐朋狗友，就胡红心还算真诚、实在，其他的没一个好东西。"

哦，原来，皇诗珊跟胡红心还保持着联系。我去天堂界之前，曾专门到漓水大码头跟他说过要去戒毒的计划。

"犸黑头，如果为了吸白粉、打冰，你可以走了，我不想替人出头干这种伤天害理的事了。如果你手头有钱，可以投其所好给老婆买点什么，也可给父母买点喜欢吃的食物，你可以去 K 歌、洗桑拿，甚至泡妞，咋非得去吸毒？"

我语气急促地说：

"好姐姐，我请客，我快要憋死啦……你就帮我这一次吧。"

皇诗珊皱起眉头瞅着我，有种恨铁不成钢的意思。她经不住我的央求，说：

"你去找'大头猿'吧。不过，我劝你别吸了，别步我的后尘。我告诉你，我得了绝症……"

"什么绝症？"

"艾滋病！"

"啊！"

皇诗珊不仅吸毒，还有着放荡糜烂的夜生活，患上艾滋病也并不奇怪，只是当她亲口告诉这个事实，仍让我惊恐不已。我塞给她一千元钱，逃之夭夭。

"大头猿"看上去有点傲慢。他明白我的来意，也满足了我的欲望。见到梦牵魂绕的冰毒，我把叶山鹰的嘱咐、亲人们的劝导全忘得干干净净。随着毒汁注入血管，我感到体内的血液正在凝固，我的灵魂正慢慢剥离身体，化作一缕轻烟。我的生命之火正一点点熄灭，一步一步走向人生的末路……我，真的快死了。

10

皇诗珊患上艾滋病所带来的震动，让我竟日不眠。毕竟，她曾是我的同居女友，我对她得了这种绝症还是很担心。我想给她一点关怀一些鼓励，便去百乐门歌城看她。我是晚上八点去的，她在那里上班我准能见到她。可刚走到北街，就感受到戒备森严的气氛。街上有不少警察走动，一阵阵警笛从百乐门歌城方向传来。一种凝重感在北街弥漫。

我随着很多市民往那边赶。我站在人行道上，看见一层层荷枪实弹的警察和武警战士将百乐门歌城围得水泄不通。大厅里集中着抱头蹲着的三陪女和吸毒人员。刑侦队大队长李珉玄高举喇叭大声喊话：

"请市民保持镇静，配合警方行动！现在，是安定县公安局和县武警中队联合执法。我们在百乐门歌城执行公务，抓捕行动即将进入尾声，现将有关涉案人员依次押上警车。"

我的脊梁骨顿时冒起阵阵寒气，探出头只想一看究竟。几个武警战士举起冲锋枪，锃亮的枪管寒光闪闪。有个年轻警员把警棍按得电光直闪。我放心不下皇诗珊，凑上前想看看她在不在现场。一队队涉案人员双手抱头，弓着背，两眼傻傻地看着地面。百乐门歌城的那些马仔、妈咪以及许多三陪女、瘾君子都是我熟悉的。我从众多惶惑而又落寞的脸谱中找出了皇诗珊，她那瘦弱不堪的形状风吹即倒。我的精神紧张到了极点，这娘们儿如蹲了牢房，岂不是死定了？她在我目不转睛的注视下踏上警车。直到车子开走，我仍然处于惊魂未定的状态。整个抓捕行动结束后，善后的几名警员将一张封条贴上了百乐门歌城的大门。所有的警力撤走后，我坐在门外的台沿上，两眼无神地望着人群晃动的街市，一直待到人影寥寥。

11

我眼前不时浮现叶山鹰的影子，只要想起她，就觉得心窝里好痛好痛。

我从天堂关消失后，一去不回，担心就此失去叶山鹰。我决定给她打个电话以寻求她的谅解。拨通叶山鹰的手机，她在另一边听出是我的声音，说：

"你有钱了，买得起手机了？"

难道她已知道什么？我有些尴尬地说：

"买了一部小灵通。"

"如今变得出息了，竟然把你母亲那头耕田犁地的母黄牛盗走卖了！你知不知道，你母亲选择了沉默，而你继父找过你父亲，也找到我，说不赔钱就要送你蹲牢房！唉，犸黑头，这种强盗行为你也做得出来？"

我的心被阴冷的气息包裹着。电话另一端是心灰意冷的叶山鹰。我仿佛看见她那失望的眼神和漠然的面孔。对我，她真的是绝望透顶了。

"你这样做对得起我呢？对得起那些关心你的人吗？那好，就算你不是为我或者其他关心你的人，你总得为自己着想吧，再这样执迷不悟，你的出路在哪里呢？"

我说并不是不想戒毒，而是戒毒太难。

"我也知道戒毒难呀，可怎能一个'难'字了得？总不能止步于'难'字前面吧，你得迎难而上才行呀。"

沉默一阵后，叶山鹰说：

"回来吧，红叶山庄的大门，永远为你敞开着！"

"我回不去啦。"

"黑头，别灰心，我是你的老婆，不能眼睁睁看着你深陷毒瘾的泥淖而抽身走人。这不是为人妻子所能做的。你要记住，我跟你的三年之约。"

"我都成烂柿子了，山鹰，放弃我吧。"

"我现在算是看清楚了，你不过一个软蛋、懦夫，与我最初见到的那个侠义正直的犸黑头完全不一样了。不错，这世界上嗜毒者成千上万，而戒掉毒瘾的也不在少数呀！"

叶山鹰说得在理。而且，我也知道自己的真心所想，便默不出声，听她在手机那边说话。

"去劳教所接受专业戒毒吧！"

"戒毒？"

"对，劳教所和戒毒所双所合一的。"

红尘黑焰

第五章

黑鸭塘劳教所

珍爱生命 拒绝毒品 CHERISHNG LIFE AND REFUSING DRUGS

1

没过几天,公安机关向我宣布:执行为期两年的劳动教养,并附加强制戒毒。我是被叶山鹰主动送进去的。通知下达后,转往省城黑鸭塘劳教所戒毒。这里实行"双所合一"的管理模式,戒毒所是劳教所的内设机构,戒毒人员在生理脱毒后,转入劳教所进行管制。

经过四个小时的行驶,囚车在省城郊区的黑鸭塘劳教所的铁门前停下,上来几个管教把十来个劳教人员押到不同的监舍。我所在的监舍位于一楼,楼台、走廊以及窗户全都安装了铁窗。走在走廊,看见各个监舍里探出一个个被剃得光秃秃的人头,瞪着空洞的眼睛注视着新来的人。到了走廊尽头,管教从一长串钥匙中找出其中一把,打开那扇栅栏式铁门推了进去。监舍内十几个戒毒人员一齐向我投来冷漠而充满戒备的目光。

进来后,我才知道,所在的监舍看似一潭静水,实则暗流涌动,这里总是充斥着戾气和对峙,那些情绪反常的瘾君子,时而阴郁时而暴怒,不时把无名火发泄到无辜者身上。我还发现:劳教所的人员构成较戒毒所更为复杂:那些吸毒、卖淫嫖娼、小偷小摸、打架斗殴等轻微违法又不构成犯罪的,大都集中在这里。像我这样自愿,或者被父母、亲人送来戒毒的也不在少数,这劳教所监舍内,各色人等杂居,五毒俱全。

待在劳教所戒毒,平常例行学习是必不可少的,再就是去所内的"习艺工坊"干一些简单的手工活儿,比如,生产电灯泡、小车车垫、编织芦苇席、草帽等来料加工业务。这些活计多半在上午进行。吃过午餐,大家躺在监舍里可睡上一两个钟头的午觉。等到下午三点,这些戒毒人员像从笼子里放飞的鸟雀纷纷扑向运动场,要么活动活动筋骨,或者看看晴朗朗的天,呼吸一下户外的空气。有时,也会被安排去学习室或者小礼堂举办专题讲座,什么禁毒宣传、法制教育等,我在学习过程中,不断提升自己,明白了不少做人的道理。我有好一阵子没发毒瘾了。三个月后,经过再次体检,确认我已完成生理脱毒,从戒毒所转入劳教所进入后续康复期。

我所在的 319 监舍,唯一的封闭式阳台就在我的床榻前。整个阳台用钢筋焊接着,透过方形格子铁窗可以看见黑鸭塘农场上千亩田园。田园过去是一大片泛黄的芦苇荡,絮花被冬天的冷风吹得前仰后翻。远处的天通湖浩浩荡荡,横无际涯。

黑夜降临了,整个黑鸭塘劳教所黑幽幽一片。手扶冰冷坚硬的铁窗,倾听天通湖的涛声在夜幕中回响。黑暗中,我隐隐看见一个清丽的女子踏浪而来,时而吟哦,时而呼唤我的名字——哦,这是我的爱妻叶山鹰吗? 是的,是她,可为何她的脸庞蒙上一层阴影? 一双明眸为何总是掩藏着那么多哀愁? 哦,山鹰,从什么时候开始你好像换了一个人? 你真的如你所言彻底原谅我了吗? 你口里说谅解了其实心里并没放下……我隔窗呼唤着:我的爱人——山鹰,在这寒色深重的冬夜,我真的好想你!

面对这黑的夜和无边的幽邃、空旷,我思绪起伏。我想起父亲、母亲、岳父岳母等。我还想起昔日一道混江湖的、那些活着或者死去的人——汪豪、麻超、安财、胡红心,他们都在我的人生旅程中留下不可磨灭的记忆。皇诗珊呢,不管怎么说,这个女人的命运颇能玩味也值得同情,现在,她得的那个怪病是否有所好转? 还有那个混世魔王蔡云龙,他到底躲在哪儿呢? 这人可是社会上的不稳定因素,多留一天只能增加一分危害……这些人走马灯似的在我面前一一掠过。此时，黑夜在远天现出一抹亮色，慢慢扩展成一道明亮的光带。哦，明天，又是一个晴天。

那天，我收到叶山鹰来信，这是我来到黑鸭塘劳教所后，她写给我的第七封信。

◎链接：

人间情事——叶山鹰来信

黑头：

这段时间，我把我俩这些年的交往认真梳理了一遍，从相识、相知、相爱，一路走来，虽说没少磕磕绊绊，但我对你的感情始终如一。我是真诚的——当然，坦率地说，在你沉迷毒瘾不能自拔的那些日子，一度陷入坚守还是退缩的迷思中。你那勇敢而带有豪侠气质的形象扎根在我心里，你那蓬蓬勃勃的生命气息感染着我，我没法忘记你！或许，在许多人看来，你犸黑头没救了，可我觉得你还有救，你不过像一个夜行者失去了方位感，但终究会走出迷局的。怀着对你的爱意和期待走到现在，我心日月可鉴。

上次，你从天堂关出走，当天傍晚，我父亲从天堂关回到红叶山庄，带来你失踪的消息。父亲说，在你离奇消失后，他发动护林点的三个同事，沿天堂关古刹遗址、望郎峰一带反复寻找，可那么一大片原始次森林，要到哪儿才能找到你的踪迹？父亲说，你不会这样失礼的，平常上山走动都向他说一声的，不辞而别的情况很少出现。他说只有一种可能，说你有可能翻越天堂关抄近道溜了，你是毒瘾发作了奔向那冰毒、海洛因、吗啡、麻古去了，这兔崽子，真是贼心不死！老父亲骂骂咧咧的，倒像是我这个女儿做了多大亏心事似的，在他愤怒的目光里我感到无地自容。我盘算着：是不是该去城里找找你？或许，你正躲在安定城的某个阴暗角落，忘魂地享用着白粉呢！不错，黑头，你是获得了片刻的满足，可你就没想过那是在吸人血髓、剥蚀精气呢，吸毒的是你而痛的是我，而且痛得那么蚀骨锥心——我一遍遍问自己：你若无力改变，我这样子执着坚守到底有何意义？就因为我没法忘记你，就该让我付出一生的代价？

我茫然无助。

第二天进城后，我去找你的父亲，我想在他那儿碰碰运气。当我走进西门巷，听到父亲的出租屋传出一阵激烈争吵。我看见你继父向楚晟横在大门口，你父亲干瘦的体型与对方的粗壮身子是那么不对称。原来，向楚晟找你父亲兴师问罪来了。我上前问清缘由，继父怒火冲冲地讲述了你盗窃他家母黄牛的事实。我不忍见父亲难堪，安抚着继父的情绪。我说作为鸦黑头的合法妻子，丈夫做了损人利己的事儿，我理当承担责任。继父一听态度缓和下来，在我赔了六千五百元后，他代你母亲写了谅解书——这事儿就算啦。可你在哪儿呢？我是不是要像从前那样，在城市的夜晚找寻你？可你知道，要想在上百条城市街巷里找到你该有多难。而且，如果你没有痛下决心戒毒，即使把你找回来，你也会再次逃跑的。我回到天堂界，回到红叶山庄，我觉得只有把你送进劳教所戒毒才是唯一出路。

黑头，别忘了我跟你的三年之约，我也不想放弃做妻子的责任而放任自流。我希望，两年后，当你从劳教所走出来的那一天，你已成为与毒品绝缘的人——今生今世再也不碰那个充满魔性的白粉。黑头，好好戒毒吧，我愿为爱守候。

爱你的山鹰

2007 年 8 月

2

我所在的 319 监舍有个自称"潭州骡子",真名叫章正畅的人,串通几个戒毒人员处处挤兑我。有的舍友慑于对方的淫威,自觉向他们靠拢。我不愿忍气吞声,跟章正畅暗暗较劲。一天,他贴着我的耳根咬牙切齿地说:

"犸黑头,你再不顺从我的话,你会知道'潭州骡子'的厉害。"

我冷冷回敬道:

"章正畅,我少年时有个诨名叫'武陵蛮子',我是'蛮子'我怕谁!"

"潭州骡子"和"武陵蛮子"相互望着对方那张桀骜不驯的面孔,一场角力已不可避免。

那天,黑鸭塘劳教所从省城请来禁毒专家主持讲座,组织戒毒人员在小礼堂集体听课。这位专家善于运用浅显易懂的事例阐释戒毒的重要性,其中涉及一些瘾君子为了获得毒资,弄得倾家荡产、妻离子散的地步,有的甚至偷盗、抢劫、卖淫,做出丧失人性乃至违法乱纪之举,这些血淋淋的事实令人震撼。

从小礼堂出来,戒毒人员回到监舍展开争论,不少室友对禁毒专家的演讲表示认可。我对那人所说的一席话特别感兴趣,他说,戒毒是个系统性工程,家人的关爱、社会的包容,以及戒毒人员自身定位等,这些因素可以帮助嗜毒者们修复其心理和日常行为,以塑造一个全新的自我。我向室友们转述完这层意思后,章正畅以一种拿腔拿调的口吻说:

"别看演讲者说得天花乱坠,其实没什么新意。最重要的,他得告诉我们如何做才能戒断毒瘾!他这样的人也配称专家?黑头,你出劳教所后,也能当禁毒专家啦!"

这一孤傲而带有挑战性的抢白引起哄笑。

"我觉得,专家所讲的那些事例,是大家要引以为戒的。或许,对一个人或者某一件事物的认识各有不同,但其中总有规律可循。"

章正畅凶巴巴地说:

"黑头，别拿这套说教，也不要假惺惺劝诚谁，说到底，你也不是什么好鸟！"

我受了他的羞辱，立马回敬道：

"章正畅，你要是什么好鸟的话，会来与我同处一室？"

"是啊，说得好！来劳教所的都不是什么好鸟！"

在这种充满戾气的地方，一言不合就会招致激烈的争斗。章正畅眼见满场的人喝倒彩，恼羞成怒，挥起拳头打向我的脸部。我偏头让开，不甘示弱地出手对打。你一拳我一脚的，只把小小监舍捣腾得乒乓直响。负责我们 319 的方管教用警棍敲敲铁门，喝止道："打架斗殴者，统统关禁闭。"两人停止打斗。章正畅顺从地走出铁门，好像这正是他求之不得的事儿。我走在他后面，愤然骂道：

"莫名其妙！章正畅，你分明就是一个心理变态！"

他对我伸伸舌头，似有故意整蛊我的意思。

我被单独关在一间禁闭室，方管教依例给我上了手铐，然后将一扇通透式铁门合上，坐在门外监督我。隔壁是章正畅，开始，他还有点自鸣得意地哼唱着淫秽小调。方管教伸出警棍发出一缕电火花后，他终于安静下来。我站在禁闭室，闭门思过。

这间房子不过十来个平方米，正面是一堵不锈钢做成的墙体，身影映在上面有点像哈哈镜里的丑人儿。其他三面墙，一面临窗，一面是铁门，还有一面张贴着劳教所的管理规章。不锈钢墙体现出一个和尚头，那个脸色青灰、表情冷漠的年轻汉子是谁呢？哦，他是我，我就是他，名字叫犸黑头。他在这儿干吗呢？

镜面上的青灰色脸孔幻化为稚嫩而又懵懂的小顽童模样——小脑袋寸发不留，头部一道道结痂的血口子像蚯蚓一般爬行——那是母亲使用家里那把生锈的剃刀留下的血痕，剃发过程伴随着他那杀猪般的号叫，狂放孟浪地在阳光下奔跑。后来，长成十四岁的少年，他跟着蔡云龙进城混世界了。本来，他向往像古人那样行侠仗义，可蔡云龙带领一帮耍刀舞棍的小混混儿鸡鸣狗盗，跟古时的"侠客"完全沾不上边。十八岁那年，他从江湖脱身，希望换一种活法，他想做正经事做正常人。可这样粗浅的愿望也落空了，他没办理身份证属于"三无"人员，被抓进滨海市磐石收容站。在求助无门之时，他联络上蔡云龙,最后连带汪豪一同搭救出去。可谁知,蔡云龙把他俩带上一条不归路。后来回到天堂界,却不想稀里糊涂地染上了毒品。接着,那些一起混江湖的人死的死散的散,活着的也没几个过得好的。面对这一方明镜,他想起过去,想起那些死去的老友,他不希望那些不堪的结局出现在自己身上。现在,他还活着——活在劳教所,活在这面镜子下,这不知是该感到庆幸还是悲哀!好在他还有机会成为一个好人,仍有大把光阴好好活着!是的,人的一生,是要活得有价值有点精神的,在你离开人世的那一刻,你可以自豪地说:我死了,虽死无悔!

◎链接:

来自地狱的独白——久违的汪豪

喂,黑头,我是汪豪,就是和你在磐石收容站待过的"眼镜"啊。

我面前启开一部视频电话,在里面露脸的的确是汪豪!

哦,"眼镜",我咋不记得?记得记得。分别这么多年,我经常想念你呢。当年,我俩跟蔡云龙抢劫失手,眼睁睁看着你沉入西江,哎,别怪我俩只顾自己保命,那种危急时刻真是爱莫能助。第二天,在你溺水的地方,我和蔡云龙寻访过江边的蕉农,他说那个江滩起出一具男尸,被警方运走了……你死了,我懊悔了好多年,要不是我央求蔡云龙拿钱把你赎出来,你才不会死呢!

黑头,哪……哪能怪你呢!如果不是你出手相救,我在磐石收容站不知要待多久呢?你的好意我心领了。那天晚上,万般无奈之下我跳进西江水道,你们两个以为我死了,其实我没死。依靠那只抢来的大挎包啊,就是那只黑蝙蝠样的鳄鱼皮挎包,我死死抱住它,随波逐流,冲到下游的江滩被一位渔民救起。我满心想着我要发财了,哪儿知道那只鳄鱼皮挎包没有一分钱,里面装着满袋子工程设计图——那位渔民认为我是搞施工设计的,这不是一场笑话是什么,我冒死抢来的竟是一文不值的工程设计图。令人讽刺的是,由于这些图纸具备极强的耐水性,加之鳄鱼皮挎包密封性能非常好,我借助它的浮力坚持到天明……真的,我这不是骗你,那只沉甸甸的挎包真是我的救命宝贝!

真是觉得不可思议!我说,那位蕉农说的那具男尸真不是你?

哦,黑头,你不知道,那条河道上失足落水的、投江自杀的,几乎每天都有人溺死,谁知道那是别人还是我呢?我在渔船上住了一周,好歹恢复了元气。拜别那位好心的渔翁,上岸后去了我们曾经租住的房子找你,可那间出租屋已换成一个女的……一连几天,我孑然一身在滨海市街头徘徊,直到有一天看见蔡云龙的身影,他在街对面东张西望,似乎在寻找什么。我几乎使出全身力气大叫一声:"龙哥!"熙熙攘攘的路人听见我的呼叫全都回头看我。在滨海这个南国大都市,我的声音是那么张皇又是那么迫切。就这样,我和蔡云龙再次相逢,却独独缺了你。他承认:你们两个在滨海市城市公园抢劫失手,在逃跑过程中,你被警方抓走……黑头,你真正关心过我,我的好朋友坐了班房,为此我失落了好一阵子。

喂,"眼镜",你说的是真的吗?我咋就觉得你说的跟传奇故事一样,你沉江落水后真的被打鱼人救起啦?你能活下来,我发自内心替你高兴!

黑头,别替我高兴早了,我的苦逼生活才刚刚开始呢……蔡云龙对我说,滨海市不是久留之地,他想带我离开这里去中缅边界。我没什么好去处,只要哪儿有机会我都不会放过。蔡云龙的黑道朋友介绍我俩去了金三角,在经过三个月集训后干上了武装贩毒——公正地说,他没有胁迫我的意思,是我走投无路时作出的选择。贩毒集团把我们分成若干小组,我和蔡云龙分到一组,他是组长,配了一把勃朗宁短枪,给我配了一辆摩托车和一把用于防身的匕首。我们在金三角提了毒品送到中缅边界小镇的秘密转运站。即使骑上摩托车,这段路程也要走上一天——路上盘查很严哪,虽说途中分布着不少暗哨和联络点,但应对缅方军警的检查总要花费不少时间,一路的惊心动魄让我想来都后怕。到达金三角的第二年，我和蔡云龙这个组换防到中缅边境的地下转运站——这往往是受到贩毒集团高层信任的预兆。从中国内地过来的毒贩一般在转运站付款提货，办完交割后，由缅方一侧的武装贩毒人员将其护送到中缅界河。但恰恰是这个环节最容易出事，这条界河通常是不少贩毒人员的末路。两国警方在这一带盯得紧哪，而且贩毒集团内部的异己分子大都选择在这里潜逃出境，当然那些逃走的人是不会空手而返的，有的人在护送毒贩过境时趁火打劫——像蔡云龙那样心机重、鬼点子多的人一定想过这条发财路子。我知道，当他熟悉毒品生产、销售流程后，为实施一个秘不示人的计划而默默准备着。一旦时机成熟，他会瞄上一个力量单薄的毒贩下手——绑了他或者劫杀他，抢夺这批毒品然后一走了之。他想拉我跟他一起干。我说，在贩毒行当这样做可是犯忌的，而且头儿也不是没有防范措施。他辩解道：我们是从事武装贩毒的，既然干了这一行，我们就得抓住火候，如果成功了，冒险获得的收益足够你吃喝玩乐一辈子呢。蔡云龙的话，像《西游记》里那个女妖精的芭蕉扇，风风火火煽起了潜藏在我心底的野心。我说：

干吧，是死是活，我都认了。

我们悄悄等待机会——有的机会是等出来的。在那段苦闷彷徨的日子，我吸上了毒品。那里的瘾君子遍地都是，吸白粉就像吃苕粉。每天，我都要吸上不少白粉，以排遣内心的孤寂。接下来的日子，蔡云龙带着我不动声色地周旋于形形色色的毒贩之间。我俩注意上了一个来自内地、名叫"果佬"的毒贩。这个"果佬"每隔两个月来地下转运站进一次货，而且每次买的大都是海洛因，数量三五公斤到二十公斤不等。种种迹象表明，这个人的销售量不大但供货渠道比较稳定。他每次单枪匹马的，说明他的防备心理很重。每次来地下转运站提货，总要在边境小镇住一晚，然后马不停蹄往回赶。蔡云龙在掌握他的活动规律后，便从内地物色了一个人住在界河对面的中国小城负责接应。我过境见过那个小伙子，蔡云龙介绍说叫安财。

什么,你知道安财?"眼镜",你再说一遍,你在边界上的中国小城见过安财?你不是跟我开玩笑吧?

　　黑头,我有必要开这种玩笑吗?是的,我们三个在边陲小城的一个酒吧见的面。安财给我的第一印象很好。他身体结实,胸大肌一块一块的,浑身上下似有使不完的力气。这个小伙子心性沉稳,心思缜密,是个干大事的料。看得出,他对蔡云龙有种盲目的崇拜。他俩聊起过你,犰黑头这个名字令我听来格外敏感也格外亲切——正是这个人的情深意重,让我有机会提前走出磐石收容站。安财对你的情况非常了解,说你已从监狱出来,回到安定老家。我说等干完这一单就来看你。可没过几天,我的命运再次逆转……

　　那个秋日,我和蔡云龙护送"果佬"跨越丛林往中缅界河走去。按事先约定,蔡云龙谎称原先那条贩毒通道已不再安全,要求果佬绕行热带雨林。果佬将信将疑的,但还是跟蔡云龙走了——一起合作了这么久,这点信任还是有的。走热带雨林,只能放弃摩托改作步行。果佬把海洛因装在一只不起眼的蛇皮袋里,驮在肩头活像一位下田撒药施肥的农夫。进入热带雨林后,我的毒瘾发作,落在后面拿出身上备用的毒品吸了,这才稍稍缓解我那紊乱的心绪。蔡云龙带着果佬一路疾行,在前面的山岭露了一下身影便消隐无踪。当我赶到那方山岭,不见人影儿只看到一条界河在山谷中流动。我嘀咕着:这个蔡云龙走得这么快到底想干什么?站在山冈,我分辨着将要走的路。我听到身后有人踩在干燥的树枝上发出哔哔剥剥声响,难道是贩毒集团高层发现了我们的企图在后面跟踪?如果是,是否意味着我们的行动暴露了?正在这时,河谷中传出一声枪响,我心里一紧,难道蔡云龙将果佬枪杀了?后面追踪的人打着呼哨发出警告:

　　"蔡云龙、汪豪,你们的叛变行为已通过转运站后面的高倍望远镜看得一清二楚!投降吧,就算你俩是孙悟空转世,也逃不出如来佛手心。"

　　在热带雨林中大喊大叫的是毒品转运站的武装贩毒人员。我没有退路了,顺着山坡向河谷地带跑去。蔡云龙水性好,他会选择从河道上突围的。过了河就到了中国小镇，那边有我们的人来接应，一切都万事大吉。我只有泅渡过境，才有生存的希望。武装贩毒人员来势汹汹，用不了多久就会追上我。我刚刚吸过毒品，头昏昏沉沉的，行动也不够敏捷，好在全程下坡路，连跑带爬的不敢懈怠。忽然，我打了一个趔趄，原来是脚下碰到一件软绵绵的物体，我发现"果佬"的尸体横躺在藤蔓交织的野地上，驮在身上的蛇皮袋已不知去向。他的死是我和蔡云龙设计好的结果，但没想到是我的同伙一个人完成的。我朝着空旷的河谷搜寻，希望找到蔡云龙的身影，可河道上哪有他的影子。但是，要想从河道突围，如没蔡云龙相助几乎是不可能的。武装贩毒人员居高临下封锁河道，我就没办法回到中国境内。我必须另辟蹊径。我发现对面山岭有一栋树屋在绿荫里乍隐乍现。一般而言，狩猎者在树屋中构筑着一条条缆绳穿行于热带雨林中，也就是说，只要上了树屋，完全有可能逃生。我急忙改道往那边山岭走去。

初秋的正午，太阳释放的热力依然强大，加之剧烈运动，我上身穿着的白衬衣被汗水湿透了。从身后射来的子弹呼啸而过。眼下，树屋是我唯一的突破口。它坐落在一棵硕大的乔木树上，距地面约六七米，树梢头果然有两条缆绳通向深林。啊，我的生机来了。我一把抓住披挂在树干上的野藤往上爬。我两手发抖，力量不够，当我爬到树中央时，树下的灌木林已站满了人，他们是与我朝夕相处的武装贩毒人员，一个个举着黑洞洞的枪口瞄准我……距树屋只有一步之遥了，我拼死都要赌一把的。我左手握住野藤，举起右手伸向树屋底座上的木杠……树下枪声响了，打在我的后背，我立马感到一股热流滑过脊背。我拼死坚持着，使尽最后一点力气抬举右手。我身后传出一声排枪，我知道我的白色衬衣已被枪子儿扫成筛眼，我的右手从刚抓着的木杠上脱落，身子一软垂直倒下，重重摔在杂草丛生的林地……临死那一刻，我终于明白：蔡云龙一直在利用我，设下圈套让我钻，最终走上不归路。

唉，黑头，这次，我真的死了。我不甘心就这样不明不白死于异乡。我死了，连个收尸的人都没有。我死在一片无人知道的热带雨林中，直至变成一具骷髅。啊，如果可以选择，我绝对不要这样的人生，我不会听任坏人的摆布，要把命运掌握在自己手中。换个角度理解，我死了，这或许是我生命的转机，一个新的开始。啊，亲爱的朋友，我死了，再没机会见到你，这真的令人遗憾。除了我的父母，你是真正关心过我的人，眼下落到这一步，我绝无怪罪你的意思。我的悲剧命运，全是我自己造成的。对蔡云龙这个人，我不便作过多评判，但我奉劝你别再跟他一起混啦，只有远远离开这个恶人，你才能找到生天！还有，如果你还在江湖浮沉，那么请你赶快回头，走在江湖其实就像在悬崖边跳舞，随时都会摔得粉身碎骨！好啦，黑头，我不啰嗦啦，你多加珍重，如有来世，我俩再聚首，再做好朋友。

刹那间，汪豪从视频电话里消失了，荧屏上现出迷迷茫茫的雪花。我失声叫道：

"眼镜！"

"眼——镜——！"

可视频里再也不见汪豪的影子。

3

根据戒毒进程并结合我的身体状况，我和章正畅等二十多个人被转入劳教所开始从事较为繁重的体力劳动，以增强体质，磨砺自己。

一阵紧凑的集合铃声打破黑鸭塘劳教所的宁静。百来号劳教人员，在监区的水泥坪排成队列，然后被货车拉到建材厂挑砖。这是一座以生产水泥板材、管道和水泥砖为主的预制件产品的工厂，厂房坐落于天通湖畔的滩涂上。为防止劳教人员脱逃，整个厂区用水泥砖砌成高墙。堆积如山的水泥砖码放在露天，等着货车运到城里的建筑工地。当货车开进砖厂，劳教人员负责将一匹匹水泥砖装运上车。在货车车厢和露天砖堆之间，有一道长约五米的木栈桥，挑砖的人用一对铁丝架叠码着十多匹水泥砖，肩扛着百来斤担子走过栈桥运往车厢。因为劳动强度大，我身上的每一个毛孔几乎都渗透着汗液，冷冽的风势灌进衣襟，直吹得一身清凉。繁重的体力劳动使我忘了一切。我肩荷着百斤重担，汗滴顺着脸颊滑过嘴角。我舔舔着那咸咸的汗水，发自内心地说：

虽然劳动很辛苦，但心情是愉悦的！

根据我的良好表现，方管教宣布我担任319监舍的室长。这监舍里的人三教九流都有，五毒俱全，要当好室长岂是一件容易事？尤其是章正畅，我更是不敢招惹。方管教看出我的疑虑，鼓励道：

"你是室长，只管大胆地管，我方天骥做你的后盾。"他朝监舍里的劳教人员环视一眼，"有谁敢在劳教所打架犯事，罪加一等！"

我和章正畅有着很深的隔阂，但我愿意试着走进他的心里。两人生活在同一个监舍，总不能每天吵得脸红脖子粗的。我愿放下心结，敞开胸怀，以心换心。一天晚饭后，我走到他的床头，语气平和地说：

"章正畅，我知道你心里有怨气，你别憋屈着，冲我发泄吧！"

章正畅脖子一仰，正眼也不瞧我一下。半晌，从牙缝里挤出一句话：

"犸黑头，你不要自作聪明。我问你，你知道我有什么怨气？要说发泄，最好的方式是骂娘！你受得了吗？"

真是狗咬吕洞宾不知好人心，我刚打了个开场白就碰了一鼻子灰，心头的火气直往上冒。但我克制住愤怒，说：

"章正畅，你为何要以这种语气来对待别人的善意呢？"

"哼，我从来不信这世上还有多少善良的人，没有善良，何来善意？你跟我讲善意，无非是让我对你态度好一点儿，不要无休无止地跟你抬杠。在劳教所，我每天只能看见两类人：警察和劳教人员，你说烦不烦？我告诉你呢，我宁可死，也不愿关在劳教所！"

"你触犯了法律，进劳教所算是轻微的处罚。"

章正畅哼起下流小调，以表达他对我的轻蔑。满监舍的人附和着他嘻嘻哈哈的。章正畅对谁都持质疑态度，无论我说什么都无法获得他的信任。我知道，他那桀骜不驯的外表其实包藏着复杂的内心，他定然有着不为人知的经历。不管怎样，我得和他好好相处，期望有一天打开他的心扉。

红尘黑焰

◎链接：

人间情事——父亲的来信

黑头吾儿：

从山鹰口中得知，你这次戒毒是自愿去的，这种破釜沉舟的勇气，让父亲感到欣慰。

从哪儿说起呢？

我还是从枫树岗老家说起吧。

在你十四岁那年，我和你母亲离婚后，离开了那间我一手修造的木屋，一去不回。当时，你在我身后呼天抢地哭啊喊啊，说实话，我心底也曾有过动摇的——我是否应该停止前行的步伐，走过去安抚你并且说，有爹在你什么都不用怕的！可我没有，我的自尊心占了上风，我无法容忍你母亲跟同村村民向楚晟的媾和——当时，虽说我从屠宰场退了休，但在枫树岗那种传统封闭的乡村怎受得了这份屈辱？我没停下脚步回头看你一眼，其实我明白，如果回头一望，恐怕我永远也走不了啦！我像逃兵一样跑开了，只可惜苦了我的儿子。我那虚伪的"自尊"不但疏远了我的孩子，也丧失了一个父亲应尽的责任。虽然，时隔一年后，父子俩再次相聚，但一想到我逃走的那一幕，仍然无法原谅自己。

黑头，随着年龄的增长，你渐渐长成一个结实强壮的男子汉，而父亲的力量愈来愈小。我有心抓牢你，可你向前奔跑时，我永远也够不着你。你远远地跑开了，像一匹无人管束的野马自由驰骋。我曾经对你多次说过：人生在世一定要走正道！可是，我还没回过神来，你一不小心就变成了一个坏小子，在安定城里喊打喊杀。后来，你坐了三年牢，刚回来又染上了毒品。你每次来到我的住处，我都要叮嘱你：只有戒了毒瘾才有生的希望，可你当着我的面点头称是，出了门又是现样儿，你把我的话当作耳旁风呢！我知道一旦吸毒成瘾就不易戒掉，但一个人只要有毅力，没有什么事是做不成的。直到你在枫树岗乡下盗了你母亲喂养的那头母黄牛，向楚晟找到城里找我兴师问罪时，我才知道你在天堂关戒毒过程中当了逃兵，你已经陷进毒瘾的泥潭不能自拔。那天，恰好叶山鹰在场，是她给向楚晟赔钱了事，要不然，那狗杂种要告你盗窃罪呢。隔了几天，你母亲又把六千元赔偿款悉数送到我这里，说无论如何也不能拿儿媳妇的钱。后来你母亲被派出所通知去写了谅解书。黑头，我对你说这些，是要让你明白：你犯了错，根子在你自己，但也说明父母教育的失职，只有你变好了父母方能心安。现在，你自愿进劳教所戒毒，这是一个良好的开端，为父唯愿你认真改造，斩断毒根，学做好人。

余不多言。

父字

2007 年 11 月

4

章正畅像个疯子，我跟他的矛盾大有愈演愈烈之势。

那天，319 监舍的劳教人员去"习艺工坊"焊接宽带线的水晶头。加工好了的水晶头由网络公司回收。这工作是个技术活儿，我干了三天才初步学会了焊接工艺，然后开始计件，由三五十个慢慢升上去，待手艺熟练后增加到二百个左右。完成任务的，按计件工资打入消费卡，劳教人员可持卡在内设小卖部买香烟、日用品。每天开工后，偌大的车间焊花四溅，把眼睛烤得像熟透的红枇杷，干涩红肿。按规定，工作时间除了喝水、上厕所，是不允许做其他事的。下午三点多钟，我在车间大门外的热水桶舀了一杯水喝着，顺便走到门口透透气儿。章正畅看在眼里，像是抓住多大把柄似的，举报道：

"方管教，我检举：犸黑头消极怠工。"

方管教明白事情的原委，对他正色道：

"章正畅，你要故意找茬儿是不是？"

"我哪里找茬儿，你看，他站在门外逗留，不是偷懒是什么？"

"谁没出门透透风呢？劳教所也实行人性化管理啊！"

"还人性化？我愿去死也不愿意关在这种鬼地方！"

章正畅把那只焊机狠狠扔在工作台上，气呼呼地走到车间门口直喘粗气。

真是一头倔驴！

方管教没有发火，他得降下身段以保持一种公允的态度。

"章正畅，劳教所是国家执法部门，我有权对你实行管理，如果你执意要跟我过不去，我可以把你关小号、送严管队！但我不准备这么做，我想和你好好沟通沟通。也许，你心里有着不遂心的事儿，但谁也不是你的出气筒。你有什么委屈，可以对管教或者信得过的舍友倒倒苦水。不过，我奉劝你一句，千万不要消极对抗！"

章正畅颇不服气望望方管教，稍稍收敛着暴戾的心气儿。一场争执暂告平息。

那天收工后，我毫不掩饰地对章正畅说：

"小子，作为同监舍的人，我得告诉你：你这样任性负气是没有意义的。今天，你遇上了心胸蛮豁达的方管教，这是你的幸运。我希望你能学会尊重别人，不要对谁都瞧不上眼，如换做一个跟你一般见识的，那可有你好受的。"

章正畅根本不领情：

"我死都不怕，还有什么可怕的？"

我一时无语。唉，这个目中无人、牢骚满腹的偏执狂，不知会在什么时候、以什么方式发泄他的污浊之气呢！

◎链接：

来自地狱的独白——愚顽的安财

喂，黑头，我是安财。

啊啊，安财，你在哪儿？怎么想起给我打电话了？

我在地狱，我怎么不能给你打电话啦？黑头，我俩是好朋友，你不会把我忘掉吧?

带雪花的视频电话里出现安财,他头上缠着一块纱布。

是呀,是呀,有什么委屈就说吧。安财,你的死正是我的心结呢。

那好,我就从我死的那天说起……

黑头,你碰见我的那天晚上,我跟蔡云龙分手不久。他刚从中缅边境回来——他在边界两侧和安定城里都有活动据点,警察在明处他在暗处,一有风吹草动便溜之大吉。这次,他回安定的目的有两个:一是受境外毒贩的委派来这边踩点,寻找一处隐秘的溶洞作为制毒窝点,二是回家看望老母亲……你知道,蔡云龙为人心狠手辣,而对寡妇老娘蓝草莲可孝顺呢。这女的一身的病,腿脚瘫了、眼睛哭瞎了、意识糊涂了,乡人说这是不争气的儿子惹的祸。她女儿蔡樱樱在家照料着老娘的衣食起居,而吃的穿的和看病的费用全出自儿子之手。前两年,蔡云龙发财后,从外省雇请工匠拆了茅花河畔那片竹林中的茅庐,新修一栋小楼给娘住着……蓝草莲不知道儿子在外做什么生意发了大财,但儿子是什么样的人,她心里是有数的。有几次,为娘的口齿含糊地说:——龙——儿,你——再不能走——歪门邪道啊,赚钱——要赚干净的钱哪!儿子斩钉截铁地表示什么坏事也没做。做母亲的虽不相信,但儿子走正道也好,走歪门邪道也罢,那全是他的造化,人老了就说不上话啦。黑头,我死的那个晚上,如果不出什么意外,蔡云龙应该回了枫树岗老家,根据他的活动规律,他回到乡下会在山后的某个山洞待上一两天,要不就蹲在茅花河畔的哪座山冈朝家的方位打望,在确定没有任何风险后,会趁着夜深人静从茅花河下水,潜入水中来到屋后的竹林,然后,悄悄潜入家中看望母亲和姐姐。

安财太阳穴那个部位粘连着醒目的血污。他拿幽幽的眼神瞅着我,瞅得我心里阵阵发麻。在视频电话里,他清了清嘶哑的嗓子,继续说:

黑头,请容我把话说完……哦,我说到蔡云龙啦,对,你好长时间没跟他在一起了,也无从了解他那变幻无穷的活动轨迹。我鞍前马后跟了他这么多年,最了解他的莫过于我啦。蔡云龙从小混江湖,从不相信任何人。开始,我跟他去"金三角",只在外围敲边鼓,而不能进入他的核心圈子。直到他把我拉下水,对我也解除了怀疑。我第一次吸毒是跟一个叫汪豪的西北汉子在一起,仅一次就使我彻底迷上了海洛因。我第一次嫖娼是蔡云龙的缅甸籍姘头阿美给我拉的皮条,这女的只是他许多姘头的其中一个,他几乎每隔两三个月就要换一个,但阿美一直不弃不离地跟着他。正是这个阿美找来外籍妓女让我染上了艾滋病,这种叫人难以启齿的怪病潜伏在我的体内,把我折磨了这么多年。对外,我不敢说我患了艾滋病的,我害怕别人用异样眼光看我……黑头,你或许认为,蔡云龙把你害成这样子,肯定恨他恨得牙痒痒,可为何还要与这样的恶人做朋友?是的,要说不恨他那是假的,可最终我想清楚了,纵使恨他又能改变什么呢?与其怪罪于别人的恶,不如痛恨自己无知。譬如说,你在那个晚上举报了我,导致我举枪自尽,我是不是要因此记恨你?现在想想,我还得感激你呢,你的举报,让我比原先预计的死亡时间提前了,使我免受身心和病痛的折磨。我不恨蔡云龙,自有我的道理。我跟他的"合作",其实是俯首帖耳地听命于他。也许,混世,是我一生最好的注解。蔡云龙也尽可能满足了我在混世过程中的种种需求。我知道,蔡云龙曾经找过你,你不愿跟他合作,可他身边并不缺乏追随者。你别小看他的能量,只要振臂一呼,还是有不少亡命之徒愿意为他效力的。蔡云龙不显山露水的,可不是一朝一夕坐大的,毋庸置疑,没有保护伞是走不到今天这一步的。对那些能给他提供保护的官员,他舍得花钱,惯于投其所好,笼络人心。黑头,当年,你为何不跟蔡云龙"合作"呢?每个人都有他的两面性,不能非黑即白。现在,正是蔡云龙用人之际,他在一个你不知道的地方向你招手,快跟他一起打拼吧,发财的机会就在眼前!

安财从视频里渐渐退隐。我对他说:安财,你说的全是一派胡言,我不会受你的唆使步你的后尘,我要与从前的荒诞人生一刀两断!我也知道,无论我说什么,安财不可能听得进去。从他身上,我发现了另一种偏执的人性……或许,这不叫偏执,应该说是冥顽不化吧!

哦,安财。

如果没出去参加生产劳动，或者文体活动，监舍的那扇铁门永远上着锁。铁门中间有一道巴掌大的铁孔。每到开饭时间，食堂里的师傅推着餐车，按时送来饭食，监舍的人从铁孔里伸出饭钵接过食物，回身坐在铁架子床上，狼吞虎咽。逢雨雪天气，十多个劳教人员被关在监舍，有的抽闷烟，有的扶住铁门向走道两侧无聊地打望，有的站在内阳台上眺望外面的芦苇荡……这看似平静的监舍，随时会因为一点小摩擦而引爆"战火"，突如其来的争吵没完没了。有时，我这个做室长的，也会摆出小头目的架势骂上几句：

"能不能长进点儿，怎么总在吵啊？有人说，送劳教的人就是一群人渣，大家就不能长点志气，争做男子汉，不做人渣好吗？"

章正畅绝不放过任何打口水仗的机会。

"犸黑头，外面的人说我是人渣，这点我不否认。但你想过没有，我章正畅不是为了当人渣而生的，我也是被逼的！这社会上，别看一些人长得人模人样的，其实掩盖着丑恶的内心，这种人本身就是另一类的人渣！"

"章正畅，你到底是说谁？"

"我说的人渣呀！"

章正畅扒拉着他的下体羞辱我，有些得意忘形。我警告他收敛自己的行为。他并不理会我，冲到我面前抢拳打过来。我避让着，跳到内阳台跟他对峙。我的体力已经恢复，加上我天性中的顽劣劲儿使我不惧一战。我要让他明白：我犸黑头不是好惹的，我不会惧怕章正畅这种狱霸式的劳教人员。我摆出应战的架势。对方也不多说，朝我连连出拳，我避让着，趁他用力过猛，立足未稳，我挥起扫堂腿踢向他的下肢。他仰身着地，再度顽强站立，像一头发疯的牯牛向我撞来。我挥拳打向他的面部。他猛扑上前一把抱住我，咧开大嘴撕咬我的手臂。我就势抱起他重重扔在地上。他挣扎着想站起来，但一连试了几次都没奏效，一仰头瘫软在地……顿时，319监舍爆发出阵阵喝彩。接着，监舍外的走道上，传出煞有介事的呵斥声。方管教走进来，把我和章正畅带走了。

◎ 链接：

<h2 style="text-align:center">人间情事——叶山鹰探监</h2>

气温骤然降到了零摄氏度以下，寒冷的空气，凝固了黑鸭塘劳教所。过小年的那天，方管教站在319监舍门外，边开铁门边叫着我的名字："犸黑头，去接见室吧，你家属看你来了……"

这天寒地冻的天气，有谁来看我呢？莫非叶山鹰要给我一个惊喜？

走在过道上，方管教言辞恳切地对我说：

"春节快到了，一些劳教人员的家属要求来劳教所看看自己的亲人，所里根据他们的意愿，搞了一次'小年开放日'活动。这不，你老婆来探视了。"

"真的？"这消息来得太突然，我几乎不敢相信。

"是的，你老婆在接见室等你呢。你带她参观参观毒品展览室，也可以到食堂里订个'夫妻团圆饭'。去吧，好好享受两人世界。"

"好。"

叶山鹰身着乳黄色羽绒服，头顶的帽子镶着茸毛，和额头的发丝混在一起，如同一道刘海儿掩饰着那张冻得发紫的脸蛋。真的，我亲爱的老婆就那么真切地立在接见室，笑盈盈地看着我。或许这幸福来得太突然，我一点儿心理准备也没有。我站在她面前，像做错事的孩子，眼泪亦如泄堤之水扑簌簌滑落。

"干吗哭呢？黑头。"

我擦擦眼有点不好意思，拉着老婆走出接见室。寒冷的气流凝滞不动。一栋栋监舍的瓦檐上结着厚厚的冰层，监区内的柏杨被冰凌压弯了腰，有的甚至折断了树枝垂挂在半空。监区通道的冰碴已被劳教人员铲除。好几对像我们这样过"开放日"的夫妻以及父子、母子在凛冽寒风中走动。每个人的嘴巴呼出一团白雾，刺骨的冷如同锥子扎进人的肌体。天气很冷，但心是热的。叶山鹰的出现，一如严冬过后的阳光，照得我心里暖融融的。为了向她宣示我的戒毒效果，我提议说：

"山鹰，我们去毒品展览室吧，我要让你看看我戒毒的效果！"

"走！"

几个当值的干警在通道上来回巡逻。毒品展览室位于办公区的一楼，一群参加"小年开放日"的劳教人员及其家属，聚集在展厅缓缓移动。有的聆听一位女干警的讲解，有的观看陈列的实物，小声议论着。墙壁悬挂着一幅幅图片，图片内容反映了受害者沾上毒瘾最后沦落到家破人亡的悲惨结局，大厅中央的玻璃橱柜展示着海洛因、吗啡、大麻、冰毒、咖啡因、罂粟等传统毒品和新型毒品。劳教人员的家属大都未见过这些毒品，露出新奇而紧张的神色。有的家属低声骂道：毒品真是害人不浅啦，把我儿子弄得人不人鬼不鬼的，全是它们惹的祸！有的说：政府要多搞一些这样的展览，让社区的每一个公民、学校里的每一个学生都来了解毒品的危害。大家七嘴八舌议论纷纷。这时，一个陪伴父母前来观看展览的年轻戒毒人员，面对橱柜里琳琅满目的毒品，瞪大发亮的眼睛，全身直打哆嗦——他的父母恍然明白儿子发了毒瘾，夹着他往外走。那个小伙子边挣扎边叫喊，险些将父母掀倒。两名维持现场秩序的管教出手帮忙，架着他走出展览厅。

展厅里飘着一股说不出味道的香气，似是罂粟花香，又好像是大麻的味道，轻轻拨弄着我的神经。我仿佛看见玻璃橱柜里的毒品燃起一团黑色火焰，灼伤我的皮肤、延烧到我的胸腔，我的喉管潮涌着一股唾液，一种强烈的嗜毒冲动滑过脑际。难道那个沉睡多时的"僵尸"又要复活了？一个曾在毒欲里浮沉的瘾君子，一朝见了毒品要说没什么反应那是不真实的，这也意味着我的思维中并没完全淡忘它。我极力克制着毒品对我的诱惑。我不会忘记它曾经带给我的伤痛，我会慢慢忘记它，直到把它从我的记忆中彻底驱除出去。

玻璃橱柜里的毒品，让人痴狂让人入魔。叶山鹰把这一切看在眼里，说：

"黑头，见了毒品出现生理反应？"

"有点儿想……但是，就算它摆在面前，我也不会碰它。"我实话实说。

"不过，看得出，你在劳教所的半年，发生的变化是显而易见的。看见你健健康康、精神抖擞地站在我面前，我打心眼儿替你高兴哩！黑头，我相信我的眼力，你不会让我失望的。"

"山鹰，你放心，假以时日，我会以最好的形象、最佳状态出现在你的面前。"

"我期待着那一天早日到来！"

女讲解员的声音铿锵有力地回旋在展厅里。她讲了不少成功戒毒的范例，其中讲到一个吸食者进戒毒所时，连站立的力气都没有，只能双手扶墙移步，可两年戒毒出来，他的身体变强健了，整个形象也变得清新了，后来，还在家人的支持下，经过几年的艰苦打拼，积累了数百万家当。一个个生动形象的事例给我一种昂扬向上的力量。我想，别人可以做到的，为什么我就做不到？我扶着叶山鹰的肩头缓慢移步，她似乎感觉到我的手力，把她的手加在我的手上，以示勉励和支持。我俩走出毒品展览室，看见一栋栋监舍封上冰冻，成了玲珑剔透的玻璃屋。

我和叶山鹰走过的那处通道，正好跟 319 监舍的阳台相对。一个室友发现了我们，把全监舍的人招呼到阳台上，隔着铁窗招手致意。平日里跟我过不去的章正畅，竟带头高呼着：

"黑头，给你老婆一个拥抱！"

"奔跑吧，犸黑头！"

我紧紧拥抱着叶山鹰，然后在他们高昂的呵喝声中奔跑。那一刻，那份得意只有我自己知道。

我和叶山鹰的下一站是亲情餐厅——那是供劳教人员与前来探视的

红尘黑焰

家属用餐而隔成的卡座。在 2007 年这个小年，亲情餐厅里的柜式空调吹着暖乎乎的气流。我们夫妻俩并排坐在长凳上，兴致盎然地吃着这顿团圆饭。桌上的菜品虽赶不上外面的酒楼那么美味可口，但这团圆饭却别有一番风味。我俩喝了一点红酒，说着暖心窝子的话，道不完的珍重与祝福。哦，从前那个活泼阳光的叶山鹰又回来了。我俩握住双手凝视对方。窗外的大冰冻，把这个世界凝结得晶莹莹的，但没办法凝固两颗火热的心。

"黑头，你要好起来啊，我们说过要做一辈子夫妻的。漫漫长路，我俩谁也不能中途逃跑的。"

我笑了笑，说："如果你想跑，我会用尽全力追上你的。山鹰，我再也不会离开你了。"

"黑头，我要和你好好过日子，跟你生儿育女哟。"

"山鹰，你的心，我懂……在我迷糊混世的这些年，你始终没有嫌弃我，你对我的好，我心里记着呢。我们还年轻，一切从头开始。我要用我的余生来报答你呢。山鹰，等我。"

"你是我今生唯一等待的那个人，我等你等了那么多年，还等不起这一年半载吗？黑头，只要你戒掉毒瘾，好好做人，无论要我等多久都是值得的。"

或许，此时此刻，任何语言都是苍白无力的。我俩两手叠加汇聚成一股热力向全身发散。我感知着她的热度，从她身上吸收着生命能量。她呼应着我的热情，一手揽过我的头，口中呼出的热气挥散在小小空间。在这最冷的季节，我和叶山鹰享受着最温暖的爱情。

时间一点一点过去，转眼间就到了说再见的时候。我内心有些伤感。她拍拍我的后背，柔声说：

"一年多时间，不过弹指一挥。你不要牵挂我哟，等你劳教期满的那一天，我来黑鸭塘劳教所接你。我们很快就会团聚的。"

"好！"

走出亲情餐厅，天上飘起纷纷扬扬的雪花。监区里的草坪被雪覆盖着,不少地方留下警犬的爪印。我把她送到大门口,前面不远处画有一条黄色警戒线——我知道那是我不可逾越的红线。门卫室的干警目光冷峻刚毅地注视着我的一举一动。我在警戒线内停步。叶山鹰的手从我手中轻轻脱落,那份热力也在转瞬间消隐无踪。我心有不舍,说:

"山鹰,这雨雪天气,冰冻路滑,你要多保重啊!"

"嗯,我会保重自己的。黑头,再过一年半,我要在这个地方把你领走哇。"

"好,你一定要来哟!"

6

立春过后,迷蒙的天幕终于放晴了。

那天的任务是去建材厂挑砖。我们319监舍的劳教人员乘坐一辆汽车前往天通湖畔的滩涂,开始一天紧张的劳动。

方管教等一帮劳教所管理人员在厂区内分头巡视。如发现有人偷懒,会发出警告。警告不听,则会手提警棍走过去训诫,直到偷懒者重新回到工作岗位。章正畅从来都是不甘寂寞的,有时,他会寻个空当去一趟厕所,一去一二十分钟;有时,少装几匹砖块让担子轻一点,不紧不慢地走到大货车旁,然后慢吞吞卸下砖块。方管教看出他在磨洋工,便发出警告:"章正畅,请挑足砖块,并在规定的时间段装卸完毕。"章正畅呲着嘴巴似乎在说:你别只顾说,你来试试……后来,一不留神,他索性跑到砖垛上睡觉去了。

方管教以为他上茅厕去了,可派人去找却发现那里边空空无人。逃跑是不可能的,这儿砌有高墙,戒备森严。现场干警分别带着几个平时表现良好的劳教人员沿厂区寻找。我跟方管教一组,两人在迷宫似的砖垛间穿行,凡是能去找的地方都找过了,可人藏到哪儿呢?我俩正在砖堆之间的通道转悠,头顶上忽然传出一阵均匀的鼾声——原来,章正畅在砖垛上面睡觉。

两人攀上砖垛,看着呼呼大睡的章正畅,气得方管教朝他的屁股踢了一

脚,他揉了揉惺忪睡眼,嘟哝着什么,分明是在责怪来者打搅了他的好梦。方管教责骂道:

"章正畅,别人都在辛苦干活,你却把制度和纪律当儿戏,躲在这里睡大觉,这种行为是绝对不允许的。"

章正畅回敬道:

"我承认偷懒,可我体质差,不能从事繁重的体力劳动。劳教所是讲人道的,总不至于让我带病劳动吧?"

方管教扔下硬邦邦一句话:

"章正畅,如果身体有病,就去医院检查、治疗。如没病就得好好干活。这里是劳教所,不是你挑三拣四的地方!"

章正畅白了他一眼,朝空中狠狠啐了一抹口水,划出一道拱门样的弧线。他似乎要把这场闹剧进行到底,顺手捡起一块砖头拿在手里掂了掂,方管教以为他要袭击我们,举起警棍喝令他放下砖块。章正畅没理他,挥起砖头在空中划了一个圆,然后猛地拍向头部,顿时,光光的头顶划出两道血口,血水顺着额头滴答流淌,紧接着,他的双手蒙脸抹了几下,把面部整成血糊糊的,样子十分吓人。我上前扶住他,说:

"章正畅,你这又是何必呢?"

"犸黑头,你别管我,你永远不懂我的心……"章正畅扬起满是血污的脸,露出冷漠的目光打量着方管教,"尊敬的管教,我受伤了,现在,总能休息了吧?"

方管教从警十多年,不服管教的劳教人员见得多了,而像章正畅这样的倒没碰上几个。他感到有点头疼,但故意昂起头训斥道:

"章正畅,你这是自残,摆明了要搞对抗是不是?好,我暂且不跟你纠缠,先送你去医院……等你伤好了,决不会轻饶你!"

其他几个管教发现这边出了状况,纷纷赶过来帮忙。章正畅不情不愿地走下砖垛。我走在后面瞅着他:这人到底怎么回事?自己心里不好受,非要弄得别人跟着不开心。

红尘黑焰

来自地狱的独白——玩世者麻超

黑头，我是麻超。好久不见。

视频电话那边传来麻超的声音。

哦，麻超！你不是被人谋杀了吗？你的尸身落在禹王坪镇沧浪溪畔的稻田边，我亲眼所见啊。

是呀是呀，我知道。当时，你站在人群中围观一阵后，下了沧浪溪。黑头，我死得冤啊，死不瞑目！今天，我从地狱打电话，续上在天堂界古刹对你说过的话，说说我的父亲和追杀我的仇人……

好，先说我的父亲……他出生在禹王坪镇的一个小山村，跟你的老家枫树岗村隔了几座山。20世纪80年代初，父亲作为老家的村支书，凭着年轻人的闯劲儿，带着一帮乡亲率先搞起了农村土地承包，当年获得粮食大丰收，一举扭转山村的贫困面貌，他也因此成为轰动全县的风云人物，并受到组织部门的重用，被委派到本县五岭山乡当副乡长，按他自己的说法，人生中最得意的时光就从那会儿开始。当副乡长没一年，他被送到省委党校进修两年，正如人们所说的"镀金"吧。回来时，他手里拿着的不仅是一本烫金的本科文凭，最重要的是结识了一批后来活跃于省内官场的老师、同学。父亲的发迹就此肇始。90年代早期，他由安定县副县长转任政法委书记，三年后升任县委副书记，在县长位置干了五年后直到下台，父亲的官职越当越大。我母亲也跟着水涨船高，由民办老师转成公办教师后，改行去县里某要害部门搞行政，没几年就当上了这个单位的一把手。夫贵妻荣就是这个意思吧。这两口子身边，汇聚着一大批溜须拍马的下属以及通过父母关系招工招干的七大姑八大姨。我毫不例外地成为这群人中的宠儿，好吃好喝、好穿好玩的任我挑选。因为我发现了这些人的虚伪，我很快厌倦了这种生活。加之父母各忙各的，我像一匹野马无人管束，一步步滑向社会边缘——那是一个跟父亲、跟教室完全无关的生活。尤其是认识蔡云龙后，我跟他臭味相投，每天自由自在地在长街闹市厮混。从那时起，我再也不愿回到学校、回归家中，要不上网打游戏，画面上充斥着暴力和性爱，要不纠集一干不三不四的哥儿们在街市上找点儿刺激，譬如说收点保护费或者替人出头收债。父亲察觉后，在"百忙之中"抽出时间，带着秘书和警察把我从网吧找回，不容分说地把我绑起来关门暴打，一边打一边骂着："哼，我堂堂县长，竟生出了你这号不肖子孙，你让我没面子，我就让你受受皮肉之苦！"我说："你越对我非打即骂，就越拴不住我的心！"父亲挥起棍棒雨点般地落在我身上。我不会屈服于父亲的淫威。我反而有些得意，哼，你就逞能吧，县长的儿子是个混混儿，你有什么逞能的？最后，父亲完全绝望了，说我不是可造之材，任我自生自灭。

说实话，我常年在社会上混着，做父亲的怎么也放心不下。他凭借手中的权力，给我谋了一个油水好的工作，可我已习惯散漫受不了那份拘束，就在单位上挂了名领着一份空饷，重新回到如鱼得水的"江湖"……父亲自此撒手，只是告诫我别玩昏了头，别把小命玩丢了。

蔡云龙和我父亲相识，并不是我从中牵的线，我母亲在中间起了很大作用。我母亲跟蔡云龙的娘蓝草莲是堂姐妹，两家说起来还是亲戚。黑头，你在广东坐牢期间，我父亲由副县长转任县政法委书记。当时蔡云龙替人讨债打伤了人，负案在逃。他那娘三番五次地求我母亲帮忙把案子撤了，我母亲念在亲戚分上，对父亲吹了不少枕头风。父亲本是一个极重乡谊的人，便出头替他摆平了此事。蔡云龙没事后，自是少不了投桃报李的，一来二往的关系就更紧密了。就这样，父亲因为包庇蔡云龙而结下"友谊"，这份奇妙只有他俩心里清楚。父亲知道我跟蔡云龙很熟，有一次我们三人在场，他对我俩说：

"云龙，我是没有办法管我家麻超了，只要他不搞出大乱子，我是睁一只眼闭一只眼啦。他在社会上混着，可少不了你这个老大哥的关照呢。"

蔡云龙连连说好。

红尘黑焰

我却感到有些不自在，而且，冲着父亲这席话，我有些瞧不起他，身为县政法委书记，怎会要一个黑道人物关照他的儿子？姑且不说我父亲的政治立场、理论水平如何，你这样说话，不是向他示弱吗？蔡云龙能关照我什么哩？不过，话说回来，他对我关照可真到家啦！要不是他的关照，我岂能当着他的面沾上了毒瘾——由于一次酒后放纵，我在蔡云龙注视下，大大咧咧地吸上了大麻——我不就觉得好奇吗，可为满足这种好奇心我付出了血的代价。一开始，我没把这事儿想得那么复杂，可事后他那诡谲的笑容，让我怀疑他是存心把我拉下水！

麻超，你深受其害，可为何乐于当蔡云龙的马前卒呢？我望着视频电话里的阿超，有点儿幸灾乐祸。

黑头，你哪里知道，染上了毒瘾就像被人牵上了牛鼻子。那时，蔡云龙开始贩毒，而我父亲不知不觉中成了他的保护伞。我分析，他俩之间少不了利益交换呢。他像被蔡云龙灌了迷魂汤似的，心甘情愿受其摆布。我对蔡云龙笼络政法官员的惯用伎俩可谓心知肚明，送钱、送古玩字画等艺术品，然后就是性贿赂……反正投其所好呗。父亲哪里知道，他庇护黑恶势力的事，街头坊间早有人向上级部门举报，但上面有人帮他说话，纪检监察部门也没把他怎么的。蔡云龙遭到通缉后，他以为还能像从前那样寄望我父亲出手帮忙，但父亲已帮不了他啦，他是泥菩萨过河自身难保，眼下想避嫌都来不及，哪能帮他呢。蔡云龙认为我父亲不愿替他出力，开始迁怒于我父亲，不时寄上几张偷拍的照片——那是我父亲跟别的女人鬼混的镜头，倘如没有下文，就会派人在我家大门插上一把匕首。面对蔡云龙步步紧逼，我父亲决定孤掷一注，他想让我雇请杀手，寻找适当机会把蔡云龙"做了"，他说只有杀了他才能永绝后患。一荣俱荣一损俱损，父子俩应该休戚与共，保全父亲也就是保全自己。我在江湖上寻找杀手的消息被"大头猿"知道。他是蔡云龙的忠实死党。他这人，有着狐狸一样的狡猾、狼一般的凶残。他发出江湖追杀令。从此，我在武陵山地亡命逃窜。

与此同时，我父亲也被"双规"了。

父亲被"双规"后——一开始几天，他的口风硬着呢，只当一件件证据摆在案头他才坦白。当初，我上天堂界那一阵子，我还寄望着"他没事我才安全"呢，可我下山落脚禹王坪镇时得到暗线消息，说我父亲被刑事拘留了——他是那一带的知名人物，几乎没人不知道这一悲剧性结局。唉，父亲，我那高高在上的父亲，把自己给玩进去了，他那刚愎自用的个性、贪得无厌的欲望最终断送了一生前途。

唉，黑头，那种东躲西藏的日子真是不好过啊！从天堂界下山后，我在禹王坪镇上的一家私人旅馆住下了。我成天关在房间，不是"打冰"就是睡觉，我行囊里装的冰毒足以供我吸食两个月。肚子饿了就泡上一盒方便面——我把这种速食面买了一纸箱放在房间里。住到第四天，我打算离开禹王坪镇，去安定城郊区找个房子先住着，以便跟城里那帮同伙联络。那天半夜过后，皓月当空。我背着行囊走出旅馆，一上沧浪溪后街就被人盯上了。我急欲摆脱追杀者，拼命往国道线上跑。跑过溪边土堤，前面的稻田里站起一群人，打头的那个人发话了：

"麻超，看你还往哪儿逃？"

这是"大头猿"的声音。面对这个冷面杀手，我知道死期已到，但仍心存侥幸，说："老哥，请看在往日兄弟的情分上放我一马吧，我把所有的家业奉送给你，只求饶我不死。"

月光下，他向我慢慢逼近。那张跟体型毫不协调的大头完整地呈现在我面前，他的眼睛发出阴冷的光束，忽闪忽闪地折射着阵阵肃杀。

"麻超，你说得好轻巧，我放了你，怎么向龙哥交代？我们好不容易才找到你，就不可能随随便便放过你！我收了龙哥的赏金就要为他效力，正所谓'受人之托，忠人之事'。麻超，十八年后又是一条好汉，黄泉路上你走好！"

"大头猿"身后闪出几个壮汉，箭步上前将我扑倒。我挣扎着跌入稻田。我势单力薄的，哪是他们的对手。我被按住拖到土堤，"大头猿"将一

红尘黑焰

根麻绳往我脖子上一套,再也没有松手……

唉,我死了,被蔡云龙这个黑道流氓推下万劫不复的地狱。昔日道上朋友演变成了敌人,个中的是非曲直只有我和蔡云龙知道。这个社会充斥着光怪陆离的一面——如果说,我跟蔡云龙等一干黑道混的人是社会中的毒瘤,那我父亲呢,他的问题又出在哪儿呢?作为一个出身贫困的农家子弟,怎就堕落成千夫所指的腐败分子?这是他的文化底蕴、道德素养欠缺?还是其他什么别的因素?还有,作为父亲,管教孩子的方式也值得商榷,高兴时抱着偌大的儿子亲个不停,似乎捡了件稀罕物似的;如果在外惹出什么事端,非打即骂,嫌弃着视如敝屣。我是独生子女,我任性,在上一辈人众星拱月的呵护中,不辨东西南北,不辨是非。现在我终于明白,在孩子的成长阶段,他们的价值观以及是非辨别能力还未定型,做父母的是不能由着他们任性的!我没有刻意贬低父亲的意思,我只是站在儿子的立场作一个客观的评价。况且,眼下我身处地狱变成了一个厉鬼,儿子的角色也是在阳间的事儿,它已经成为过去时。所以,我所说的关于父亲、关于自己的话题就权当是鬼话吧。

我对麻超打手势,本想对他说上几句。可他那张死灰一般的白脸,瞬间消失在视频电话里。

7

那天,章正畅在建材厂用砖块拍伤天门盖,劳教所内部医院的医生给他清理好创口,包扎后就被方管教直接关进了小号。小号设在一楼,一间大房子被分隔成若干小间,面积狭窄。但要命的是没有采光的窗户,白日里也照着一盏明晃晃的电灯。人关在里面不是写检查、学法律就是面壁思过。章正畅被关了三天禁闭出来,方管教把我叫到办公室,郑重其事地说:

"犸黑头,现在有个任务交给你,希望你协助帮教章正畅。你是319监舍的室长,跟他同住一个监舍,朝夕相处,从侧面了解了解他的思想动态。"

红尘黑焰

我能担负起这样的重托吗？这段时间来，虽说章正畅对我友好了许多，但要说多么知心那也未必。我不想辜负方管教的信任，便答应了他的请求。

　　一天吃过晚饭，章正畅站在监舍里的内阳台上，隔着铁窗向外眺望。我走过去拍拍他的肩膀，说：

　　"'骡子'，想家人啦？"

　　在监舍里，我一般叫他的绰号，他也叫我的绰号——有时会省略了地域属性彼此"骡子""蛮子"地叫着。章正畅破例地点点头，算是打了个招呼。

　　"'骡子'，论年龄我俩不相上下，而且都出自农村，在中国社会阶层中农民是最苦的。应该说，我俩应有不少共同话题的，要不说说自己的过去，或者聊聊家常？"

　　章正畅咧嘴一笑，说："'蛮子'，身处中国农村——吃苦是必不可少的，可以说，这是当农民的宿命。"

　　他饶有兴味地看看我，我打出的这张苦情牌似乎赢得他的同感。于是，我说起了我的苦难童年，在我父母离异后，我变成了爹不疼娘不爱的弃儿。十四岁进城后，混迹于街头，打架斗殴没个正经。成年后去滨海市找工作，却由于没办理身份证屡屡被拒，后来莫名其妙地进了收容站，被老乡花钱赎出后，参与抢劫关了三年，一出来遭人算计染上毒瘾……折腾几年后，这不，自个儿要求进的劳教所戒毒呢。我还对他说，我俩之间曾经发生打斗，我有不对请他心里绝不要有什么芥蒂，我愿跟他把手言欢。

　　章正畅真的抓住我的手用力握了握，我的人生际遇似乎引起了他的共鸣。他沉思一阵说：

　　"黑头，说实话，这些天来，我感觉到了你的善意，许多时候是我不对，但我不是针对你这个人的，如今的世道人心让我失望到了极点！好，不说这些，'蛮子'，你知道我最羡慕你什么吗？不知道吧！那我告诉你，春节前过小年那天，我们319监舍的人，都看见了你跟你堂客在冰雪天相拥而行的情景。当时，你们夫妻俩走在对面的通道，一个室友发现了把监舍的人全招呼出来，我们看到了一对令人羡慕的恩爱夫妻，我带头向你俩挥手致意——那一幕场景

红尘黑焰

让我感动莫名。"

"是的,'骡子',我老婆的贤惠真是没得说的。我自愿来戒毒,就是不想辜负她。"

"是啊——你待在劳教所,有个女人却不顾天寒地冻、千里迢迢地跑来跟你过节,'蛮子',你该有多大的福气哟!可是,你哪里知道,曾几何时,我和我的堂客也有过这等恩爱的,我俩青梅竹马,长大后结成夫妻,她的美貌、贤惠,在我老家可都是出了名的……只是后来,我去了沿海一带打工,没隔多久,就听到老家过来的人传出风言风语,说她完全变了,变化之快让我不敢相信。"

章正畅终于向我敞开了他的心窗。我不知道,他自暴自弃的根源是不是缘于这段往事。我说:

"男人说起老婆,真是别有一番滋味在心头!"

他有一种不吐不快的感觉,向我打开话匣子。

谁说不是呢?在打工地听到有关我堂客的议论,说她喜欢上了别人,我哪儿会理睬别人的非议呢,我对自己的堂客还是蛮有信心的。我们在老家的浪漫爱情谁人不晓?一个跟老公百般恩爱的老婆怎会突如其来地喜欢上别人?到后来,和我一起打工的乡亲反倒什么都不说了,他们的嘴巴似乎被谁贴上了封口胶全都失语噤声一般。我察觉出了其中的异常……果然有一天,母亲打来电话,支支吾吾说我老婆好久没回家了,我问得急了,她就说"采篱被村支书带到外地考察去了"。堂客姓童,采篱是她的名字。我父亲从母亲手里接过电话,气冲冲地吼道:

"正畅,你堂客跟村支书睡了、跑了,你到底回不回来?"

父亲愤恨难平的话,让我倍觉事情紧急。放下电话,我跑到火车站买了一张返程票,连夜赶回老家。

回家后,走进我们小两口的睡房——我俩结婚有三年了吧,而那张"囍"字一直张贴在床头墙壁上,它褪色了,从前的深红已经泛白,这是否意味着我俩的爱情亦变了颜色?这张"囍"字见证了一对小夫妻的百般缠绵万般恩爱,可现在人去楼空，我那漂亮的堂客去哪儿了？睡房中，那些温馨的场景在我眼前历历再现，哦，采篱，我亲亲的堂客，你怎能放下十多年的感情，这般绝情地弃我而去，难道你受不了独守空房的寂寞，然后受到那个淫棍支书的胁迫才跟他走的？如果是这样，我一定不会怪你的，只要你回来，我仍然愿意陪你守在乡村，男耕女织也好，夫妻双双外出打工也罢，我俩再不分开了。就是那个给我戴上"绿帽子"的村支书，只要他不再纠缠我的堂客，我也愿意放下对他的敌视。我无意招惹他，实际上也惹不起他，我想清清静静地跟我老婆过日子。我关在睡房里冥思苦想了三天三夜。父母和隔壁邻居都认为我疯了。我知道我没疯，我只是在等待，等待堂客回家。一个星期后，我堂客还没回来，我跑到村部报告她失踪的事。

村部距离我家约两公里，那栋办公楼占据着这条小街的黄金地段，一楼的铺面对外出租，一年能收上十几万租金。二、三楼的办公区依次排列着村支书、村主任、秘书、妇女主任、民兵营长兼治保主任等村干部的办公室，然后是市场、民政、林业等分门别类的专管员。我找到妇女主任，那是一位风韵犹存的中年女性——多年前，就有传闻说她这个妇女主任的位置是向村支书出卖色相得来的。我对她说：我堂客童采篱被贼人拐走了，我是来报案的。妇女主任语带双关地说：

"你去找村支书，兴许他知道你堂客的去向。"

"不是说出外考察去了吗？"

"回来了，今早回来的，你问问他，不就什么都清楚了。"

我找到三楼尽头村支书办公室。面前这个头发有些谢顶的中年人，从我记事起就担任着城郊的村支书，他是我的本家，按辈分我应该叫他叔叔。我说：

"你是叔，不是畜，怎能带着侄媳四处跑？"

村支书板着面孔吼道：

"章正畅，你说话可要负责任的，我堂堂正正的共产党人，有自己的党性原则，怎会带着良家妇女四处跑？"

这腔调我好像在哪儿听过，只不过想不起是在哪种场合。我说：

"不错,你是管着一两千号人的村支书。而你的所作所为,还不如一个普通的老百姓。你睁眼瞧瞧,哪有一个平头百姓带着俚媳满世界跑的?"

"章正畅,请注意你的说话方式。你不要在我办公室撒野。我明确无误告诉你,我没占你的堂客!你若不信,快回家看看,她应该好好儿待在家里等着你哩!"

我闻言一怔,骂了一句:

"狗日的村支书,你还说没带我堂客出去,你怎么知道我堂客在家里等我?好,我先回去,这事儿还没完!"

村支书自知说漏了嘴,强装正经:"章正畅,你别骂人,你堂客跟你玩失踪那是她自己的事儿。你找不到自己的老婆是你的无能。回家看好童采篱,别让她跑了。你再来这里生事,别怪我不客气!"

村支书明摆着知道我堂客去向的,我找他要人,他却反咬一口说我闹事。但我克制着,我想:堂客回来就好,只要童采篱回来了,什么怒气怨气都烟消云散了。我一心记挂着我那漂亮堂客,匆忙离开村部,在村道上飞跑着进了家门。

堂客果然回来了。我回屋时,她正在房间里清点衣物。我从后面抱住她,痛惜不已。

"采篱,你刚刚进屋,又准备离开,难道你真的变心啦?难道你忘了当初的誓言要弃我而去吗?我俩说过,无论贫穷、富贵都要相守一生的,你这是怎么了?你这样不告而别独自离去,让我怎么相信爱情?"

童采篱没回头看我,用力扳开我扣在她腰肢上的十指,将几件衣服折叠好放进行李箱。我再次抓住她的手,她那手背扑簌簌滴落着几滴眼泪,泣不成声地说:

"正畅哥,对不起,我背叛了你……我长年独守空房,受不了冷清,耐不住寂寞,我做了对不住你的事……你忘了我吧。"

"采篱,我不怪你,就是你做了对不住我的事,我也不怪你。是我把你一个人扔在家,没有好好关心你……我俩重新来过,我会疼你、爱你,从此不再分离!"

"不可能啦,回不去了……我在城里已经联系好工作,明天一早就去上班。"

"什么工作?难道不可以跟我一起外出打工吗?我托人正在替你联系工作

呢,两口子在一起,彼此有个照应……"

童采篱摇头再摇头,似乎什么话也不愿对我说。

"要不,我跟你去城里,只要天天看见你,就是再苦再累我都乐意。"我有些急了,抓住她的手,活怕她像滑溜的泥鳅一样跑掉。

童采篱甩掉我的手,提起行李箱转身就走。看得出,她的去意已决,也无意让我陪在她身旁。如果说在此之前,她的几滴眼泪让我窥见到了她内心的柔软以及对我们夫妻情分的一丝留恋,那么她的转身,让我看出了她的冷血。

我回过神,疾走几步追到门外,冲着她喊了声:

"童采篱,你是喝了绝情汤咋地?不过半年时间,就像换了一个人似的,难道你要把我俩十多年的感情忘得一干二净?"

我一边喊一边朝她追去。五月的田间小道,满地的泥泞牵绊着她的双脚。我跑过去抱着她,她扭动身子一心只想摆脱我,我像一块糯米团子黏连着她就是不松手。童采篱的情绪就像火山喷发一般,歇斯底里吼叫着。眼见无法掰开我的搂抱,她把行李箱狠狠丢在稻田里,然后拖着我在满是泥洼的田埂上艰难移步,脚踝、腿肚,甚至膝盖上全是黄泛泛的泥水。田野间的乡村公路开来一辆小轿车,缓缓行驶着不停摁着喇叭,似在提醒童采篱有人来接她啦。她突然张开利齿朝我的手背咬了一口。我气愤不过甩了她一巴掌。她哭号着拼命反抗,两人摔下稻田缠斗,一棵棵过膝的秧苗被踩进水田里,彼此的身上也沾满泥水。车上冲下来两个人,拉起她越过田埂。我深一脚浅一脚地奔上去要跟他们干仗。其中一人挡在我面前,指着我的鼻梁威胁道:

"小子,识相点儿,我只是奉命行事。如果你觉得委屈,就找那个当村支书的叔叔说去吧。"

童采篱上了小轿车。车子启动,我在车后奋力追赶上去,疯狂拍打着小车后备箱。小轿车加速时喷起的青烟呛得我直打喷嚏。我不依不饶地往前冲,暗暗给自己鼓劲:

"堂客,我不会让你从我手中溜走的!如果你去了城里,我就沿着大街小巷地找；如果你去了天涯海角，我就满世界地找！你等着，童采篱，我一定会找到你的！"

小轿车猛踩油门绝尘而去，把我和我的誓言抛在风中。

我堂客说她在城里已经联系好一份工作。依据这信息，我来到县城。我揣着打工赚来的辛苦钱，沿街沿巷地找了半个月。可找来找去，媳妇没找着，反倒让我沾上了毒瘾——我找老婆来着咋就迷上了毒品？车站、码头、商场、歌厅甚至按摩房，我都去过，就是找不到童采篱，反倒误打误撞进入一处涉毒场所。一些相识的人纷纷给我提供她的信息：有的说她被老家的村支书包养着租住在城里，我看不见她，可她随时随地掌握着我的动向；有的说在一家KTV歌厅看见过她，明里在歌厅坐台背地里做暗娼……各种不堪入耳的议论，像一柄柄看不见的利剑刺向我。我越来越气馁，只得借助毒品填补心中的空虚。我的狼狈只有自己知道。我迁怒于老家那个村支书，你想想农村人找个堂客多不容易，他家里有老婆、外面有情妇，为何还要打童采篱的主意？什么狗屁玩意儿，你要不是披着村支书这件光鲜的皮囊其实比我好不到哪儿去！我忽地冒出一个阴暗念头：我要做一面锦旗送给老家的村支书，上面不着一字就画上一个挺拔的阴茎……当我举着这面锦旗走到老家村部，还没走上村支书办公室，就被村治保主任带着几个人逮了个正着。他们说我吸毒，还患上了精神病，就这样把我送进了黑鸭塘劳教所。

章正畅的眼睛冷森森地让人可怕。我说："可以肯定地说，那个村支书伤害了你，而你自身毕竟吸上了毒品，这才是送你进劳教所的理由。再说，你表达诉求的方式也不对，你向上级机关举报村支书不就成啦。"

"乡里、县里我去得多啦，可他们推来推去的，把个简单事儿搞得很复杂，我们平头百姓想讨个公道真是不容易呢。"

我不知道该怎么说服他。也许，对他而言，任何安慰的话语都是廉价而苍白的。虽然，我没能完成方管教托付给我的事，但至少，我还是赢得了章正畅的信任。或许，此时此刻，唯有倾听，才是对他最大的安慰。

非同寻常的友情——胡红心来信

黑头：

　　你好！

　　你在劳教所待了差不多一年半时间吧。我写上这封迟来的信，也一并奉上迟来的问候。

　　从哪儿跟你说起呢？哦，还是从一个夏日的上午说起吧，有位少年赤条条地坐在安定城边的漓水大码头。碧绿如洗的河面上，机帆船、乌篷船、小舢板以及下行的木排，往来穿梭。临码头一侧停泊的货船，装运沙料、石头，也卸下粮食和农用物资。少年坐在码头上望着南来北往的船只，一望就是大半天。有时坐得累了乏了，一个猛子扎进水里，睁着眼看见自己的身子像一尾大鱼在游动。浮出水面就到了河中央，他挥动双臂就游到了对岸。他要走过河滩，看看那座张开一道天然石洞的高山。站在河边不同地段，那石洞的形状也在发生变化，有时它是一弯新月一柄镰刀，有时它又变成一枚巨大的鹅蛋，这世界真奇妙，那万丈危崖构成的坚固屏障，咋就现出可供飞机从容穿过的巨型山洞？平日里，那些清风、云朵、飞鸟啊从洞中穿过，那么一个神奇的去处，吸引他去看看。涉过湍急的溪流，攀越陡峭的山梁，终于到达那道巨大石洞。这石洞的高度少不了一百几十米吧，宽度和深度也不下三四十米吧，顶部石缝挥洒着星星点点的雾雨，传说中，哪个孩童要是沐浴了这梅花飞雨，日后赶考就会中状元的。这个少年没上过几天学堂自然没机会赶考中状元，他一路走来浑身燥热只想好好洗个天然淋浴，根本没把这传说当回事。正前方是层层叠叠的山外山，身后是漓水河谷和那个宁静安闲的小城。再往前走是绝崖……那不是只能回去了，回到漓水河边的那座小城，回到那个叫大码头的小巷？他不想回去，可前面的万丈悬崖又不得不回去……这个少年不甘心在大码头长期待着,某一日突发奇想,趁着船工没注意悄悄上了下行的货船。泊船时,那位好心的中年船工发现了好水性的少年并且接纳了他。他对船工说:他要顺着这条水道去看大江大湖,当然能去看大海自是再好不过了。两个人一路有说有笑来到河流的终点。这漓水河浩浩荡荡一头汇入大湖,完成了作为一条河流的使命。可他还想走远一点儿,站在高堤上,前方是烟波浩渺的大湖,似乎永远看不见它的尽头。再过去,是莽莽苍苍的天幕,没有开启一扇门一扇窗。终于,他在船工不耐烦的呼喊声中,飞身跳上那只逆水而行的货船,没过几天又回到漓水大码头。他生于斯长于斯,这辈子命中注定属于大码头。既然走不出去,不如守在这儿讨生活吧。

很快,他变成了那条街上臭名昭著的坏小子,还相继认识了蔡云龙、麻超、安财等街头少年。后来,蔡云龙成了他的老大,皇诗珊就是老大对他敢打敢拼的"奖赏"。随着接触面的扩大,他在一次团伙火并中认识了犸黑头——现在你该知道这个少年是谁了——他就是我,我就是那个名叫胡红心的少年郎啊。有一次,我们受雇于包工头去建筑工地驱赶对手。面对全副武装的警察,我掏出一把火枪朝他们瞄准,是你及时制止了我,从而拯救了我。如果不是你出手,我枪膛里的子弹会飞起来,射过去不是死就是伤的——这袭警的后果我是知道的,即使没判死罪也得把牢底坐穿。我跟一干狐朋狗友在江湖上混啊混的,最终把自己给毁掉了。与人结怨后,我被仇人挑了脚筋落下终身残疾,我不知道这是福还是祸。我双腿废了,彻底退出江湖,在大码头摆了三尺鞋摊,依靠给别人修鞋擦鞋过日子。我没觉得脸上无光,也没感到多大压抑,我反而觉得离开江湖是我这辈子做得最正确的事。离开了蔡云龙,让我及时脱离了他的魔掌,这也意味着我脱离了苦海。哎,这时间过得飞快,如今我已经三十多岁,每天坐在大码头擦鞋补鞋的,从容淡定地看着奔波忙碌的路人,就觉得这样的日子是受到老天眷顾才会有的。我非常享受这种自食其力的生活。这一辈子我只能守在大码头了,或许这是我的宿命,从少年开始,我左冲右突

红尘黑焰

只想离开此地，可最后，我的身体像被一对铁链箍住似的，动弹不得。我不能去远方看风景，对未来也不抱过高期望，所谓精彩人生那都是别人的事儿。这并没有什么不好，我乐意这样待在大码头，一生一世，直到有一天老得什么都不能干了，就会从这街头消失。

黑头，回过头来再说说皇诗珊的事……

我知道，你对这个女人的感情是复杂的，爱过恨过，什么味儿都有……不瞒你说，我也是。但在蔡云龙眼里她不过一个玩偶，她被"赏赐"给那些对他具有利用价值的人。在这里，我告诉你一个秘密：当初，皇诗珊刚出道时，蔡云龙就是拿她当见面礼送给麻超父亲的。她在情色欢场中把自己毁了，声色犬马乃至毒品的侵蚀，把她的血髓榨干了，也掏空了她那饱满、丰润的身体，变成一个没有灵魂没有思想的空空皮囊。她曾经对我说过，说不定你也听过这句话：她的生命里只有一个男人，那就是在情侣峰下遇见的北京画家，她把她的初夜献给了她，那一夜情对她影响深远。蔡云龙抑或麻超，你或者我，都不是她想要的菜！哪个男人为她伤神真是大可不必，你一厢情愿地对她表忠心，可她心中压根儿就没你这个人的席位。她在玩弄男人，男人也在玩弄她，她在游戏人生的过程中染上了艾滋病。开始，医生不忍告诉真相，她从他们闪烁其词的话语中预感到自己得了绝症。她平静地接受了这一现实。她没有亲人，住院后找出一本通讯录，上面记录着上百个相好旧识的电话，她照着记录本上的号码一一拨过去，可对面要么是无人接听，要么就是空号，虽然有人接听了，但一听到是皇诗珊打来的求助电话赶忙挂断了，再拨过去就被设置为"你的客户不在服务区无法接听"云云。她几乎要崩溃了……那天，我在漓水大码头的鞋摊忙着补鞋，我身后的小超市传来那位店主的叫唤："胡红心，有电话。"我没钱买手机，即使买了也交不起话费，所以，对朋友熟人留着小超市的电话。我拄着双拐走到相距不过三米的小超市，拿起电话一听，听筒里传出皇诗珊泣不成声的哭音。我说："你等等，有话好好说。"她说她住在医院，死期将至。我说你别急，我收拾一下鞋摊，马上赶过来。

我叫了一辆的士急忙赶到医院。我见到了骨瘦如柴的皇诗珊。当她看到我拄着双拐出现在病房门口，号啕大哭。我不停安慰她，她也总算安静下来，气息悠悠地对我说：

"胡红心，我做人太失败啦，几乎打遍了昔日旧友的手机，可接通的却是你留给我的公用电话。我不怪他们，要怪只能怪自己。这是对我荒谬人生的绝妙讽刺！"

我说，你别想那么多，等治好了病，重新开始生活。

她苦笑着，说：

"艾滋病，能治吗？这妙手回春的医生还没出世呢。我自知来日无多，还是把后事安排一下吧。"

皇诗珊是患了绝症的病人，在医院只能做保守治疗缓解缓解症状罢了。可医药费却在大把大把地烧着，她那点积蓄乃至我所提供的微不足道的资助，经不起这般毫无意义地烧钱！可出院后，一个行将就木的人能往哪儿去呢？乡下老家是回不去了，她的父母死后，家里已没亲人可以投靠，唯一的姑妈嫁进城里，后来两姑侄又断绝了关系。回那套租住的公寓吧？按当地风俗，一个外人死在公寓只会招致房东的反对。总不能让她耗在医院等死吧……我在大码头附近有套老房子，那是残障父母去世后留给我的两居室，如今我一个人住着，何不腾出一间让她有一处栖身之所？我放下鞋摊上的生意，把她收留在家中悉心照料。这样耗了两个月，她的身子宛如一张薄纸，她已经灯干油尽了，时不时昏迷着游走在黄泉路上。生命弥留之际，她指了指那只行李箱，让我从里面抽出一张画作。我打开一看，那是一幅以情侣峰为背景的风景画，画面中有位少女的肖像——她问我那个画中少女像不像她？我点头称是。她的嘴角露出一丝凄美的笑意，费了好大的力气指着画作左下角的署名，说：唉，就是这个"小鬼"，在情侣峰下的那个山崖，夺走了我的童贞和一生的感情！一夜之间，我像在秋千架上，一时抛上高空一时坠落地面，他悄悄走了，我再没看见那个让我堕落的"小鬼"。你想想人的一生有多奇怪，就那么一次偶遇就完全改变了我的人生。现在，十多年过去，从前的"小鬼"也变成"老鬼"了吧。胡红心，千万别笑话我，也别说我傻，好多年前我冒出一个想法：我要把这幅风景画当面还给他……我要走了，我想拜托你帮我完成这个任务，如能见到他，你就说："皇诗珊还了他的画，请把她的爱情还给她。"我点头应允了她的请求。皇诗珊释然一笑，情绪变得有些兴奋，这是人们常说的"回光返照"吧？我在她的手腕上把脉，那儿已经没有血液的流动，气若游丝。她用留恋的眼光看看我："胡红心，我提个要求，最后的……我身上还剩一百元钱，你帮我搞一点'白粉'，让我吸一口就上路。"我没理会她，说："你别碰毒了，就是走了身上也别残留毒素，走得干干净净的……你看这样好不好，我到外面的小卖部买一瓶红酒，我和你对饮一杯，送你远行。"皇诗珊莞尔一笑："吧，不错的主意，这杯酒，就当你是为我饯行……"她催促道："快去呀，快……"我挂起双拐，急匆匆走到门外的小卖部。当我拿上一瓶红酒回到皇诗珊身边时，她已经死了。我一手扒拉下皱巴巴的眼皮，将那灰暗的眼睛闭合，然后，把那瓶红酒洒在她的尸体前，就当是献给她的祭酒。

黑头，作为一个曾经混迹于江湖的人，无意向你灌输所谓的"理念"，我只是向你说出我的前世今生以及皇诗珊的生前死后。如果你能从我或者皇诗珊身上，吸取一些教训悟出什么道道儿来，那自然再好不过了。在这里，我只能对你说一句：黑头，三十而立，正是人生的火样年华，我希望老朋友走出阴霾，活出精彩。

胡红心

2009 年 3 月

8

上午七点半，黑鸭塘劳教所的全体人员来到食堂，在管教们的监视下，每十人围成一桌，从食盆里抓起馒头投进自己的嘴巴。饭桌上的食物被一扫而光。食堂外，有人吹起哨子召唤大家集合。然后，方管教走到队列前，宣布工作任务和劳动纪律。

他说，今天，所有劳教人员外出务工，具体地点是刚动工兴建的城市公园，其中一部分人平整场地，另一部分人开挖臭水沟。他还要求大家服从管教，不得消极怠工、不能寻机逃跑等。然后，一个领导模样的人底气很足地喊了声"出发"，停靠在场院门口的货车发出轰鸣声，劳教人员在管教们的监督下，列队走向那焊接着铁棚子的大货车。

规划中的城市公园，位于这座现代都市的东郊。滨湖的荒滩上，堆满了各处运来的建筑渣土和生活垃圾，原先平平整整的一块地儿变得坑坑洼洼、污水横流。几百亩土地上，几辆挖掘机吐出冷硬的铁舌子，挖土夯基。有几段需要人工作业的地方，被天蓝色铁皮板隔离开来，划出范围供劳教所的人施工。工地入口，由几个管教把守着，几百人从这窄窄的通道鱼贯而入。进入工地后，分成两帮人马朝各自的作业点走去。319监舍的人负责开挖臭水沟。这道水沟原是作为城市的排污设施建造的，流经垃圾场延伸到湖边。但时间一长，有的地段由于护坡坍塌造成淤塞，还有临湖一侧的下水道被泥土和垃圾覆压着，几乎看不见这条水沟的流向。我们进入指定位置，在管教们监督下，清理土石、淤泥及各种堵塞物。由于所在的工地，临近烟波浩渺的天通湖，湖风卷起扬尘和地面上的废弃物，与水沟里的污泥浊水汇成腐臭刺激味，在荒滩上流动。一些人捂住口鼻，一些人咳嗽时捶打着胸脯。章正畅将铁锄抵在腰间，朝那些站在一旁监视的管教低声骂了句：

"狗日的劳教所！"

随着施工进度的加快，原来垃圾横陈、淤泥四溢的荒滩出现一条水沟的雏形。我和章正畅一个持镐一个执锄，相互贴近着，往通向湖边的下水道掘进。我的衣裳没有一处不被汗水淋湿。章正畅则置身在凹凸不平的泥石堆里，挥起铁锄往前掘进。与往常不同，他不叫不闹出奇地安静。这个不安生的主儿，今天的表现怎么这么好？我对他咧咧嘴表示赞许。前面一堵石堆的下侧，一股浑浊的水流在那儿形成旋涡，这说明那里正是下水道的流向。章正畅将注意力集中在这处作业点上。我则挖掘水沟右上角的一堆蚁丘。沟底旋流产生的潮湿水气冉冉升腾，在周边隔成一道气罩。我感到口渴难耐，便向管教请求舀一碗茶水来喝。我朝工地上的茶缸跑去，咕隆咕隆喝了个痛快。当我回到劳动岗位，下意识地朝章正畅干活的地方看了一眼，散乱的石块，横在地面的锄头，人呢？我痴愕愕地望着旋涡处那一尺见方的洞口，心里止不住一阵阵发紧：噫，这条臭水沟通往天通湖不过咫尺，难道章正畅循着下水道逃跑了？我只觉得头皮发麻，把锄头拄在地上，腾出左手拍了拍后脑勺，扯开嗓门叫道：

"方管教，章正畅不见啦！"

接着，有人在我身边喊：

"我看见他跳进下水道溜啦……"

方天骥意识到事态紧急，从荒滩高处跳到水沟底端，对着旋涡处的洞口傻傻望了几秒钟，洞口残留着人身覆压的痕迹。他不由得倒吸一口冷气，一把夺过我手中的铁镐，用力一刨，洞壁哗啦啦掉下覆盖着的泥土，露出高过人头的下水道。从下水道的这头望过去，可以看见另一端的湖面。一向从容镇定的方管教连珠炮地追问那个目击者："你看见他进了下水道，为何不马上通知我？他这是逃跑！逃跑！"他赶紧吹响哨子，带着哭腔呼叫道：

"章正畅跑了，章正畅从下水道跑了……"

在工地上巡查的管教闻讯后，哨声大作，一路吆喝一边冲往惊涛拍岸的湖岸。接着湖边传来两声枪响——这是虚张声势的鸣枪示警还是真的发现了章正畅？城市公园建设工地一片混乱。监守在现场上的管教挥舞警械，把一干劳教人员驱赶到工地上的固定区域，原地待命。这时，数辆警车一路鸣响警笛呼啸而至。工地内外，更多的警察拥向这片工地。那个早上宣布"出发"的劳教所领导，向大家下达了提前收工的命令。接着几辆铁棚子货车开到工地围墙的出口，在警方的协助下，劳教人员分别登上坚固而牢实的货车，返回到黑鸭塘劳教所。

当天下午，全体劳教人员在小礼堂集合，接受"整训"。章正畅脱逃事件，给黑鸭塘劳教所带来的震荡还在持续发酵。我不知道他的最后结局，到底被抓住了还是脱逃了。一个月后,我离开了劳教所,临走之前一直没看到他现身。

◎链接:

来自地狱的独白——忘情皇诗珊

黑头,你好。你能听得见我的声音吗?我是皇诗珊。

哦,是你……皇诗珊,你好。上次扫黄打黑,你不是被当作三陪女和吸毒人员抓走了吗?

是的,我也看见你了。从围观的人群中,我发现了你那惊慌失措的眼神。我被关进看守所后,在警方例行检查中,查出我不仅吸毒,血液中还含有艾滋病病毒,他们给我办了取保候审,进入专业医院开始了漫长的治疗……

啊?

皇诗珊穿一件黑色披肩出现在一幅视频截图中。她拖着长长的婚纱,从漫天血雨中走来,一对酥胸流淌着血水,婀娜的身姿由小及大渐渐膨胀,直到覆盖整个画面,视频中仅留下一张樱桃小口。我惊魂不定地说:

"皇诗珊,你从哪儿冒出来的,那一副怪模样叫人害怕。"

"嘿,你哪儿知道,现在,我患艾滋病死了,一个死人能从哪儿来?从地狱里来呀。我在这边受到阎罗的刁难,偷偷跑出来给你打个电话。我要和你讲讲活在人世时的一些小插曲,讲讲那个一夜之间把我塑造成女人的画家'小鬼',讲讲发生在我和不少道上好友间的情事。"

"哦,是这样。"

"黑头,我先得跟你套套近乎……曾经一度,你是爱过我的,可我言语放浪冲撞了你,我承认是我不好。你认为我唯利是图,活脱脱的妓女嘴脸,你这样看我我能理解,很多时候我真是这样的人。请原谅我的失礼,在这里我向你道声对不起!说真的,你的正义感是我欣赏的,许多时候你也非常懂得体贴人,对生活也不乏热情,读的书不多,可在社会上闯荡悟出的道道儿也不少……总之，在我的生活圈子里，你是能跟我说知心话的人。在我苦闷或者迷茫时，我把你视为最佳的倾诉对象。"

"所以有人说，社会是个广阔天地，人生的大学堂呢。"得到皇诗珊的表扬我难免有些飘飘然。

"我悲剧的一生，缘于北京来的画家'小鬼'，也就是上次我带你去情侣峰说的那个故事主角。我对他珍爱一生。因为有了他，谁也无法走进我的内心。蔡云龙是'小鬼'之后的那个男人，认识了他，我的命运就跟他联系在一起，我变成他的玩偶，送到一个又一个男人怀里满足他们的兽欲。我陪过肥头大耳、大腹便便的政府官员，不瞒你说，麻超父亲正是其中的一员，他们父子俩都上过我的床。当年，我青春貌美，这是我生活的本钱。当然，我和那些争强斗胜的黑道好友也没少睡，我不说他们的名字你也知道，这些人以跟我睡觉视为荣耀。而在我这里，他们全是一路货色，无一例外的嫖客嘴脸。"

"诗珊，你这样游戏人生，有谁会对你动真情？"

"黑头，你这话说得差矣，你们男的又有几个痴心汉？就说那个'小鬼'吧，我记得，你曾经对我说过：你如此爱他，何不跑到京城去找他？是的，他是一个有名望的画家，要找到他并不是一件很难的事儿。可是，他一去不回头，我不能确定'小鬼'一定是爱我的。他若真的爱我，为何迟迟不来看我？我呢，也不愿贸然前去北京找他，因为，一个少女的自尊心不容许她这样做。蔡云龙出现后，我堕入风尘，但我始终怀着一种期望，这辈子我总能见到'小鬼'的，我留着那幅风景画，同时也把这个人烙在心里。后来，无论我变得如何势利，我从来没打那幅画的主意。即使患了绝症无钱医治的情况下，我也不愿出售那幅画作。我看过电视上的拍卖节目，'小鬼'那幅画少说能卖个几十万吧？可我觉得，这画是我跟'小鬼'的爱情物证，也是我将来去北京见他的敲门砖。我一直不相信他是始乱终弃的那种人，他没来看我，一定是迫不得已。我等啊等的，让美好愿望成了一场遥不可及的梦。我在等待中滋长着恨意……"

"诗珊，你对他痴迷了这么多年，你难道不明白，他哪是爱你，他是毁了你一生呢！"我替她感到不值。

"唉，现在，我得怪病死了，灵魂正满世界飞呢。我终于有机会去北京找他了。'小鬼'一去十几年，至今杳无音信，我必须找他讨一个说法的：你是一位具有社会知名度的画家，你不能就那样奸了我的处子之身、玩弄了我的感情，让我长期处于绝望中！我的魂魄在飞——循着'小鬼'身体里的独特气味，我来到这座北方古都的小胡同里。两面墙下涌来许多穿红着绿的窈窕淑女，他们对我指指点点，嘻嘻哈哈。我说我来找'小鬼'，我有他的爱情信物。我很豪气地拿出那幅风景画，说画面中的少女就是我。那些女孩不无鄙夷地说：'那是画吗？咦，什么知名画家？潦草几笔涂鸦之作，拿它当擦屁纸我还嫌脏！'我说，你们不能这样辱没'小鬼'的，尽管时间久远，只要他肯见我，我会让他想起我、想起情侣峰下的那一夜……她们一齐笑道：什么'小鬼'，什么那一夜啊？你以为那是多大的事儿，你给他献了处女血，满心里全是旧情未了的闷骚，你以为找到毕生的真爱，可到了他那里，只有情色、肉欲、游戏人生——我们只是他所玩的无数游戏中的一个，你跟他谈情就如同对牛弹琴。我说，既然来了，我无论如何要向他问一个明白，我定要撞进去见他一面的。我穿过小胡同，来到一座四合院。一间临窗的画室，一位长发披肩的男子，正神情专注地作画，看背影我就认出他是'小鬼'，虽然他的头发白了不少，但我仍然喜欢他那一如马鬃般奔放的发型。我畏畏缩缩叫了声'小鬼'。他一回头把我吓得不轻，他的面部没有五官，如同一张扁平的白纸，这是怎么啦，难道他没脸？要么，他本不是那个让我朝思暮想的'小鬼'？可他又是谁呢？一个无脸的人就一定是没有廉耻的人，如是这样，莫不是什么坏事都做得出来？这时，两个白面红冠的武士，好像是我在哪儿见过的，他俩手执腰刀跃身而起，大喝一声：'皇诗珊，你竟敢逃出地狱，阎王派我等前来捉拿你！'我说，你们一定搞错了，要捉也该捉'小鬼'啊！哼，上阎王簿的只有皇诗珊没有'小鬼'，再不走，就将你碎尸万段！我心有不甘，蹲在地上哭啼:你们不能这样颠倒黑白、是非不分的！就这样,我又被打回十八层地狱……唉,黑头,你比我幸福多了,至少你还活着,有夫妻之爱,父子之亲。在这里,我还要对你啰唆几句,你在劳教所戒毒,不是做给谁看的,是为了做好自己,让未来人生更有乐趣和尊严,让庸常的生命更丰满更有价值。黑头,为给爱你的人以信心,为了将来的美好生活,奔跑吧！"

皇诗珊从视频中走向黑暗,前面是阴森恐怖的地狱。紧接着,那边传出凄厉的惨叫——皇诗珊坠入深不可测的地狱。我既害怕又有点儿庆幸,我曾被魔鬼附身,距地狱仅一步之遥,如没来黑鸭塘劳教所戒毒,我就跟安财、麻超、皇诗珊等人的结局一样。现在,我在经历一场生死劫后,逃离地狱的边缘,重返人间走上阳关大道。

9

2009 年 7 月,我劳教期满那一天,叶山鹰兑现诺言,来黑鸭塘劳教所接我回家。我已彻底戒掉毒瘾,以全新的形象站在她面前。我整个人神清气爽的,全身上下充盈着青春活力。在劳教所大门口,她带着久别重逢的喜悦,旁若无人地抱住我。我轻轻说:

"我没让你失望吧？"

"哦,这么精神抖擞的人儿,才是我要的黑头。"她一脸开心的样子。

"如果没有你,我哪有今天。"

我说的是真心话。想想两年前初进劳教所,我的身子像散了架一样虚弱不堪,来了毒瘾一把鼻涕一把泪的,惶惶不可终日,那个大烟鬼形象现在想来都有些害怕。好在噩梦结束了,一切都过去了。

"是呀,一切都结束啦。我们的新生活刚刚开始,走,黑头,我俩回家吧。"

第六章

变 脸

1

　　为保护景区环境,天堂界镇对蟹甲峪一带的旅馆客栈实行拆迁,我回家看到的红叶山庄已夷为平地。岳父张乐号一家搬出原住地,在安定城郊落了户。我父亲犸正立回到禹王坪镇上养老。母亲覃玉珠和继父向楚晟心安理得地生活在茅花河畔那片竹林里。我的朋友胡红心呢,我去漓水大码头看他时,他一如往常守着三尺鞋摊儿补鞋、擦鞋,一副知足常乐的神情。亲朋好友们各得其所,让我既感到安慰也为之振奋。

　　那段时间,我经常在老家禹王坪走动。我发现,枫树岗村的红薯远近闻名,如利用好这一资源,搞个红薯深加工项目应该大有可为。通过考察,我把可行性方案说给叶山鹰听,她觉得这个项目具有极大的成长性,说服父母拿出第一笔启动资金以支持我——他们理所当然地成为红薯粉丝厂的大股东。我把厂址设在撤并后的枫树岗村小,资源、用工就地产生,老百姓受益良多,从而得到村支书兼村主任蔡云安以及乡亲们的鼎力支持。项目上马后,我拉着叶山鹰吃住在厂房,工作在厂房。不到两个月,红薯粉丝厂投产,并重点推出"枫树岗"精制粉丝这一品牌。经过一段时间的磨合以及市场培育,它以自然清新的品质、纯正独特的口味赢得消费者的青睐。从此,我的生活翻开新的一页。面对我的巨大变化，乡亲们一致认为：这些成绩的取得，离不开支持我干事业的叶山鹰，直说她是"给了犸黑头第二次生命"的人。

红薯粉丝厂距母亲住的地方不过一箭之遥。那天忙完厂里的事儿，我带上叶山鹰前往对面的竹林看望母亲。乡村公路上衍生出的小道连着蔡云龙的家，与之毗邻的是继父向楚晟的平房。在茅花河这片开阔的水湾，蔡家二层小楼显得格外耀眼，无论外观还是内部装修，都在有意无意地炫耀着这户人家的财大气粗。秋天的黄昏，蔡云龙的母亲蓝草莲坐在轮椅上，背后的场院空落落的，一缕残阳映照着她那油腻的脸，一对白眼仁对着天空发愣。我走到轮椅前叫了一声"大娘"，她那深陷的眼窝空转着，裂开干瘪瘪的嘴唇对着我傻笑。母亲曾对我说过：蓝草莲有点儿装疯卖傻！她说出理由证明她的疑点：好多次，蓝草莲拄着拐杖来到丈夫的坟头，在那山岭上一待就是大半天，哭哭啼啼的，流露出真情。如真是疯子，哪会找得着丈夫的埋藏地。按说，母亲的疑虑是站得住脚的。眼下，我无法窥探到这老妇人的内心，也无从知道她是真疯还是假疯，但对她的境遇还是抱有同情心的。蓝草莲注视良久，仿佛弄明白了眼前站着的人是谁，伸出大拇指嗷嗷叫唤，然后用手指指场院上两只升上半空的红白氢气球，两手做了个砍杀的动作。这时，她女儿蔡樱樱从小楼走出——这个老处女常年在家照顾母亲，自然懂得她所要表达的意思，于是，对我们掩饰道："哦，黑头，山鹰，你们不必上心的。我母亲这人，谁不知道她精神不正常，见了客人，总要说些莫名其妙的话。来，进屋坐。"她说的客气话，我没接受邀请，只是抬头望望氢气球，它的体积比一柄太阳伞略大，在微风中飘荡，发出噼噼啪啪的声响。我不明白一个乡村人家的场院怎会垂挂一红一白的氢气球？蔡樱樱看出我的疑惑，说："不就为了满足我娘的好奇心嘛！"她不愿多解释，转身推着轮椅往小楼里走。我觉得蔡樱樱有点儿反常，但也没把这事往深处想。

我跟母亲说起蔡家场院里的那对氢气球，她一听就来了兴趣：

"这蔡家母女的确有些神秘，连我们这种一墙之隔的邻居也像防贼似的。那一红一白的气球，是今年春天才有的，当时蔡家来了一个男的，蔡樱樱自称是她的表弟。我第一次见那人就有种似曾相识的感觉，那双凸出的眼珠像是在哪儿见过的，可没几天，那中年男子消失了，再也没来过。"

"娘，这些年，就没听说过蔡云龙的消息吗？"

"没……这些年，派出所的人没少到过蔡家，里里外外查了好几遍，反正从那小楼里没找到什么值钱的东西。几年过去，蔡云龙活不见人死不见尸的，无影无踪。今年春天，他家来了个陌生男子，进屋后几天没出门。我问过蔡樱樱，她说来人是她的'表弟'。你评评，哪有'表弟'来了不出门的？不知那人是什么时候走的，反正，从那时起，蔡家场院升起了那对氢气球。"

母亲的一席话，让我心中的疑团更重啦。回厂里的路上，我对叶山鹰提起蔡云龙，她一听到这名字便有了紧迫感。好多年啦，他从人们的视野中销声匿迹了，就像人间蒸发似的再没现形。这个来历不明的"表弟"会不会是蔡云龙的翻版呢？

事不宜迟，当天晚上，我决定找村支书蔡云安谈谈。他的年龄跟我不相上下，复员军人出身，因为为人诚恳，勤劳务实，办事能力强，回来没几年，便被选为枫树岗村的当家人。由于平时相处随便，我对他实言相告：

"云安，你没觉得蔡云龙家里的那对气球有点儿奇怪？"

蔡云安回答了我的疑问，而且还说起新掌握的一条线索。

"据我了解，蔡樱樱那个'表弟'值得怀疑。那对红白氢气球也很反常，这样长时间挂着，不符合乡情民俗。前不久，禹王坪镇王书记、镇派出所张所长领着公安局分管刑侦、缉毒的副局长李珉玄来到村里，向村委会传达了一个非常震惊的消息：根据警方掌握的情报，今年春天，一名代号叫'牛魔王'的人从中缅边境过来，潜伏在枫树岗后山红狐岭一带。那片山岭上的溶洞极有可能隐藏着一处制毒窝点。至于'牛魔王'与蔡云龙是什么关系，警方还无从知道。"

我有一种预感——这事绝对跟蔡云龙脱不了干系。至少，那个"牛魔王"对红狐岭的地形是熟悉的，要不咋知道山上有溶洞？而蔡云龙土生土长，熟悉地理，况且在"金三角"接受过专业培训，熟谙毒品制作技术和生产流程，

红尘黑焰

完全具备开设制毒厂的条件。

"云安,对蔡云龙,还是注意点儿为好。眼下要做的,要提醒乡亲们尽量不去红狐岭打柴、狩猎,以免发生伤亡事件。"

"黑头,谢谢你的提醒,我会赶紧向上反映情况。"

"蔡云龙诡计多端,对他要有足够的警惕性。"

"好的。不过,几年前,听说他在村里放了口风,说你犸黑头多次举报他涉毒,一直怀恨在心呢。"

"举报坏人坏事,是每个公民的义务!"

"黑头,话是这样说,但还是注意点儿好。"

"好,我会保持警觉的。"

2

红狐岭出了"牛魔王"——这消息在枫树岗村不胫而走,这个名字所带来的震动是不言而喻的。"牛魔王"几乎成了恶魔的代名词,有家长吓唬哭泣撒泼的顽童:"你哭,你疯,看'牛魔王'不把你叼了去?"那孩子立马止住哭啼,左顾右盼地只怕那个魔怪近身把他叼走。有时,它像一阵瘟疫拂过原野,在田间地头,或者溪涧茂林,只要哪个爱恶作剧的人叫一声:"'牛魔王'来了!"那些劳动中的人们像中了邪一般撒腿疯跑。他们希望那些前来搜山的警察和基层干部、民兵早日抓到"牛魔王",让这个偏远乡村回归安宁。

在枫树岗村,有一家人,不,应该说有个女人一直在忐忑不安中度过,她,就是蔡樱樱。她知道山上那个"牛魔王"是谁。那个该死的家伙不是别人,正是她那整形易容的弟弟——蔡云龙。弟弟上红狐岭已有半年时间,临行前安装这对红白氢气球作为联络暗号。他告诉姐姐,说要去红狐岭上隐藏一年半载,而今却传出那山上有一处制毒窝点,难道弟弟是其中的主谋?蔡云龙天不怕地不怕的,凭姐姐对弟弟的了解,这事儿绝对与他脱不了干系。她不明白弟弟为何干这种龌龊事!唉,虽说弟弟欺骗了她,但谁叫"牛魔王"是蔡云龙,而蔡云龙又是她唯一的弟弟呢?她哪有不担心弟弟生死的?

村支书蔡云安带着镇政府的人来过蔡家,他们开始怀疑"牛魔王"跟蔡云龙有关联。蔡云安曾向她问起"表弟",她谎称"表弟"是网上认识的"朋友"。当问及"朋友"的身份信息及其他情况时,她无法自圆其说,便笼统回了一句:

"一个素昧平生的网友,你觉得靠谱吗?嘿,连我自己都不知道他的真实身份。你们别问啦,就当我蔡樱樱遇上一个骗财骗色的男人啦!"

蔡云安当即正告她:"蔡樱樱,你要注意自己的立场。知情不报、包庇罪犯是要承担法律责任的,你要对自己的行为负责哟。"

蔡樱樱坚信镇里村里的这些人是来诓她的,想要从她口中套出弟弟的消息,没门!她才不会听他们说教,搞什么"大义灭亲"呢!

蔡云安一行人走后,她赶忙来到场院上的那对氢气球下,将那只红气球泄了气,软瘪瘪地放下了地——蔡云龙上红狐岭时升起这对氢气球,并和她约定:两只氢气球同时飘在空中,意味一切平安;如果降下红气球而留下一只白气球,那意味着家中红色预警;如红白气球双双降落,则说明危机四伏,风险很大。当时,蔡云龙对她说:为避免引起警方怀疑,我不能给你打电话,也不能发短信,我只有通过观察红白氢气球的升降来了解警方的行动,以此来确定我到底能不能回家。他还说:未来有一天,不管回家的路有多危险,终要回来看看娘的!即使死也要死在母亲面前。唉,这个不省心的弟弟,所造下的罪孽把自己彻底葬送了。

很快,从红狐岭传来消息,警方组织力量搜查了这山上的最大溶洞——神仙洞,但没找到"牛魔王"的下落。这就是说,他没在神仙洞,而是躲在另一处溶洞或者别的什么地方。不过,警方在搜查过程中还是发现红狐岭有人出入频繁。最后,他们抓获一个自称是徒步者的人,经过严格审问,发现他是一名贩毒人员,此行目的地是红狐岭下的螺蛳洞。原来,制毒团伙在神仙洞制造有人出没的假象,借以转移警方的视线。当即,各处警力向茅花河谷汇集,择机向红狐岭一带形成合围之势。

3

回头说说"牛魔王"吧。

那年,一纸通缉令使蔡云龙在国内没了立足之地,得到地下贩毒集团的接应,去"金三角"做了换脸手术,取了新名叫"牛魔王"。之所以取这个名字,或许跟他喜欢看《西游记》有关,书中那个法力无边的牛魔王连孙悟空都怵他三分。今年春天,受毒品暴利的诱惑,出于侥幸心理再次回到阔别五年的枫树岗老家。那次,走进家门把蔡樱樱吓了个半死,他一口一声说是她弟弟蔡云龙,而姐姐偏偏不信,考证了好大一会儿才确信眼前这个中年男子真是她弟弟。倒是母亲从来人身上嗅出了儿子的气息,见了他嗷嗷怪叫着,有一点生分有一点儿排斥。蔡云龙回家后有了个新身份——"表弟"。邻舍向楚晟覃玉珠夫妇在屋后竹林小道上碰见他,就奇怪蔡家怎会有这样一个陌生人出现?不过,没过几天,在黑夜掩护下,蔡云龙上了红狐岭,接着,"大头猿"等一帮骨干力量从各地陆陆续续潜入螺蛳洞。

螺蛳洞里十多个人只有"大头猿"来自本地,其他的全是"金三角"的贩毒集团从全国各地招募而来的,有的是精于制毒工艺的专业技术员,也有身负命案、手上沾满鲜血的武装贩毒分子。蔡云龙在这帮手下面前作了不少伪装,平时,他头上戴着黑色遮阳帽,把那头发稀疏的秃头遮掩得严严实实,一只大口罩蒙住口鼻,整个面部只露出那双阴森凸出的眼睛——"大头猿"从这异于常人的眼睛认出了他。还有,他的声音也变不了,上次,征召"大头猿"上红狐岭时接到的奇怪电话,他听到话筒里传出的嘶哑嗓音就知道对方是谁。他一口叫出"龙哥"而对方也没否认。现在,这个熟悉的嗓音在耳边回旋许久了,那个人不是别人,正是眼前的"牛魔王",而"牛魔王"又是……"大头猿"恍然明白他的老大蔡云龙出于保命,竟把那张脸皮给换了。有一回,两人聚在一起,"大头猿"自诩是他的心腹,朝这个蒙了半张脸的人突然叫了声:"龙哥!"顿时,对方眼里发出一道弧光,由白及红,这是"大头猿"久已习惯的眼波。"牛魔王"不声不响的,照准"大头猿"的脸狠狠甩去一巴掌,打得双眼直冒金星,并发出一声低吼令人为之胆寒。

"'大头猿',你给我记好了,在螺蛳洞只有'牛魔王',蔡云龙已从人世间消失了,如果再听到你叫'龙哥',你只有死!"

"好,我记住了,在螺蛳洞,你就是至高无上的'牛魔王'。"

4

最近,蔡樱樱被警察盯得紧哪。前天,她接到传讯去了禹王坪镇派出所,县公安局副局长李珉玄直言相告:蔡樱樱,你正游走在情与法的天平上。不错,蔡云龙是你亲弟弟,但他也是警方通缉的犯罪分子。若知情不报,你就触犯了法律。所以,大义灭亲才是你的唯一出路!嘿,又是"大义灭亲",在生活中,她这个做姐姐的从来都是为弟弟遮风挡雨的,她才不会出卖亲弟弟呢。警方反复审问,蔡樱樱要么说些不疼不痒的套话,要不摆出一问三不知的态度,就是不肯说出事情真相。由于警方没找到她包庇蔡云龙的确凿证据,到最后也只得把她放了。况且,蔡家还有一位疯瘫老娘需要照顾,于情于理都不能留置她。

前几天,蔡樱樱听村民议论,说警方在茅花河上游捉到一个形迹可疑的人,这人自称是户外运动爱好者,经审讯,哪知是上山提货的贩毒人员,这是否意味着弟弟的行踪要暴露啦?上红狐岭前夕,蔡云龙在自家场院升起那对红白氢气球,以作为联络暗号来窥测警方的动向。这不,一有风吹草动,蔡樱樱便降下一只红气球,昨日又放落了那只白气球,这在明白无误地告诉蔡云龙:山下风声正紧,风险莫测。

蔡樱樱分析:蔡云龙通过观察那对红白氢气球的升降来判断警方的动静,这刚好说明蔡家小楼应在他的视线范围内,这预示着他有可能隐藏在茅花河岸的台地——她那死去的父亲,还有父亲的父亲都安葬在那片荒野中。前几年,弟弟将父亲和祖父的坟墓整修一新,砌了石碑,刻了墓志铭,并且安装了高大的墓庐——弟弟在向祖先表达孝心的同时，也为有一天藏身于此做准备。如果弟弟有朝一日突出重围，真会藏在那片乱坟岗吗？

　　说起来，父亲的死与弟弟密不可分。蔡云龙十八岁那年，因小偷小摸被抓，被捆绑在禹王坪镇上公开示众，这消息像风一样传遍了枫树岗村。他父亲蔡七、母亲蓝草莲带着蔡樱樱从干活的稻田抽出双脚，急匆匆赶往两公里外的小镇。蔡云龙五花大绑地被捆在小街的香樟树下，面如土灰。蔡七见了儿子，全身像通了电流一般怔怔站着，这份羞辱是他有生以来从未有过的。蓝草莲直往土台子上冲，想上前扑打她的儿子，被两个看守扯开后，不慎跌倒在地，衣服蒙上一层灰尘，索性坐在地上骂起这个不争气的儿子。天生内向的蔡樱樱蹲在街口啜泣。生性要强的蔡七有些绝望，朝儿子喷了一口唾沫，仰天痛哭："我的崽，从今往后，你让我这个要面子的老头儿如何在乡亲们面前立足啊？"这件事对蔡七的打击是毁灭性的，这位视名誉如生命的农家汉子回家后上吊死了，这种悲剧性结局让枫树岗的全体村民措手不及。蔡家发生这场变故后，蓝草莲也似乎出现了精神异常，有的乡亲说：她是被那不争气的儿子气疯的。有的甚至猜测，她在怨恨丈夫蔡七不该这么决绝扔下她，让她孤独寂寞地度过余生，还拖累女儿没法嫁人。还有人说：她没疯，她是无法面对乡亲们异样的眼光，只能假装犯迷糊……她到底疯没疯，只有蓝草莲自个儿清楚。接着，蔡云龙被判了三年徒刑，押解到省城监狱接受改造。刑满释放后，他没回老家枫树岗，索性破罐子破摔，在安定县城笼络了一二十个少不更事的小青年，混迹于市井街头，招摇撞骗。后来，有一段时间，在外地流窜多年，做的坏事越来越多，以至于覆水难收。

　　蔡樱樱站在楼顶，望望茅花河岸的那片台地，捂住扑通直跳的胸口，进退两难。她想上蔡家墓园打探打探弟弟的动向，又担心被警察发现，那些便衣不是躲在田埂上就是藏在土丘后。村支书蔡云安还组织群众上河堤、山野巡逻，大有打一场人民战争的阵势。还有，邻人之子犸黑头也盯着她的一举一动，这小子似乎跟弟弟结下梁子而存心为难她！蔡樱樱被警方以及蔡云安犸黑头他们明里暗里盯梢着，要想上蔡家墓园一探虚实，哪有那么容易？

关上门，蔡家母女抱头痛哭。母亲对女儿的心境似懂非懂，做女儿的倒是非常明白母亲的苦楚。或许，蓝草莲的精神状况没那么糟，只是儿子让她蒙羞，就当没这个儿子一样。前些年，儿子还能回家时，她厌恶他，也不愿跟他交言，她倒觉得，儿子真要死了，她还省心一些。蔡云龙也不跟娘计较，仍一如既往地孝敬她。对这个家，他背负着良心债，他想尽可能提供一些物质上的帮助向家人赎罪。自打儿子被通缉，蓝草莲彻底封闭自己，就此断了与外人交往的兴致，每天坐着一张轮椅，说些颠三倒四的话，打着令人费解的手势，给外界的印象是这老婆子疯掉啦。乡亲们了解蓝草莲的境遇，不免摇头叹息：唉，那蔡家祖上多好的门风啊，竟一朝毁在蔡云龙那不肖子孙手里。

偶尔，疯疯癫癫的蓝草莲也有清醒的时候。但她宁愿糊涂也不愿清醒，这不争气的儿子乃至这个世道人心都是不想看到的。当然，母亲身上发生的这些细微变化，自然瞒不住蔡樱樱，做女儿的也无意戳穿，睁一只眼闭一只眼，听任母亲沉湎于孤独的情境中。刚才，母女俩相拥而泣之后，发乎内心的悲凉情绪似乎得以释放，蔡樱樱打开大门，回身推着轮椅上了场院，蓝草莲一眼看见乡村公路上走来蔡云安等一行人。她的喉咙发出咕嘟声，打手势叫女儿赶忙往后撤。她回到那间宽敞精致的大厅里，重重关上大门，把世界隔绝在门外，但纷繁的思绪和虚妄的灵魂永远封闭不了……她叹息一声，门外就传出咿咿呜呜的说话声。

5

蔡云安带着县公安局副局长李珉玄去了红薯粉丝厂，叫上我来到乡村公路。

早前，李珉玄和我打过几次交道，也知道我和蔡云龙曾在道上混过。这次，他想通过我摸摸蔡云龙的外貌特征及日常生活特点。

我们沿着乡村公路边走边聊。我把自己所了解的蔡云龙说给李珉玄听。

蔡云龙头发稀疏，那张面无血色的脸青筋暴露。不过，最形象的还是那双眼睛——在黑夜里发出贼亮贼亮的光，跟山地红狐的眼光非常接近，看上去十分阴冷。蔡云龙还有个特别之处，那就是他的潜游技术非常出色——他要逃生，最终走的路还是水路。

李珉玄说：如果他的头不秃了，脸也不是那张脸，他还是蔡云龙吗？

我说：无论蔡云龙怎么变，他的眼神和声音终究变不了的，就算他改头换面，我也能认出他。

"犸黑头，你来分析一下，红狐岭上的'牛魔王'有可能是蔡云龙吗？"

"说实在话，我无法确定。但我知道'牛魔王'与蔡云龙一定有瓜葛。只有见了面，才能辨别真伪。"

大家走在乡村公路上，你一句我一句地谈论着蔡云龙。这时，我意外发现蔡家场院没了两只红白氢气球。

"快看，那对红白氢气球消失啦。"

一行人的注意力迅速投向蔡家场院。

"真的，昨天，我还看见那只白气球在飘。"这是蔡云安的声音。

"那对红白氢气球要传递出什么信息呢？"李珉玄若有所思。"如果'牛魔王'真是蔡云龙，氢气球应该在他的视力范围，他可能在红狐岭上的某个山岭注视着山下的动静。前几天，蔡樱樱降下了一只红气球，昨日又放落了白气球，这明摆着是在发出什么暗语，难道这是向观察它的人发出警讯？"

大家觉得李珉玄的分析很有道理，也明白这对红白氢气球确实大有文章，如果确是蔡云龙上山前设下的，那么可以认定红狐岭上的"牛魔王"就是他！

临别时，村支书蔡云安说要约上几名村干部去茅花河一带守候几天，我表示愿意放下手头活计一同前往。李珉玄肯定了我们的正义行动，然后就下一步行动交换了意见。为麻痹对手，警方决定收缩战线，将红狐岭一带的搜山人马撤到禹王坪镇的各个交通路口，以观察"牛魔王"的动静。李珉玄还告诫：村干部自发组织擒拿匪徒，风险很大，还是以盯住蔡樱樱为主，如"牛魔

红尘黑焰

王"真是蔡云龙的化身，姐弟俩肯定会找机会见一面的。只要盯牢了她，离山上的目标就会越来越近。

我回到粉丝厂，对叶山鹰说起要去母亲家暂住，配合蔡云安蹲守在茅花河一带。我说，我怀疑"牛魔王"就是蔡云龙，如果他想从茅花河上岸，那么，继父向楚晟屋后的竹林小道是必经之路。

叶山鹰非常支持丈夫的正义之举。时令已是深秋，她给我买上御寒的棉衣和轻便的胶鞋、手电等，当然防身用的砍柴刀是必不可少的。叶山鹰以妻子的细致入微，为丈夫参与捉拿"牛魔王"做着行前准备。

6

警方在茅花河一带撤除警戒，这个行动是做给"牛魔王"看的。但他们并没闲着，一方面在山上设置暗哨实地侦查，一方面出动无人机在红狐岭一带进行地毯式搜索。"牛魔王"眼见山下平静不少，决定派一名马仔下山打探虚实。前一阵子，他被山下的进剿行动逼急了，困守在山洞里，对外面情况一无所知。他明白这个方案极具风险，但眼下面临绝境，要想突围无异于自投罗网。但这样待下去也不是办法，洞里粮草缺乏，连通信设施都被警方严密监控着，他只能冒险寻找一线生机。

那名马仔趁着天黑走出溶洞，刚下茅花河，就被埋伏在河岸的便衣捕获。经连夜审讯，从马仔口中获得确切消息：一个自称"牛魔王"的人，正纠集一帮来自境内外的黑恶势力，以红狐岭苔原上的螺蛳洞作为据点，引进先进的制毒工艺，大肆制作、贩卖毒品。另外，安定县警方通过无人机侦查到了制、贩毒窝点的准确位置。他们兵分两路，一路由县公安局副局长李珉玄带领缉毒大队以及数十名特警，分乘三架直升机，在山顶苔原着陆，控制"螺蛳洞"入洞口，并择机进入洞内消灭"牛魔王"。另一路人马由公安局长坐镇茅花河谷，严密监视螺蛳洞背面的另外两个出口——百丈崖瀑布和缆车下站。据可靠情报："牛魔王"在这两处"一夫当关，万夫莫开"的绝崖派人把守，尤其是缆车上站，一直是毒贩们进出的主要通道，"牛魔王"将制成的冰毒打包后用缆绳吊装至下站，然后由蹲守在茅花河岸的"渔翁"或者"徒步旅行者"起运上船，在下游某个临时约定的地点交割完毕，由贩毒成员销往各地。

围剿队伍迅速到达螺蛳洞，在洞外的山石间排成半月形冲击队形。警察们举起高音喇叭，依惯例开始一阵紧似一阵的攻心战术。但这一招显然没起什么作用，洞内的武装贩毒人员占据有利地形，竟然朝外面打起冷枪，伤了两名特警。犯罪分子的气焰十分嚣张。李珉玄令人扔出一颗颗手雷，接着，密集而凌乱的枪声就在陡峭的红狐岭上响起。毒贩们居高临下顽强抵抗着来自洞外的一波波攻击。为避免打消耗战，李珉玄决定改变战法，调来喷火器封堵洞口。洞里的歹徒被浓烈的火势震慑住了，撤至深不可测的幽暗里。显然，他们把逃跑方向转往螺蛳洞的另外两道出口——这正是警方事先预想的结果，他们集结在茅花河一线张网以待呢。李珉玄带头冲上螺蛳洞，紧随其后的特警们保持警戒队形。他们打开探照灯往溶洞深处进行搜索时，发现一处弹坑里倒卧着三具死尸，其中一个死者的上腹被炸开一道血洞，血污从那里流出来尚未凝固，一排上牙咬着下嘴唇露出寒冷的白光。一块石板上躺着一名伤者，抱着一截血流如注的左腿哇哇哭叫。几名警员端着枪向那名伤者大声呵斥："缴枪不杀！"那人伤重身体虚脱，翻了翻白眼仁无可奈何地叹口气。一名法医对他的伤腿包扎完毕，李珉玄对他进行短暂审讯。那人一副"死猪不怕热水烫"的死硬做派，对他的询问一问三不知。李珉玄大喝一声：

"别装了，袁氏骏。我跟你没少打交道的……你还有一个绰号'大头猿'！"

"大头猿"曾多次被公安机关处理过，现场上的警察，没有几个不认识他的。刚出道时，"大头猿"跟蔡云龙、麻超等一起混江湖。后来，成了蔡云龙的死党并受其指使杀了同伙麻超。这个恶棍的草莽气在江湖上是出了名的。李珉玄对"大头猿"展开政策攻心，但对方抵触情绪严重，对审讯的人横眉冷眼的，没什么好态度。问得急了，他那额际宽大、下巴瘦削的怪脸歪斜着，咧嘴嘿嘿一笑，故弄玄虚地说：

"这里只有'牛魔王'，没有什么蔡云龙，这人已从世界上消失了，你们找不到了，找不到他了。"

李珉玄指着溶洞里的幽暗，义正辞严地说：

"醒醒吧，'大头猿'！搜山队伍已在山上山下、洞内洞外布下天罗地网，不管是'牛魔王'是不是蔡云龙，我们不会放过任何一个坏人的。"

"大头猿"的嘴角露出讥诮的笑意。李珉玄无意跟他枉费口舌，派人将其押走，然后安排一小部警力封堵洞口，其余人马向螺蛳洞纵深处挺进。警察们虽然携带照明设备，但为防备成为歹徒们的靶子而时开时关。探照灯关着时，他们高一脚低一脚地走着，仿佛走在黑色幕布上，每前进一步都是那么艰难。洞中泉水流动的声音越来越大，一行人在一处巨大的穹窿下停止前进。探照灯下，一座阔大的空洞有如地下宫殿。在这里，三条路线汇集于此，除了刚刚攻克的洞口，还有一条小道是通往洞内暗河的，另一条土石路通向洞外，一抹阳光正从那个方向射进来。这个地宫开阔平坦，隐蔽性好，而且具备充沛水源，凭判断，制毒工厂应该就在这一带。李珉玄作了简单分工，自己带人进入那条土石路。缉毒大队长则带着一部分人沿溶洞中的暗河展开搜索。

顺着土石路走了几十米就出了洞口，那座用作缆车上站的木房被付之一炬——这是毒贩们弃守而故意破坏掉的。洞外是壁立千仞的深壑。一片像鸭嘴伸出的石崖竖立着一架缆车，上方的石檐衍生出的藤状植物恰到好处地遮掩着它。两条缆绳沿着悬崖进入一片枫林滑向山谷。原来，制毒、贩毒通过缆绳传送，运到茅花河谷的接收点，再由乔装打扮的贩毒分子偷运出去。李珉玄拿出望远镜对缆车线路观察一番，没有发现犯罪分子的影子。看来，已成惊弓之鸟的"牛魔王"已经放弃这条逃跑路线。他打手机跟守候在河谷中的公安局长取得联系后，再次确认这伙人并没有潜下茅花河谷。这就说明螺蛳洞里仍然隐藏着不少匪徒，那么，能出去的通道也只有百丈崖瀑布这一条啦。一种莫名的紧迫感催迫着李珉玄，他安排人手蹲守缆车上站，返回螺蛳洞地宫,与缉毒大队长会合后另想对策。

在溶洞中搜查的人传出好消息:潜水员在一洼冷飕飕的水潭中起出十多个塑料包裹,每个包裹装着重量相当的白色粉状物,每袋大约五公斤。经现场技术人员鉴定:这些晶体是经过化学合成的冰毒。但生产设备及输电设施已被"大头猿"炸毁。李珉玄清点一下战果,除活捉五名制贩毒人员外,令他倍感挠头的是:"牛魔王"再次成为漏网之鱼。

通过审问被抓的犯罪分子,他们坚称"牛魔王"是在进入暗河后分手的。当时,他对手下的喽啰下达了最后一道指令:化整为零,走为上策。然后,隐身于一望无际的幽暗,像一条泥鳅那样溜走了。

有一个叫"猫头坤"的同伙,在政策的感召下,向警方坦陈:他不知道"牛魔王"是不是蔡云龙,但他听说"牛魔王"三年前做了易容术的。从那以后,他认得了别人而别人不知他的真容,就是熟悉他的人也只能凭借声音来辨别……而且,在这溶洞里,他头上戴着一顶遮阳帽,一只大口罩遮挡了大半张脸,整个头部只露出那双泛白透亮的眼睛,越是黑暗的地方,那光线就越刺眼。如果眼光发红,也就说明他要发火了,他要使出各种招式虐人整人啦……"长这么大,我从没见过有人长成这样的眼睛。"

李珉玄心里一亮:噫,这不是蔡云龙的特征还能是谁呢?他决定重新集结警力,除在地宫和缆车上站布置两个哨位外,大部精锐沿暗河扑向溶洞的另一端——百丈崖瀑布。

7

话说那天上午,"牛魔王"领着"大头猿"等十几个人,凭借螺蛳洞有利地形与警方展开武装对峙。战斗打得很激烈,当场炸死三名骨干,炸伤"大头猿"。当时,他本想枪毙断了左腿的"大头猿"给他赏个痛快,可他一再求饶,"牛魔王"才没杀掉这位忠心耿耿的死奴才。他带领同伙下了溶洞内的地宫,也就是制毒厂所在地。在这里,他对当前所面临的局势作出判断:那条建在深壑的缆车道，看似畅通便捷，实则凶险丛生，他知道警方的人马正在缆车下站守株待兔，走缆车下山无异于自投罗网。自从进入螺蛳洞制毒，他就着手做着全身而退的准备。他常在溶洞里转悠，熟知洞内的地势和路线，并在预先看好的藏匿点作了必备的后勤保障。所谓狡兔三窟，若在螺蛳洞待不下去了，他要想方设法逃出百丈崖瀑布，下一站要去的是蔡家墓园，他想等待逃生的机会。实在逃无可逃，他要设法回家看看母亲和姐姐。他处心积虑地做着这一切，就是为了来日逃生时用上它。在螺蛳洞地宫，"牛魔王"对下属作最后的道别：

"全体人员化整为零，如果有人能够逃出去，我们就在'金三角'聚首吧，我欠大家的人情，到时一并奉还。"

一伙人作鸟兽散，分头往螺蛳洞深处逃去。"牛魔王"抛开同伙，顺着暗河一侧的石径行走——虽然洞中怪石横陈，但顺水而下就能找到出口。他自小与水相生相伴，一如鱼儿见了水一样，他的生命立马变得鲜活起来。在暗河下游一处叫"乳头岩"的石缝中，他取出放在这里的潜水服、吃食和御寒衣服，还将那把勃朗宁手枪填满了子弹，这把枪是"金三角"的一个毒枭送给他的，他把它视为心爱之物，枪不离身。稍作休整后，他跳下暗河，沿着湍急的水流潜游到螺蛳洞出口——百丈崖瀑布。身后不时传来零落的枪声，他知道他的那帮兄弟跟警察遭遇上了。眼下，他是泥菩萨过河自身难保，他们是死是活已经顾不上了，他得赶紧离开这个是非之地。"牛魔王"一路跌跌撞撞，亡命奔突。说来也怪，置身于黑暗中，他的眼睛总能放出一抹透亮的光影，幽幽柔柔地划过前方的路。从前有人说，他是一只能发射怪异炬光的野狐狸，开始，连他自己也不相信这话，但时间一长，他察觉到自身确有这份奇异之处，入夜或者隐身黑暗处就能发出这束光芒。在这不辨东西、难分白昼的溶洞，他眼中发出的微光照亮了前方的空域。不知走了多久，一线光明在远处若隐若现，那是这条地下河的出口，水流在断壁间的绝崖形成白花花的瀑布，飞流直下三百米，汇入茅花河。

天色完全黑下来。"牛魔王"小心而大胆地开始了突围行动。瀑布边的古藤凌空垂落,断崖水雾茫茫。早些年,他在"金三角"做过无数次攀岩训练,由于身上披挂着潜水服,这额外的负重使他更加谨慎。飞瀑在前面三米开外的空域形成宽大的水帘,稀稀落落的水珠滴在头盔上。螃蟹、石蛙从头顶的石檐爬到肩上,他抖掉这些捣蛋的生物,跃身纵上石坎。瀑雨飞溅、石壁陡峭而湿滑,每迈出一步都要小心翼翼。在他短暂停留的间歇,他听见头顶上方有人打招呼,与茅花河谷的值守人员遥相呼应。黑夜里的百丈崖瀑布,笼罩着神秘的面纱,没有谁敢下石崖,只能发出山鸣谷应的呼唤来给自己壮胆。河谷里的探照灯冲着瀑布扫来扫去,但隔着密不透风的水帘什么也发现不了。"牛魔王"立在一根石柱后,解开身上的尼龙绳,再缠绕着石柱捆扎好,打了死结用力拉了拉,直到证实已经箍紧不会脱落时,然后腾空跃升,落点在下一级石壁上。在飞瀑和黑夜的掩护下,他像一只山猫在绝壁间腾跃,最后随着奔腾的水瀑落到茅花河的深潭里。

"牛魔王"从百丈崖瀑布下的深潭一气潜游二十里,像一个蛙人在水底游弋,逐渐离开搜山人马构筑的包围圈。"牛魔王"浮出水面已到茅花河边的一片沙洲,满目絮花在深蓝色的星空下飘飞。他脱下潜水服包上石块连同氧气罐沉入水潭。当东方天际泛起鱼肚白,"牛魔王"钻进河边的树林,荆棘划破衣服上毛茸茸的线头,锋利的芭茅草在他脖子上划出一道道裂口,他用手背擦了一下,顾不上疼痛向山腰台地攀爬。

台地上,荒草丛生,坟茔垒垒。到了祖父和父亲的坟墓前,"牛魔王"跪下给祖人行了礼,然后用力掀开镶嵌在两座坟墓间的石板,一道黑洞洞的墓室出现在眼前——那是数年前,"牛魔王"为这两位先人立碑时借机修好的,他明白自己犯下的罪哪一件都是死罪,他想逃避法律制裁才修了此处隐身之地。他曾经设想过,如果万不得已,他要在这里苟且一阵子,等待时机逃出去,直至活到安然老死的那一天。而且,他对母亲承诺过:只要她在,他就得活着给她养老送终。"牛魔王"一头钻进埋藏着祖父和父亲骨殖的墓道,如同一具僵尸直挺挺躺着。他不惜这般作贱自己,只为来日逢凶化吉留下一线生机。

红尘黑焰

这个"牛魔王",难道长了一对会飞的翅膀、冲天一飞飞到爪哇国去了?

李珉玄站在百丈崖瀑布上方,望着卷帘般的水瀑思忖着。

为抓捕"牛魔王"及其余孽,警方严密布控,分别在红狐岭、茅花河及周边路口、河岔设下封锁线,再远一点儿,在禹王坪镇的交通要道,也安排警力扼守。当地政府征调部分基层干部、民兵投入到围捕"牛魔王"的大会战中。从茅花河谷到红狐岭,各路人马展开地毯式搜查。警犬在溪涧、巉岩上跳跃奔跑,短促而激越的呼叫一如声声鼓点。头顶上的直升机、无人机沿原野、山梁、沟壑低空盘旋,搜寻目标。几天下来,警方擒获了数名犯罪分子,但始终没找到"牛魔王"的蛛丝马迹。从罪犯那里获悉,"牛魔王"身上有三部手机,但在警方实施定位追踪时全都处于盲区。为防止"牛魔王"蒙混过关,警方适时发布禁渔、禁猎通告,同时,在各个关隘、路口,加大盘查力度,仔细甄别每个陌生人的出入……可是,上千人马在茅溪河和红狐岭一带找了几次,就是不见"牛魔王"的踪影。

一队搜山队伍出现在蔡家墓园中。开始,"牛魔王"在墓室里听到一阵吆喝,急忙把脸贴上一道事先设计好的"猫眼",看见十来个人在墓地上活动,有牵着警犬的公安干警,也有肩扛木棒的基层干部、民兵。走在前面的是蔡云安,他手握一把弯刀,不时挥刀砍伏着小道两旁的野草。"牛魔王"半年前回家,就知道这个堂兄弟当上了枫树岗村支书兼村主任,他怎么带警察上墓园来了,难道他怀疑这里有情况? 不,不会的,当年修墓的工匠全是外地雇来的,施工时实行封闭式作业,一个外人怎会知道两座坟墓间设置了暗室? 那只警犬发出"唔唔、唔唔"的鼻音,围着坟墓转圈儿,一行人饶有兴趣地注视着它,寄望它指往一个明确的方向。但警犬在墓碑前原地打转,昂起头空吠几声,然后奔向丛丛野草中——或许那里有什么猎物更吸引它,它撒开四肢在山野上留下奔放的影子。蔡云安走了几步又停下,一脸狐疑地望了望这外观气派的墓庐,前面那伙人一再催促他,他扬起弯刀往墓园后的那片橘园跑去。想不到这个堂兄弟竟领着搜山队伍打头阵——这一行为勾起"牛魔王"的敌视。"牛魔王"暗骂道:

"狗日的蔡云安!"

在这座晦暗的墓道,"牛魔王"的眼睛射出的微光由白变红。

蔡云安等一众人走后,这片阴魂不散的蔡家墓园重归平静。那条羊肠小道的下端是茅花河,上端就是这片台地,两下相距不过一里地。顺河而下数百米就是那片青翠的竹园。竹林中的蔡家小楼和向楚晟的平房高下立现。"牛魔王"不无留恋地望望茅花河畔的青青竹园,蔡家场院上的那对红白色氢气球已经降落,出现这种异常信号,当是姐姐蔡樱樱向他点明危机四伏、不可回家的警示,这也说明她被人盯上啦,出行受限。但他希望姐姐抽身前来送点好吃的。这些日子,"牛魔王"寄生于这墓室中,关键是没什么可吃的东西。每到半夜,他实在饿不过了,就会涉险溜出墓道寻找吃的。坟墓前的薯地,在秋后成熟季节被庄稼人挖过一次,土疙瘩里埋着一些小红薯、根茎,他一一刨出后,用袖子揩了揩上面的泥巴,塞进嘴巴狼吞虎咽。撑饱了胃,他会去墓后橘园中的一处泉眼喝口水洗把脸,然后上高岭观望山下的动静。茅花河河面上有不少小舢板游弋,参加搜捕的人时不时对着河空吆喝,警方如此执着的守候,只为抓住"牛魔王"这个罪恶累累的毒枭!他不能掉以轻心,他必须马上返回去——像死人一样躺在漆黑的墓室。唉,这狭窄而晦暗的墓道真是让人泄气:在前半生冒险生涯中,他曾经多次身处绝境,但从没像现在这样走投无路。他隐隐担心:身陷这座晦气的墓道,会不会就此走向人生的末路?

十月天气略感清冷,"牛魔王"身穿夹克外加一件保暖衬衣,下身穿着绒裤,长时间没换洗,又脏又臭。现在,他已顾不得这些啦,他只希望蔡樱樱能够上山看望他,带点吃的穿的让他渡过难关。另外,他不放心母亲的病体,他想了解一下母亲的饮食起居。他知道姐姐素来心疼他,定会想方设法上蔡家墓园来看他的。可"牛魔王"没看到心心念念的蔡樱樱,却在不久后的一天,

红尘黑焰

一个熟悉而久违的面孔出现在他的视野……

　　一整天,蔡云龙都待在那个狭窄的墓道里,他唇干舌燥,全身酸痛,心里也憋屈着。落日时分,他爬出墓道,去墓地后面的泉眼灌了一肚子水,然后拨开丛丛蒿草,躲在一堵土坎后朝茅花河打望。他看见河堤上有一排人走动,七八个人手里拿着木棒,由自家屋后的竹林沿河岸上行。那伙人越来越近了,他仔细看了看,打头的还是那该死的蔡云安,他后面的那个人竟然是他蔡云龙最不想看到的人——犸黑头!他把头伏在蒿草中,把他们看得清清楚楚,而河岸上的人却看不到他。是的,是犸黑头,那个昔日同道,正随同蔡云安行走在茅花河边,东张西望的似在观察什么。他来这里干什么?难道他要再一次充当暗探,替警方追踪他的动向? 不不,犸黑头,你不能这样的,你一而再再而三举报我,你若这样无情无义,最好别让我再碰到你!他摸了摸那把勃朗宁手枪,双眼泛起红色光波,像远山残阳一样血红。他慢慢埋下头,像条滑溜溜的蟒蛇爬过小树林和草丛,像僵尸一样躺在黑咕隆咚的墓道里。

9

　　"牛魔王"没归案,枫树岗村的民间传闻就不会平息,给村民带来的恐惧就不会消失。有人说:前天半夜过后,从茅花河畔的台地传出狼嗥,声音高亢、凄绝,在山野和河谷中经久不息。有的说:那不是狼嗥,是野狐狸的哀嚎哎, 不是说野狐狸绝迹了? 嗯, 还没呢, 原野上, 它那发红的炬光射向夜空——这是野狐狸的红眼睛在闪烁。

　　蔡樱樱知道,在山地发出声声嗥叫的,不是野狼也不是红狐,而是她弟弟蔡云龙。他是通过这种声音向她暗示:弟弟成了一条孤狼,他等急了,姐姐快点儿上山看看他吧。可是,警方盯得紧呢,好几次,她下决心要到茅花河台地走一走,刚到河边岔路口,竟发现两个素不相识的年轻人远远跟着她,这些便衣埋伏在村庄和田野上——若要在这时候执意前往, 只会让警察把姐弟俩一锅端。每天，她困在蔡家小楼里，不时透过窗口观望着竹林里的动静，可她发现犸黑头竟住进了母亲覃玉珠家，不分昼夜地游走在屋后竹园至茅花河水一带，这也意味着，上山的路已完全堵死。

蔡樱樱对弟弟帮不了忙，这使她有点儿不甘心，她想给弟弟做些力所能及的事，即使以她的方式给弟弟提个醒也行啊。蔡樱樱决定冒险去茅花河岸走走，如果引得警察和蔡云安犸黑头尾随，她还可以对着山野唱唱山歌，向弟弟暗示一下她眼前的处境。

黄昏时分，下田干活的农人陆续回家。蔡樱樱走进屋后的竹林小道，沿着一条废弃的水沟前行四五十米，就到了茅花河。河边生长着一棵水桶粗的香樟树，浓荫蔽日。我正坐在树下垂钓。她刚露头就看见了我。蔡樱樱走上前主动打招呼："黑头，今天哪来的兴致，怎么想到在这儿钓鱼来了，如钓上了大鱼，别忘了分我一份啰！"我说："樱樱姐，今天，太阳从西边出来了，你终于肯跟我说话啦。我真要钓上了大鱼，自然少不了送草莲婶子一份的，到时，你可不能把我拒之门外哟。"

蔡樱樱低声骂道："哼，你那点心思我会猜不透？钓……钓什么鱼？你这要钓蔡云龙这条大鱼呢。"

蔡樱樱走上河堤，往上游不远处的渡口走去，从那儿过河就到了河岸台地。我在心里也打起小九九，这女的心情怎么一下变好了，我倒想看看你蔡樱樱到底耍的什么鬼花招。从竹园到渡口不到一里地，她的一举一动都在我的视线范围内。我还知道，渡口周边还有便衣和村干部们在那儿蹲守着，那个老姑娘想要干什么都被看得清清楚楚。这时候，蔡樱樱忽然唱起了本地民歌，你听：

大河涨水起旋涡，

我想恋哥人又多，

只想跟哥讲句话，

筛子筛米眼眼儿多。

她一边唱歌一边嘻嘻哈哈，锐耳的嗓音像阳雀的鸣叫，一波波传向黄昏中的田野。田畴上有人探出头朝这边打望，她看见了田垄后的蔡云安，还瞅着几位脸面儿陌生的小伙子。她索性放下羞躁，跳起翩翩舞步反复唱着这首歌，这古老的渡口出现了难得一见的欢快。蔡樱樱的表现把众人看呆了，纷纷围过来观看她的表演。

不过，对这个女声最敏感的自然是"牛魔王"了，他知道，久等不来的姐姐终于现身了。前段时间，她迟迟没来，一定有着不能来的苦衷。眼下她能犯险前来，也一定有她不得不来的理由。他用力推开墓后侧的一块石板，猫起身子溜出墓道，走过荆棘丛生的野径，匍匐在重重灌木丛里。这里居高临下，隐蔽性非常好，人在上面可看清河对岸各种静态或动态的物体，但在河堤上的人却对台地上的情况一无所知。他看见姐姐蔡樱樱在古渡边载歌载舞。她的歌声倒不赖，只是那舞姿显得有几分任性有几分放肆，放浪形骸得像一只怪兽。她唱的是《筛子筛米眼眼儿多》，由于翻来覆去地多次演唱，唱腔也在变味，纤纤细细的活似野羊的嘶鸣。这样反常的举止让人颇为玩味。更吃惊的是，田野上有不少穿便装的人在朝姐姐走去。虽然天色昏暗，他还是从那些模糊的人影中辨认出了蔡云安，这个由退伍军人当上村支书的堂弟是要跟他死磕到底了，另外一些人又是从哪里来的呢？哦哦，那个犸黑头也从河边的香樟树下走出，不紧不慢地走往渡口。看来，他们是盯上姐姐了，那么他们怀疑姐姐的依据是什么？难道"大头猿"被抓后跟他们透了什么？要不就是半年前回家探视母亲，他的行踪或者身上的某个特征没瞒过乡邻而露了马脚？也许，警方把"牛魔王"与他联系上了，否则不会这么戒备森严地防守着茅花河一线。不是吗？他的脸也换了，连名字也变成了"牛魔王"，一句话，蔡云龙从地球上消失了，他们还有什么好怀疑的呢？但不管怎么说，这是他真实身份暴露的征兆，也是姐姐在向他发出暗号。这时，古渡上传来一阵吵闹，大概是蔡云安犸黑头他们劝导姐姐回去，而姐姐还在断断续续唱着那首本土歌谣。他看出那些人一定会盯着姐姐不放，但做弟弟的真的不想姐姐受欺负。他面带不屑，愤然骂道："狗日的，一帮男的缠着一个女的算什么能耐！"

一股无名火油然而生,他下意识地从腰间掏出那只勃朗宁手枪,拨开草须将枪口先对准蔡云安,接着把瞄准镜移向犸黑头……他没开枪,他明白这一排射出去定会撂倒几个,但也完全暴露了自己。他们拿姐姐没辙,他就不能逞强斗狠跟他们硬拼。他费尽心机地构筑着多种逃生方式,不就是为了保全性命吗?"牛魔王"恋恋不舍地望了望姐姐,有些气馁地收起枪支,心情沉重地返回蔡家墓园。

10

李珉玄一直在镇派出所督阵,对"大头猿"的审讯工作一刻也没停止过。经过连日奋战,他终于供出"牛魔王"就是蔡云龙。为慎重起见,技侦人员根据他的描述生成图像,将蔡云龙施行易容术后的模拟像张贴在各个交通要道。枫树岗村几个自然村落及村部、红薯粉丝厂的外墙都贴上"牛魔王"的头像。受其困扰的村民围着模拟像议论:原来,"牛魔王"并不是蔡云龙,而是另有其人。可那些与蔡云龙过从甚密的乡党不同意了,说那头像的耳朵、喉结乃至稀稀拉拉的头发,活脱脱就是他的翻版。众人争来争去,没个准确的答案,便有人总结道:只要抓住"牛魔王",不就什么都明白了?

好消息接踵而至,几个刑侦人员已破解蔡家场院那对红白氢气球的含义——它所释放的暗号事关蔡云龙的动向。而且,蔡樱樱在茅花河畔亦歌亦舞的反常做派也让人生疑。于是,禹王坪镇派出所来人将蔡樱樱控制起来,并在蔡家场院中把那对红白氢气球重新升上天空,向窝藏在山上的蔡云龙释放出虚假信息,以迷惑他走向归途。

蔡樱樱被派出所带走后,村里安排邻居覃玉珠护理蓝草莲。这位平素疯疯癫癫的老婆子眼见女儿上了警车,似乎意识到问题的严重性,坐在轮椅上不哭不闹的,兀自发愣。后来,蔡云安和犸黑头他们来到场院升起红白氢气球,她指指两只氢气球说着什么,让大家听得一头雾水,接着,两手冷不防地做了个砍杀的动作,她那怪异的言行到底是要表达什么,现场没有谁能搞得明白。但至少说明：这对红白氢气球与蔡云龙脱不了干系。

"牛魔王"躲在墓道里实在太沉闷了。每天，藏在这阴暗潮湿的地洞里偷生，简直与一具死尸无异，看不到任何生的希望。到天黑，"牛魔王"溜出墓道到果园里摘了几个橘子，那酸酸的味道吃得直反胃，他跑到泉眼边喝了一肚子水才压下喉管里的酸气。入夜，山上的寒气起了。但天气再冷总比待在那个墓室强，在那逼仄的空间憋屈得太久了，他要在外面好好透透气儿。登高俯瞰，山谷中的枫树岗村一字排开，黑暗中，村庄里几盏稀疏的灯光似乎在守候晚归人。村头流浪狗的吠叫由高及低，慢慢微弱下来最后陷入绝望。在这个村庄，在他的青涩年华，他曾经抱着一部部武侠书游走山野，他最初的梦想是当一个仗剑走天涯的游侠——就像这片土地上曾出现过的许多英雄豪杰一样，所向披靡，驰骋天下。后来长大了，觉得太平盛世不可能出那样的游侠，于是改变主意：若有幸成为城里人也是一件不错的事儿，有份体面的工作或者做个正当营生，活得人模人样有滋有味。可是，从少年开始，他混迹于长街闹市，没有如愿打出一片天地，也没成为他所向往的城里人，反而成了乡亲们谈虎色变的魔头。这一变化，连他本人也难以接受——一个曾经爱幻想充满激情的少年，怎么就成了人人喊打的混世魔王？想到这，"牛魔王"从高岭上站起，发出歇斯底里的嗥叫，穿透暗夜向远方弥散。

那天凌晨，"牛魔王"从墓道出来小解，下意识地朝家的方向观望。他忽地看见两只氢气球在飘，一红一白的，飘扬在蔡家场院——这是姐姐蔡樱樱向他发出山下平静的信息，嘿，终于等到这一天啦！不过，他性格里的疑心又上来了。不对呀，前一阵子，警方整出多大的动静，不会随随便便收手的，这事儿绝对没那么简单。他溜到山嘴，躲在灌木丛中一看究竟，初冬的田野鲜有人的影子，茅花河古堤上寂静无人，古老的村落显得分外宁静，但也激起了他内心的不安。姐姐是不是被警察或者村上的人盯上了，或者遇到了什么麻烦事？"牛魔王"对姐姐有点儿放心不下，不管怎么说，姐姐终归是天底下最好的姐姐，是那种为保护弟弟而宁愿奉献自己一切的姐姐，他不希望姐姐

红尘黑焰

为了上山见他一面而出现危险。在这黎明前的宁静里，他打胸腔发出野狼一般的嗥叫，给这寂静的山野增添重重凄厉与诡异。"牛魔王"自己都不清楚这嗥叫的含义，是抒发内心的焦虑和郁闷，还是为自己鼓劲打气？抑或是向姐姐提醒、暗示什么？天光大亮，他返身走上野草纷披的小径，急忙钻进阴森潮湿的墓道。

我和蔡云安在茅花河岸巡查时，也听到了这发自山野的声声嘶吼，既不像野狼的嗥叫也不是红狐的嘶鸣，这分明是一个人身处绝境时的哀号，难道……蔡云安把他的疑惑说出来，上次，他作为村干部参加了警方组织的搜捕行动，那只警犬围着蔡家祖墓转个不停，"咿咿唔唔"叫着，似乎嗅出什么味道，它的表现很奇怪，蔡云安总感觉哪里有点儿不对，但也没跟蔡云龙联系起来。也许，单从墓石、墓碑来看，这座父子合墓纯属武陵山地千万座坟墓中的普普通通的一座。但是，他有一种预感：这座合墓没那么简单。蔡云安决定去禹王坪镇上走一趟，找到李珉玄说出自己的疑惑，并请求警方对蔡家祖墓再次彻查，弄清楚那在山野之夜嗥叫的到底是人还是鬼。

临行前，蔡云安叮嘱我继续蹲守在蔡家屋后竹园，他说，凭以前对蔡云龙的观察，他对母亲还算孝顺，他一定会找机会见她一面的，而茅花河畔这片竹园是蔡云龙走向归途的必经之地，也是堵截他的重要防线。我感到责任重大，蔡云安的脸上也有一种凝重感，对我说："不除掉'牛魔王'，枫树岗村就没有宁日……作为枫树岗村民，绝不能置身事外。"我知道这话既是对我说的也是说给自己听的。蔡云安走了几步，还不忘提醒我："对手是有枪的，若发现了他，千万别硬来，要争取第一时间报警。"

"你放心，我会守住竹园，也会好好保护自己。"

就在这时，茅花河岸的山野传出一声嘶吼，气急短促，有种惶惶不可终日的况味，这分明是人在绝境时的哀号！我和蔡云安对视一眼，相互拍拍肩给对方以鼓励。

红尘黑焰

11

在禹王坪镇上坐镇指挥的李珉玄，看见蔡云安骑着摩托车进了派出所，招呼他落座后，说：蔡樱樱已承认"牛魔王"就是蔡云龙，但对弟弟有可能藏匿的地点只字不提。不过，警方马上开进枫树岗村，在茅花河一带加强布控。

蔡云安对李珉玄一五一十地说，他带着几名村干部和村民在茅花河一带巡游时，听见河岸的台地传出一声声嗥叫，凭感觉不是什么动物发出的，更像人发出的声音。他推断，蔡云龙给祖父和父亲修的合墓，肯定大有文章。

李珉玄说："云安，你提供的这个情报很重要，也进一步证实了蔡樱樱犯险前往茅花河渡口的动机，难道这蔡家祖墓真的暗藏着什么机关？事不宜迟，我马上调集人马搜山，重点搜查蔡家墓园。"

"好的，我赶回村里布置一下，协助你们一起行动。"

从派出所出来，天已经黑了。蔡云安组织几个精壮汉子等候公安干警。随后，李珉玄乘坐指挥车一路鸣响警笛，带着特警队的人火速赶到茅花河。天空下起毛毛雨，给初冬的夜晚带来一丝寒意。他们在渡口会合后，几条小船停泊在岸边，探照灯扫射着细雨蒙蒙的水面，咿咿呀呀的荡桨声在河谷中响起，很快，一排排黑影上了岸，一眨眼便隐没在河岸的山崖。

那天晚上，潜伏在高岭上的"牛魔王"正密切注视着山下的动静。这片先人墓地实在是待不下去了，他决定往家的方向移动，既然逃无可逃，不如回家看看母亲。是的，母亲，也曾是一位深怀母爱的女性，儿子是她生命的全部！这些年，他犯的事可不少，做娘的也没少为她担惊受怕，在村里难免遭到乡亲们的歧视，性格脾气也彻底变了，时而沉默寡言，时而疯疯癫癫，还时不时流露出对儿子的厌恶之情。但做儿子的从没怨恨过娘，反倒对她多了一份负疚、自责。无论如何，他都要回去看看娘亲的，没见上生养他的人一面，他会死不瞑目的。哦，还有姐姐，那个永远向着他的姐姐蔡樱樱，不看看她又怎么对得住这份血肉亲情。至于以后，或许已顾不得那么多了，他宁愿被人枪杀也不会投案自首。所以，回家，意味着一次死亡旅行，但即便死，也要死在母亲身边！"牛魔王"正这样想着，忽然看见茅花河渡口边出现不同寻常的一幕，一群人影在河堤上来回晃动，几只小船在河面游弋，他暗自嘀咕一声：有情况！然后把手伸进衣兜，将手枪牢牢握着，走下高岭，钻进一片混交林里，穿过丛丛荆棘，走下茅花河……在上次登岸的那片水岸，他从一堆卵石下掏出潜水衣穿好，然后背起氧气瓶，戴好面罩、耳罩，下水前，他看见渡口那边的探照灯正缓缓移向下游，他冷笑一声，悄然潜入茅花河里。

12

我坚守在河边香樟树下，竹林小道那头一边是母亲的家，一边是蔡家小楼。为防备蔡云龙从自己眼皮子下溜走，我紧紧盯着茅花河河面上的任何一个漂浮物。河岸那片台地传出一阵阵吆喝。蔡云安打电话告诉我，李珉玄带领公安干警正在山上展开搜查，要我注意蔡云龙山杀个回马枪。晚上十点左右，后面传来一阵细碎的脚步，我回头一看，叶山鹰举着雨伞出现在林中小道。我说："山鹰，你怎么来了？"

"你能来，凭什么我不能来？"

"黑头，我已经知道今晚的行动，我这不是不放心吗？天下雨啦，过来给你送把伞。"

"山鹰，你看这香樟树，树叶长得密密实实的，一点小雨落不下地的。山鹰，天气变冷了，你去母亲那儿睡一会儿吧。"

"黑头，我知道，一个人身处黑夜需要有人陪伴，我陪你说说话吧。"

我没再拒绝，抱抱她感受爱人发乎体内的温暖。

风停雨住，云层里出现一抹微明。这时，茅花河边的浅滩上出现一道人影，那人快速卸下潜水衣，露出两束血红色光波在黑夜里闪烁。我惊呼道：

"蔡云龙！"

对方迟疑一下，但很快镇定下来，一缕幽光阴冷寒彻。

"不，这世上已没有蔡云龙这个人。你仔细瞧瞧，这张脸是你说的那个人吗？犸黑头，你千万别搞错了，这张脸、鼻子、嘴巴、耳朵都是你从未见过的的。你眼前面对的这个人叫'牛魔王'，他和你没有任何交集，请你不要挡道。"一阵狂妄的笑声响彻暗夜。

从那个模糊的头像来看，他的确不是蔡云龙，但那一抹血红的眼睛，还有他的声音、体型，乃至飘过来的气息，无一不在告诉我，他就是蔡云龙。最关键的是，他竟然叫得出我的名字，还自称是"牛魔王"，这不是不打自招吗？我顺手拿起备好的木棒，冲着蹚水上岸的那个人喝令道："束手就擒吧，蔡云龙！警察正四处搜捕你，你逃不了啦。"

"废话，警察搜捕我，我要你来告诉我吗？好多年前，警方不是下了通缉令吗？你看看，我不是活得好好的吗？犸黑头，你最好别跟我作对，否则性命难保……噫，如果我没记错，你身边那女的是叶山鹰吧，她还在死心塌地跟着你，犸黑头，就凭这点，你的命比我好。"

蔡云龙走上河岸，拿起一把手枪在手里把玩着，两下相距不到五米。叶山鹰站在我身边，抓住我的手背注视着对面那张陌生的面孔。

"嘿，你终于现原形了吧，蔡云龙！尽管你更了名改了姓，做了整容手术换了脸，终改不了的你那肮脏卑鄙的灵魂，你是这个社会的毒素，罪不可恕！"

"犸黑头，别说得那么难听。你别忘了，我俩是儿时伙伴，也曾在江湖上混过，但风风雨雨一路走来，那些跟我混世的道上旧友，活下来的没几个了，我还是很珍惜那份情意的。过去，我们有过不少过节，但也相互掩护过，江湖中人重情讲义……现在，虽然我们志不同道不合，俗话说，大路朝天，各走半边。借过，借过，我只想回家看看娘亲。"

"撕下你那伪善的面孔吧！不错，曾经一度，我是那样信任你，那么死心塌地地跟着你，可你又是如何对待你手下兄弟的？为了满足你自己的私欲，让安财、阿超他们沾上了毒品，最后死于非命。还有汪豪、胡红心、皇诗珊……残的残死的死，没几个有好下场。蔡云龙，你罪孽深重，放下屠刀立地成佛，是你唯一的出路。"

"别把自己撇得那么清,你比我也好不到哪里去。也许,你老婆把你看得很重,但在我眼里你一钱不值。你在忽悠你老婆的同时,边吸毒边和皇诗珊鬼混,我不知道这傻女人是怎么喜欢上你这种人渣的。你内心卑劣、软弱,却以一种强悍的外表示人,今天,我要撕下你的伪装!"

叶山鹰挺身上前,直面对方,义正辞严地说:

"蔡云龙,我承认我有点儿傻,但我是心甘情愿的。不管你怎么败坏他的名誉,我也认可他、包容他。而且,他如今的表现,和你根本没有可比性,他是社会中一个堂堂正正的人,而你是躲在阴暗角落里的首恶分子!若问我为什么举报你在翠竹宾馆的吸毒窝点,难道你自己还不明白?你以毒品作诱饵,诱骗、威逼身边人吸毒,以控制他们为你卖命。一个具有良知和正义感的人,绝不会对这种违法行为熟视无睹!"

"叶山鹰,我不想跟你这种喝了迷魂汤的蠢女人理论。犸黑头,在过去的那些日子,其实我对你还是不错的,只是你铁心站在我的对立面,三番五次地举报我和同伴们……如果没记错,天堂界镇翠竹宾馆被查抄那次,应该是你身边那个女的所为;如果我没说错,是你一手造成了安财的死!我跟安财是生死兄弟,举报他不就是跟我过不去吗?"蔡云龙将手枪掂了掂,带着强烈示威的味道。

我不禁为老婆的出色表现叫好。

"山鹰,你说得好。我要正告你蔡云龙,你不用为自己做的龌龊事狡辩,正是你的无情无义才导致我的举报!不错,我曾经有过不堪回首的往事,因为我老婆叶山鹰的矢志相随,我不再是一个危害社会、祸害家人的渣滓,变成一名遵纪守法、自食其力的正常人。我也坚信,此后年年岁岁,我会呵护我的爱人,好好打拼事业,力争成为受人尊敬的人。在这里,我再次奉劝你,蔡云龙,你已穷途末路,缴械投降吧!"

黑暗中,他那两粒贼亮的眼眸像是闪闪烁烁的磷火。我隐隐生起一种不祥的预感,紧抱着叶山鹰直视对方。蔡云龙咔嚓一声拉上枪栓,逼近一步瓮声瓮气地说:

"犸黑头,你还在我面前说教,我的忍耐是有限度的。今天,我不想让我的双手沾血,就算我们有过多大的梁子,我也不打算杀你。我回家看看娘亲自会了结自己。这一次,也是最后一次,你得听我的,不然,别怪枪子儿不长眼。你要明白,我这把勃朗宁手枪是装了消音器的,即使把你打成筛眼也没多大声响。"

"若要放过你,除非我死!"

"犸黑头,我再说一遍,我回家只为看看老娘和姐姐。我警告你:再挡我的道,只有死!"

蔡云龙双眼冒出的红光像血液在流动。在这血色弧光映照下,那黑洞洞的枪口慢慢抬高……天色微明,竹林小道那头传来一声苍凉高亢的嗓音,像一缕暖风掠过竹园。

"龙儿,你这是对谁发威呢?"蓝草莲坐在轮椅上,被覃玉珠推着走向茅花河边。

蔡云龙知道是谁来了,那只持枪的手微微颤动,但枪口仍然对着我不敢偏离。他看见邻居覃玉珠推着轮椅出现在竹林小道,发出呼唤声的正是她的母亲——她老人家不是疯了吗?思维不清、意识模糊了吗?怎么……轮椅很快停在香樟树下,我母亲覃玉珠看见有人拿枪瞄准儿子,惊魂未定地冲上前挡在我前面——他,那个举枪欲射的中年人是她在哪儿见过的,他为什么要把枪口对准自己的儿子?我把母亲推到一旁,说:

"娘啊,您看好了,站在面前的那个人就是我们的邻居蔡云龙,也是警方正在围捕的那个'牛魔王'!"

母亲打断我的话,说:"黑头,你不看看那张脸,哪是什么蔡云龙。我向你证实,站在对面的人,正是半年前在这儿住过的蔡樱樱的表弟。儿子,你跟他结了梁子?他敢把枪口对着你,这哪儿成,娘在这儿,肯定要为儿子挡枪子儿的。"

话音刚落,蔡云龙对着地面就是一枪,火花飞溅,低沉的枪声掩盖不了歹徒的狂暴,吓得覃玉珠一屁股蹲在地上,像个受委屈的孩子号啕痛哭:"原来真是蔡云龙啊,难怪他娘嚷着要出门看儿子……"叶山鹰走过去想扶起婆婆,被蔡云龙举枪喝止,呆呆站在一旁,仰头对着枪管怒目以对。

"蔡云龙,我母亲是无辜的,要打要杀冲我来!总之,我不会向你低头乞怜的!"

蔡云龙对着我准备扣动扳机时,一声苍凉的嗓音在竹园中回旋:

"龙儿,你这是对谁发威呢?"

蔡云龙循声望去,蓝草莲从轮椅上颤颤巍巍地站起来。他大吃一惊:"娘,您……能站立了?"

面对儿子的疑问,蓝草莲诡谲地笑了笑,一改往日地迷糊和混乱,口齿清晰地说:

"龙儿,听娘一句话:苦海无边,回头是岸!"

"不,我不甘心……娘,我想回家陪陪你,一天……不……哪怕一个时辰也行。"

"早知今日,何必当初?那个家你是回不去了……回不去了……你看到了娘亲,也该心满意足。你没看见我家房子四周全是警察,他们就要围过来了,你已无路可走了!"

蓝草莲注视着儿子的手枪,浑圆的双肩微微抖动。她满脸凝重地走向儿子,一步一步走到香樟树下。

"我要看看姐姐!"蔡云龙倔强地说。

蓝草莲摇摇头,什么也没说。

蔡云龙似乎意识到什么,红泛泛的眼睛流露出痛苦的一瞥。他抬眼一望,小路上,河岸边,正伸出一杆杆枪向竹林合围过来。愤怒的情绪袭上蔡云龙的心头,他气急败坏地大叫一声:"狗日的犸黑头,你去死吧,我要用你的性命来给我垫背!"说完连连扣动扳机。

在这千钧一发之际,蓝草莲闪身挡在我身前,随着砰砰砰三声枪响,她的上身绽开三个洞。蔡云龙一脸愕然地看着母亲缓缓倒地……李珉玄从竹林中闪出,高声喊道:

"蔡云龙,你的末日到了!"

红尘黑焰

一粒粒子弹有如愤怒的烈焰射向施暴者，蔡云龙那双凸出的眼睛闪起一星火花，仰面看见头顶上的白云像一条飘带挂在蓝天——这是他对这个人世留下的最后一点儿影像。顷刻间，他眼里蕴藏着的生命之火暗淡下去，气息微弱地咕嘟道：

　　"娘……"

　　这轻微而不失震撼力的呼唤，穿过竹林，传遍山野，回荡在清晨明朗的天空。这个"牛魔王"，不，蔡云龙——这个枫树岗人众口一词的大魔头，终于结束了罪恶的一生。

13

　　天上下起入冬以来的第一场雪，枫树岗村民依照当地习俗，为蓝草莲这位舍身取义的女性举行隆重葬礼。她为我挡住蔡云龙射向我的子弹，这样的豪壮令所有参加追悼会的人为之痛惜。在那个纸幡招摇、纸钱纷撒的雨雪天，众乡邻抬着灵柩送到茅花河岸的那道高岭下葬。蔡云安带着村里的一帮青壮男子，扶棺而行。天地白茫茫一片，飘舞的雪花落在人的头上和衣襟上，给整个送葬队伍蒙上一层悲壮气氛。在锣鼓响起和唢呐的鸣奏中，丧歌时而高昂时而低沉，哀婉悱恻。我和叶山鹰搀扶着母亲，她的眉宇间展露出坦然平和的神色。人们沿着崎岖山道，缓缓走向飞雪笼罩的高岭。一位身着青衣青帽的道长率领八个弟子，走在最前面亦歌亦舞，他一手挥舞着驱鬼辟邪的长戟，一手托举着纸扎的亡人，引领弟子唱起《天堂丧歌》：

　　手执哀杖往西去，
　　唯见亲人悲戚戚，
　　音容宛在步难行，
　　为何将他送天堂？

少年弟子江湖老，
红粉佳人白了头。
人生有死不足惧，
只待大限几时临。

人生不必图名利，
荣华富贵不随身，
生住高楼和大厦，
死后还得葬荒野。

乌鸦也有反哺恩，
羊羔也有跪乳情，
禽兽虽蠢也知礼，
为人更要尽忠心。

叶落永远不返柯，
水流怎能又回波？
寒风玉露天堂冷，
人死一去不回来。

天堂悲切人已亡，
哀鸿悲号感夕阳。
残星隐约三更月，
日月如梭人难留。

大风起兮雨凄凄，
唯问亲人在何方？

纵然洒出千行泪，

只见荒丘土一堆。

……

　　这时而悲切、时而激昂的丧歌，高低错落的曲调忽远忽近，众人应和着鼓乐手吹出的号子，或引颈高歌，或低吟浅唱，在苍茫雪野上，汇成一波直击人心的和声。

珍｜爱｜生｜命　　拒｜绝｜毒｜品